騎士様の使い魔 2

村沢 侑

Yu Murasawa

Regina

RB

レジーナ文庫

登場人物紹介
アーシェ▲
猫に変身できる女の子。17歳。ライトリークの専属侍女として王城で働く。
▲ライトリーク
サンクエディア王国騎士団副団長。28歳。アーシェのことを溺愛している。
◀アーシェ（猫）
変化《へんげ》の術で変身したアーシェの姿。

▲魔術師
(ローエン)
路地裏の魔女の甥。
ハーウェル侯爵の
もとで働く。
▲ラズウェル
サンクエディア王国
王太子。王軍のトップ。
▲ハーウェル侯爵
大臣になりたいがために
悪事を重ねている人物。
▲レイド団長
騎士団団長。
ライトリークの上司。
▲エルサーナ
ライトリークの姉。
王妃付き侍女長補佐。

目次

騎士様の使い魔 2

1

いつ来ても陰気な部屋だ。

何度目かのため息を抑えて、ルイス・ハーウェル侯爵はベッドの横に立つ。

分厚いカーテンを閉め切った上に明かりのない部屋は薄暗い。そして豪奢《ごうしゃ》なベッドの上に横たわる人物の病《やまい》のにおいが充満していた。

「首尾《しゅび》はどうなっておる」

「万事抜かりありません、父上」

しゃがれた声に返事をしながら、侯爵は内心で父をあざ笑った。

(どうせ寝ているしかないのだ。偽《いつわ》りの報告で満足しているがいい)

けれど、その本音を表に出すことはない。長年受け続けた父の支配は未だに強く残っている。結局自分はこうして父に卑屈《ひくつ》に報告するしかないのだ。

ヴェナンド・ハーウェル前侯爵は、やせ衰《おとろ》えた枯れ木のような体でありながらも、ぎらぎらと執念すら感じさせる視線で、息子である現当主を見上げた。

今でこそ病で臥《ふ》せっているが、ヴェナンドは、長年ハーウェル家に君臨し続ける強権的な父親だった。

ハーウェル家は代々大臣を輩出《はいしゅつ》してきた名門貴族だ。ヴェナンドも例に漏れず大臣を務めたものの、最初に就いた産業部の大臣は意に沿う職ではなかった。

大臣職は、王室関連の要職である内務部や、国策を決める政務部、諸外国との渉外《しょうがい》を行う外務部、国の予算をつかさどる財務部などが花形といわれている。

ヴェナンドはその後も地味な大臣を歴任し、ようやくそれらの花形ポストに手が届きそうになった矢先に病で倒れた。以来半身不随となり、ルイスに家督《かとく》を譲ることになった。

しかし、志半《こころざしなか》ばで諦《あきら》めざるを得なくなった花形大臣に対する執念、そして長年大臣を輩出してきた家の誇りがあいまって、ヴェナンドは倒れてからも、常に息子に「大臣の椅子を」と、まるで呪詛《じゅそ》のように吐き続けている。

しかし、息子のルイスは、努力して次官に昇格したものの、そこから何年も大臣に選ばれることはなかった。その期間は、父が現役であったころの七年と、倒れてからの三年をあわせて、十年になろうとしている。

「私が何も知らないとでも思ったか」

そんな回想にふけっていたところに、突然しゃがれた声が響いて、ルイスは思わずびくりと肩を震わせた。見れば、父の顔には激しい怒りが浮かんでいる。ルイスは息を呑んだ。

「万年次官などと不名誉な二つ名をつけられた上に、未だに大臣職への打診がないそうではないか！　しかも、騎士団にまで目をつけられていると聞いておる。なぜもっとうまくできんのだ！　ハーウェル家を潰《つぶ》すつもりか！」

激しい叱責《しっせき》と共に震える手が伸びて、薬と共においてあった水入りのグラスをつかみ、ルイスに向かって投げつけた。

力のないそれは弱々しくルイスのジャケットに当たって水を撒き散らし、分厚いじゅうたんの上に音もなく落ちた。委縮したルイスは、父を凝視《ぎょうし》したまま動くこともできない。すかさず執事が歩み寄ってさっとグラスを拾い上げる。そして、代わりのグラスに再び水を満たしてサイドテーブルに置き、下がっていった。

「思えばお前は昔から出来が悪かった。要領も悪いし、判断も遅い。まごついているうちに、誰かに地位も手柄もさらわれる。それは王宮に勤める身としては致命的な弱点だと、私はお前に何度も言っただろう！　未だにそれが身についていないから、このような無様《ぶざま》なことになるのだ！　いつまで手をこまねいているつもりだ！　邪魔者は蹴落《けお》とせ、敵は潰せ！　お前のような生ぬるいやり方では、いつまでたっても大臣になどなれん！　少しは頭を使え！」

「も、申し訳ありません」

口の中がカラカラだ。声がひび割れているのがわかる。昔から父の前に立つと、頭が真っ白になって、反論の言葉さえ浮かばなくなってしまう。

「お前のような出来の悪い息子しかおらんとは、まったく不幸なことだ。ここまで育て、散々《さんざん》口も利いてやったというのに、親孝行のひとつもしてもらえんとはな。もういい、お前の顔を見ていると気分が悪くなる。次はいい知らせを持ってくるまで、顔を出さんでいい。下がれ」

「わ……わかりました。失礼します」

手のひらにじっとりと汗をかいたまま、ルイスは父の部屋を出た。

「……くそ！」

毒づいても、嫌な音を立てて暴れている心臓は、しばらく落ち着きそうもない。

言うほうは簡単なのだ。父が大臣になった頃は騎士団もそこそこ緩《ゆる》かったから、多少強引なやり方もまかり通った。

けれど、今は違う。騎士団には、レイド・グランツとライトリーク・ウォーロックがいる。彼らは厄介《やっかい》なことに、金や権力で動くタイプではなく、確固たる信念のもとに業務を遂行《すいこう》している。懐柔《かいじゅう》できる可能性はほとんどない上に、下手に動けば、あっという間に証拠を掴まれて捕縛《ほばく》される。

大体、ライトリークは自分より地位が上の、ウォーロック公爵家の次男なのだ。太刀《たち》打《う》ちなどできるはずもない。

だからこそ、路地裏の魔女の力を使い、幻術《げんじゅつ》でうまく人を欺《あざむ》きつつ、なるべく証拠を残さないようにやってきたのだ。

「寝ているだけで何も知らないくせに、口ばかり出しやがって！」

そもそも、こんな出来損ないの息子しか作れなかった自分の責任は無視して、すべてルイスが悪いかのように責めるのが、どうにも我慢ならなかった。

「全部俺のせいか。俺が悪いのか！」

ぶつぶつとつぶやきながら進む廊下の先に、ひょろりと細長いシルエットが映った。

腕を組んで壁に寄りかかり、こちらを見ているのは若い男だった。うねる赤茶けた髪をひとつにくくり、糸のように細い眼をしている。

「ローエンか。こんなところで何をしてる」

「別に何も。さらった人間の始末がついたんで報告～」

どこか笑っているように見えるその顔は、常に変わらず、逆に感情を感じさせない。へらりとした口調も腹立たしい。だが、今の自分には絶対的に手駒《てごま》が足りない。なにより、あの魔女の血縁《けつえん》で、魔術師だ。手放すのは得策《とくさく》ではない。

ローエン・アルカン、それが男の名前だ。路地裏の魔女の甥に当たるという。

「とりあえず船に乗せた。向こうからもらった金はワインの樽《たる》に入ってる。ほかの樽《たる》と一緒に地下に運び込んであるから、後で確認しといてくださいよ」

「ああ、わかった」

とにかく、魔女がいなくなったのが最大の痛手《いたで》だ。今までは彼女が幻術を用いて人を欺いたり、忘却術で相手の記憶を消したりして、追及の手を逃れてきた。

その上、彼女は頭がよかった。策を弄《ろう》して人を陥《おとし》れるときには、彼女の助言がいつも役に立っていた。

魔女がいなくなってからはそういった隠蔽《いんぺい》工作や、気づかれずに他人を陥れるといった手段が使えず、急速に捜査の手が迫ってきていた。

その魔女の甥だというローエンも幻術《げんじゅつ》を使えるのではと期待したが、彼は攻撃術に特化していて、魔女のように使い勝手がよくない。それに、いまひとつやる気が感じられない。こちらがどんなに失敗を叱責《しっせき》しようと、「まあまあ、やっちゃったものはしょうがないじゃん？」と、馬鹿にしているような飄々《ひょうひょう》とした態度でこちらの怒りを煽《あお》るのだ。

が、今は贅沢《ぜいたく》を言ってもいられなかった。

「もう手ぇ引いたらどうすか？　このままじゃジリ貧でしょ。そろそろ港の拠点も危ないっすよ」

「お前が口を出すことではない！　黙ってろ！」

のんびりした声に苛立《いらだ》ち怒鳴りつけると、ローエンはひょいと肩をすくめた。その、敬意の欠片《かけら》もない態度も気に障《さわ》る。

そこに、屋敷の使用人の中で唯一ルイスの「商売」を知っている男が、慌てふためいて駆け寄ってきた。

「大変です！　港の倉庫に騎士団の捜査が！」

「なんだと!?」

突然の報告に目を剥《む》いたルイスに、ローエンは表情を変えることなく告げる。

「だから言ったでしょ、危ないってさ」

「貴様、何か知っているのか!?」

「見るからに港の人足じゃないのがここ二、三日うろうろしてたからさ、探りに来てたんじゃないかなぁ、なんてね」

その報告に、頭が沸騰《ふっとう》しそうになる。握った拳《こぶし》が怒りで震えた。

「知ってたならなぜ報告しない！」

「聞かれなかったから」

へらっと笑ったローエンには、何を言っても無駄だ。一事が万事この調子で、あてにならない。

魔女はこんなとき、ルイスの指示を仰ぐまでもなく自分で善後策《ぜんごさく》を講じ、敵を欺《あざむ》き、隠れ家を始末し、記憶を操作したおとりを騎士団に捕らえさせ、新しい拠点を作るところまでやってのけた。

だがこの男は、ルイスが指示しないからという理由で、何一つ策を取ろうとしない。いくら叱責してもローエンの態度は変わらなかった。だが、今この男を手放せば、捕らえられて余計なことをしゃべらないとも限らない。

どうにかしなければとわかっていても、ルイスにはどうしようもなかった。

「残りの手の者を町の外の農家小屋に集めろ！　急げ！」

「急にそんなことしたら足がつくんじゃないすか？　逃げた奴らを捕《つか》まえるために絶対どっかで網張ってますよ。一旦町にまぎれさせてから、少しずつ集めたほうがいいと思いますけど？」

そのしたり顔の助言に、ついに怒りが爆発した。

「やかましい！　やるべきこともやらない役立たずは黙っていろ!!　魔女の甥というからお情けでここに置いてやっているのだ。少しは自分の立場を考えろ!!　貴様は言うとおりにしていればいいんだ。やる気がないのなら余計な口を出すな!!」

「へいへい」

少し考えれば、ローエンのやり方が正しいとわかったはずだった。けれども、追い詰められ、頭に血が上ったルイスに、その忠告を受け入れる余裕はなかった。

「どうせ次の仕事で終わりだ。騎士団の手が回る前に全員切り捨ててしまえば、私だけは無事に済む。私は絶対に逃げ切ってみせるぞ……」

ぶつぶつとつぶやきながら廊下を歩いていくルイスの背中に、ローエンは冷めた視線を送っていた。

2

人間に戻ってから、もう四ヶ月が経とうとしていた。

ライトの専属侍女として、私、アーシェ・グレイは毎日忙しい日々を過ごしている。城の生活では今まで知らなかった規則やしきたりがたくさんあって、まだすべてを覚えられてはいない。けれど、覚悟の上でここに来たんだから、苦にはならない。お仕事にもようやく慣れてきて、毎日が楽しくて仕方がなかった。

「いい天気」

私は、書類を胸に抱えて、軽やかに廊下を歩いていた。

すでに日差しは夏。紺の長袖の侍女服が、見た目にも重く感じられる。暑くても、腕をまくるのははしたないとされるから出来ないけど、もうすぐ水色のストライプが涼しげな半袖の夏服に替わる。それまでの我慢だ。

私が手に持っているのは、備品購入の申請書。これを財務部に持っていって、必要なものを購入する。

騎士団だと、訓練用の模擬刀や道着、胸当てなどを二ヶ月に一回は、補充のために申請することになっている。

他には、書類仕事に使う紙やペン、インクなどの消耗品や、給与に関する申請も、すべて財務部宛てになる。

その他、町で行われるイベントやパレードの警備に関する書類は総務部、怪我《けが》をしたときの申請は厚生部など。

それらの申請書類を各部に提出するのも、専属侍女としての私のお仕事だった。

ただね……。毎日お使いに行こうとするたびに、ハグとキスを求められるのが本当に困るんだけど。

言わずもがな、その相手は、騎士団副団長のライトリーク・ウォーロック様だ。

ウォーロック公爵家の次男で、私の雇い主。すごくお金持ちで、強くて、かっこよくて、城中の女性の憧れの的《まと》だ。

ひょんなことから猫に変えられた私を大事に飼ってくれたライトのことを、私は好きになってしまった。ライトの方も私を好きになってくれたので、人間に戻った私はライトの恋人になったのだった。

そのうえ成人目前なのに職がなかった私を、ライトが専属侍女として雇ってくれて、お城で仕事ができるようになった。

彼は、嘘なんじゃないかと思うくらいに私を溺愛《できあい》していて、片時も傍《そば》から離さない。だから、お使いのときも、そう簡単には私を外に出そうとしない。

今日も、書類を抱えて部屋を出ようとしたら、私を大きな体で書棚に追い詰めた。

「あの、もう行かなきゃ」

「わかってる。その前に抱きしめてもいい？」

「なんで!?　行ってすぐ帰ってくるだけよ!?　どうして毎回そういうことしなきゃいけないの!?」

「俺が寂しいから」

書棚についたライトの両手の間に閉じ込められ、低い声でささやかれると、恥ずかしくて体が熱くなってくる。

「あの、ほんとにもう行かなきゃ。お願いだから、離して……」

「いやだ」

「あっ……」

そう言って、ライトはきゅうっと私を抱きしめる。

ほのかに香るグリーンノートに包まれて、めまいがしそうだ。

「ねぇ、どうしても行かなきゃダメ？」

「だって、お仕事だから……やっ！」

不意に耳を噛まれて、びくんと体がはねる。

「だめっ、もう行くから、お願いだからやめて……！」

「じゃあ、キスしてくれる？」

「そんなの無理っ！　お願い、本当に離して！」

いつものことだけれど、ほんとーにしつこいったら！

でも、ライトはその手を緩《ゆる》めない。硬い指先が、耳のふちから顎《あご》のラインをつうっと滑り下りて、私は思わず震える。

「嫌だ。なんでそんなに嫌がるの？」

「そんなの……っ、レイド様がいるからに決まってるでしょー！」

ついに半切れで怒鳴った私に、ちっと舌打ちをしてから、ライトは後ろを振り返った。

部屋の中央、重厚な机に座り、黙々と書類を確認しているのは、騎士団団長でライトの上司、レイド・グランツ様だ。

夜のような黒に近い色の髪をざっと後ろに流したレイド様は、背が高くてがっちりした大きな体つきに、鷹《たか》の目のように鋭い三白眼《さんぱくがん》で、パッと見はものすごく怖い！　目があっただけで睨《にら》まれてると勘違いしそうになる。だけど実は穏やかで何事にも動じない、すごくいい人だ。

レイド様は顔を上げないまま言う。

「ライト、もう気が済んだだろう。それ以上の邪魔は許さん。大体、人身売買組織の港の拠点は潰《つぶ》したが、主犯はまだ捕《つか》まえられていない。遊んでいる暇はないはずだ。アーシェ、行きなさい」

その言葉だけで、ライトは不満そうに私を離した。

人身売買の案件は、大事な局面を迎えているらしい。

先日、かねてより目をつけていた港の拠点を捜査して、さらわれていた人たちの救出に成功した。

けれど、捕《と》らえた人たちはすべて末端の実行犯だったらしく、組織の全容は依然としてつかめていなかった。

騎士団は逃げた組織の人たちを追って、ほかの拠点を探している最中なんだそうだ。

わが道を行くライトだけれど、レイド様には勝てないとわかっているのか、逆らわない。

レイド様はライトをコントロールできる数少ない人たちの一人だ。それもあって、私はレイド様のことをすごく尊敬してる。

ライトにこうしていたずらされたり迫られたりしたときは、いつもレイド様に助けてもらっているし。ライトはそれが気に入らないみたいだけど、悪いのはライトで、私は何にも悪くないもんね！

そんなこんなでいつもの一悶着《ひともんちゃく》を終えた私は、目的地に向けて足早に中央棟を歩いていた。


中央棟の廊下にずらりと並ぶ、大きくて重厚な木作りのドア。その一つをノックして中に入り、一礼する。それからゆっくりとドアを閉めて、私は室内に視線をめぐらした。

中で仕事をしているのは、黒の揃いのジャケットを身に着けた人たち。男の人と女の人の割合は、二対一くらい。財務部は結構女性の多い職場だ。細かい計算とかは、女の人の方が向いているのかもしれない。

正面から少し視線を右にずらすと、中央の大きな机の隣に座った、銀の細いフレームの眼鏡をかけた男の人と目が合う。私がにっこりと笑って会釈《えしゃく》すると、無表情のその人にちょいちょいと手招きされた。

並ぶ机の間を、他の人の邪魔にならないようにすり抜ける。そうしてその人のもとにたどり着いた私は軽く頭を下げた。

「お疲れ様です、ロベルクロード様」

「ああ、よく来た。書類をよこしなさい」

「はい」

繊細《せんさい》な整った美貌《びぼう》に、理知的な眼鏡がよく似合うこの方は、ロベルクロード・ウォーロック様。

ライトのお兄さんで、財務部次官といって、財務部大臣のすぐ下の位に就いている、とっても偉い人なんだそうだ。

三十二歳で、二人のお子様がいらっしゃるこの人は、父親である宰相様とよく似ている。めったに笑わないし、書類に関しては手厳しいけれど、どこが悪いかをちゃんと教えてくれる、いい人だ。

本当は、こういう提出書類は受付窓口に出すもの。だけどなぜかロベルクロード様は、在室しているときには必ず私を呼んで、自分で書類を受け取るんだよね。次官クラスの人がやる仕事じゃないと思うんだけれど、なんでだろう？

「ふむ、今日は問題ないようだ。では、受理しよう」

「はい、ありがとうございます。よろしくお願いします」

ぺこりと頭を下げると、ロベルクロード様は、眼鏡を指でちょいと押し上げる。

「まったく、このように女性を歩かせるとは。このくらい自分で出しにくればいいだろうに、あいつも気遣いの出来ないヤツだ」

ぼやくような言葉にくすりと笑うと、ロベルクロード様の眉がピクリと上がった。

「なにがおかしい？」

「だって。ライトの方は、ロベルクロード様のこと、『あいつはいけ好かないヤツだから、話しかけられても無視しろ』って言うんです。お互いに意識してるなんて、仲がいいですよね？」

そう言ったら、ロベルクロード様の顔があからさまにゆがんだ。

「……今の話のどこをどうしたら、『仲がいい』になるんだ？」

「嫌いだったり無関心だったりしたら、そもそも話題に出したりしないですもん。違いました？」

「……全く、君にはかなわないな」

若干《じゃっかん》疲れたように言うロベルクロード様にくすくすと笑って、私は礼をする。

「では、ありがとうございました。失礼致します」

「ああ、また来なさい」

「また遊びに来なさい」と言うようなその気安さに笑って、私は財務部を後《あと》にした。

なんだかんだ言って、兄弟仲よさそうだよね。私にとっては、院長先生とシスターが父であり母であり、孤児院の子供たちみんなが兄弟みたいなもの。けれど、ああいう血のつながりがうらやましくなるときもある。

ライトは、何からも逃げずにウォーロック家を背負って立つ覚悟をしているロベルクロード様を認めているみたい。

ロベルクロード様の方でも、こうして何かにつけライトの様子を探るために私に話しかけてくるし、どうも嫌《きら》っている感じではないから、やっぱり仲がいいんだよね。

ロベルクロード様のゆがんだ顔を思い浮かべて、小さく笑いながら来た道を戻っていた、そのとき。

「おい、お前！」

誰かとすれ違いざま、剣呑《けんのん》な声を投げられ、腕を強く引っぱられた。

「った！」

遠慮会釈《えんりょえしゃく》もない力に、肩が抜けそうになり、思わず痛みに声を上げる。

「やっぱり！　お前、アーシェ・グレイだろ！　何でこんなところにいるんだよ！」

棘《とげ》のある言葉に驚いた私は相手の顔を見上げて、思わずぎくりと体をこわばらせた。

ギルバート・バレンシュタイン。

高等学院の同級生で、茶色っぽい赤毛に、黒い瞳の整った容姿。身長はライトよりも頭一つ分くらいは低いかもしれない。国内にいくつもの店舗を抱える、バレンシュタイン商会の御曹司様《おんぞうしさま》。

しかも、私の就職をことごとく潰《つぶ》してくださった張本人だった。

学院を卒業したあと魔女に捕《つか》まり、猫になってお城で過ごして、今はこうして専属侍女として生活するようになった。だからもう会うこともないと思って、すっかり忘れていたのに。

私を睨みつけるギルバートの燃えるような目に怯《ひる》む。でも、私は何も悪いことなんかしてない。どうしてここまで目の敵《かたき》にされなきゃいけないのかわからない。

「何でって、ここに就職したからよ！　あんたこそ、何でこんなところにいるのよ!?」

ギルバートは、私の反論に、にやりと嫌な笑みを浮かべた。

「親父と一緒に、新店舗の申請に来たんだよ。また店を増やすんだ。――孤児院に行って聞いても、お前がどこにいるのか誰も一言もしゃべらなかった。半年も雲隠れしやがって。まさか、こんなところにいたとはな」

学院にいたとき女子に人気だった整った顔は、私には蛇みたいに見えて、好きになれない。

なにせ高等学院で、私を気に入らないと言って嫌がらせをしていた筆頭《ひっとう》が、こいつなんだから！

何が気に入らないのか知らないけれど、いちいち孤児だってことをあげつらってては突っかかってきたり、教科書を隠したり捨てたり汚したり、空き教室に閉じ込めたり、教室の移動や自習を教えなかったり、ちくちく嫌味を言ってきたりで、本当に苦手だった。

孤児院のみんなは、私の就職が彼によって潰されたことを知っている。だから、私がどこにいるか聞かれても、言わないでいてくれたんだろう。

その彼の顔が、不快げにゆがむ。掴まれた腕がぎりぎりと絞《しぼ》られて、痛い。

「孤児は王城には上がれないはずだろ。なんでこんなところにいるんだよ。どんな手を使った!?」

「パシフィスト教会には王城の認可があるから、就職できることになってるのよ！　それは調べればすぐわかるでしょ！　大体、私に使える手なんかないって、あんたの方がよく知ってるじゃない！」

ライトの一存って所は省いておく。こいつのことだから、妙な勘繰りをしかねない。ま、嘘は言ってないし。

だけど……廊下を行き交う人たちが足を止め始めた。そりゃそうだ、中央棟の廊下なんていったら、お城勤めの人だけじゃなく、公的な申請のために民間人も訪れる、一番人が多い場所。

ううう、こんなところで騒ぎなんか起こしたくないのにぃ！

「なんでうちの店に来なかったんだ!?　就職がダメになった後《あと》、散々《さんざん》雇ってやるって言っただろうが！」

なおも私の腕をきつく掴《つか》んで言い募《つの》る彼に、私は声を張り上げた。

「私の就職ぜーんぶ邪魔しておいて、信用できるわけないじゃない！　どんなに困っても、あんたのところだけは絶対にイヤ！」

そう。何でか知らないけれど、こいつ、就職を潰《つぶ》したくせして、私を雇いたいとか言うのよ！

この先も嫌がらせを続けたいのかしら？　そこまで嫌《きら》われる理由が、私にはさっぱりわからない。

嫌いなら、放っておいてくれればいいのに。私だって、卒業したのにこいつの顔を見続けるなんて、ごめんだわ！

だけど、次に放たれた一言に、私は蒼白《そうはく》になった。

「お前……！　城に上がったからっていい気になるなよ。あの孤児院に物を売らないことなんて、簡単なんだぜ」

昔から、こいつは卑怯《ひきょう》な奴だった。学院にいたときも、なにかと孤児院の小さい子たちに嫌がらせをするぞとか、孤児院の悪い噂を流すぞとか言って、私の大事な場所を切り札に、私を黙らせるのがこいつの手だった。

バレンシュタイン商会は、国内の流通においてかなりの部分を占めている。就職活動のときに勉強したけど、このサンクエディア王国で取引額第二位を誇るお店なのだ。前にライトと一緒に行った城門前の高級雑貨店も、バレンシュタイン商会のお店だし。

そんな大きい商会だったら孤児院への物流を止めることなんて、たやすいことのように思えて、つい口ごもってしまう。それを見たギルバートが満足げな笑みを浮かべた。

「どうする？　お前がここをやめてうちの店に来るなら、考え直してやってもいいぜ？」

周りに人が集まってきた焦りと、怒りと悔しさで、うまく頭が回らない。

かさにかかって畳み掛けてくるギルバートを、ぶん殴ってやりたいと思いながら睨んだとき。

「何の騒ぎだ」

落ち着いた声が、ざわめきをぴたりと鎮《しず》めた。足を止めた人たちの間を縫って現れた長身は、さっきまで話していた、ロベルクロード様だった。

きっと、騒ぎを聞きつけて来てくれたんだろう。

その場にいるだけで他を圧する怜悧《れいり》な存在感は、宰相様とおんなじで。だけど、どこかライトに似たその雰囲気に、私は安心する。

「な、なんだ……よ」

気おされたギルバートは、さっきまでの威勢はどこへやら、言い返す言葉が尻すぼみになる。

ロベルクロード様は私の肩を守るように抱き、腕にきつく食い込んでいたギルバートの手を叩き落とした。

「女性の扱いがなっていないな、無粋《ぶすい》な男だ。……何者だ？」

聞かれて、私は痛む腕をさすりながらロベルクロード様を見上げる。

「あの、学院のときの同級生です。ギルバート・バレンシュタインといって……」

「ああ、バレンシュタイン商会の。そういえばさっき父親が顔を出していたな」

最後まで言う前に、ロベルクロード様は淡々と頷く。

興味なさげな反応が気に入らないのか、ギルバートはすごい形相でロベルクロード様を睨みつけた。

……知らないとはいえ、王国筆頭《ひっとう》貴族の次期当主様相手に、度胸《どきょう》あるなぁ。本当のことを知ったら卒倒《そっとう》するんじゃないの？

「で、この娘に何用だ？　この娘は、騎士団所属の専属侍女だ。うかつに手を出してぃい相手ではない。大体、父親についてきたというのに、その仕事を見もせずに城内をうろつきまわって女性に無体《むたい》を働くとは、随分といいご身分のようだな。いい年をして、恥を知れ」

厳しく言いながら、ロベルクロード様は、集まった人たちを眼光だけで散らした。

うう……間近で見ると迫力ありすぎです。親子兄弟揃って視線の冷たさが半端ない。

それってウォーロック家の特殊能力なの？

静けさを取り戻した通路で、ギルバートは今にも歯軋《はぎし》りの音が聞こえそうな表情で私たちを睨んでいる。

「父親のもとに戻りなさい。彼の仕事の邪魔をしたくなければな。不問にするのは今回限りだ。アーシェも」

「は、はい！」

不意に矛先《ほこさき》がこちらに向き、私は反射的に背筋を伸ばした。

「専属侍女には特権が与えられていただろう。こういうときのために衛兵や従者に命令できる権限がある。騒ぎになる前に、速《すみ》やかに排除する義務があるのだよ。就業規定は読んでいるのか？」

言われて、そんな記述があったことをうっすらと思い出す。

「す、すみません、今思い出しました……。私に縁があるように思えなかったので、読み流していました……」

まさかこんなトラブルになるなんて思ってもみなかったから、あまり気に留めていなかった。これは言い訳のしようもない、私の失敗だ。申し訳なさに、泣きたくなる。

「まだ慣れていないのは仕方がないが、ライトによく聞いておきなさい。君自身の、ひいては騎士団の面子《メンツ》の為にも」

「はい、すみません……」

しゅんとうなだれた私の肩に置かれた大きな手のひらからは、変わらずロベルクロード様のぬくもりが伝わってくる。それが、次からは気をつけなさいと言ってくれているようで、なんとか涙は零さずに済んだ。

「では、団長室まで送ろう。君はまだ何か用事があるのか？」

「い、いえ……」

ロベルクロード様を身分の高い方と見たのか、さすがにギルバートも噛み付くことが出来なかったみたいだ。

「そうか。ではアーシェ、行こう」

軽く背中を押されて歩き出す。

そこに、じりじりとしたギルバートの視線を感じながら。


「あ、あの、すみません、お騒がせして」

小さく呟《つぶや》いて頭を下げる。専属侍女としての自覚が足りなかったってことだよね。財務部次官様が出張《でば》ってくるような場面じゃなかったのに、余計な手間をかけさせてしまった。

「今後気をつければそれでいい。……お前も二度目はないぞ」

「はいっ！　肝に銘《めい》じますっ！」

厳しさを増した言葉に、思わずシャキーンと背筋を伸ばして返事をしてしまいました。

うーん、さすが公爵家次期当主、有無《うむ》を言わせぬ迫力。

とはいえ、ロベルクロード様はすぐに雰囲気を和《やわ》らげる。

「お前は高等学院でも優秀だったそうだな」

「ええ、まぁ。そうでないと奨学金がいただけなかったので」

えへへと笑うと、大きな手がぽんぽんと頭の上で跳《は》ねた。

「欲しいと思っただけでもらえるものでもない。並の努力ではなかっただろう。それにお前は思いやりもあり、度量も大きい。たいしたものだな」

思わぬ高評価に、かぁっと顔が赤くなる。思わず首も手もぶんぶんと全力で横に振っていた。

「そんなっ！　私なんか全然っ。もう、いつも自分のことで精一杯で、恥ずかしいです……」

「まだ成人したばかりなのだろう。今はまだ生きる術《すべ》を覚えている段階だ。焦らなくていい。ライトやエルサーナもいるし、私も助言くらいならできる。何かあったら訪ねてくるといい」

「はいっ！　ありがとうございます、ロベルクロード様！」

わぁ、すごく心強い言葉をもらっちゃった！

嬉しくてぺこりと頭を下げると、ロベルクロード様は難しい顔で口元を押さえ、私をまじまじと見下ろした。

な、なんでしょうか？

「……ちょうどいい。ロベルクロードなど、呼びにくいだろう。ロベルと呼びなさい」

……え、ええと、一体なにがちょうどいいんでしょうか……？

「私はライトの兄なのだから、もう少し打ち解けてくれてもいいだろう？」

「は、はぁ……？　そ、ソウデスカ……？」

力強く頷くロベルクロード様。一体どうしちゃったんだろう？

まぁ、呼べって言うなら呼びますけど。確かに、「ロベルクロード」なんて舌噛みそうだし。

「じゃあ……ロベル様」

「……『兄様』のほうがいいのだが」

「はい？」

「いや、なんでもない。こっちの話だ」

「はぁ……」

なんだかなぁ。今日のロベル様、ちょっと変じゃない？

心なしか、いつもより緩《ゆる》んでいるような気がする顔を見上げて、私は首をかしげた。

そうこうしているうちに団長室にたどり着いたので、ノックしてドアを開ける。ライトもレイド様も、私と一緒に現れたロベル様に、目を見開いた。

「なんであんたがアーシェと一緒にここに来るんだよっ！」

早速《さっそく》ライトが突進してきて私を奪い返し、ロベル様に噛み付いた。

「厄介《やっかい》ごとに巻き込まれたようなんでな、保護したまでだ。な？」

「はい」

ロベル様が長身をかがめ、私の顔を覗き込んで確認すると、ライトはまるで私を隠すようにロベル様に背を向ける。ちょっと、お兄さん相手でも失礼でしょ！

「厄介ごとって、どうしたの？」

今度はライトに覗き込まれて、私はどう言ったものか……と迷う。あまり大事《おおごと》にはしたくないんだけれど、でも。

私に注がれる、三対の視線。

ここにいる三人には、下手な隠し立てては、とてもじゃないが通用しない。

諦《あきら》めた私は、ため息をついて口を開いた。

「学院のときの同級生に絡《から》まれたの。私、就職活動してたときに、三回商店の面接を受けたんだけど、三回とも、自分の子分をねじ込んで採用枠を横取りしたのがその同級生なのよ。彼には、その後にバレンシュタイン商会で雇ってやるって散々《さんざん》言われたんだけど、さすがにそんなことされて、行く気になれなかったから、断ったのよね。まぁ、そのあと、色々あって……、すっかり忘れてたんだけど」

ま、色々のあたりは言わずもがなだけど。

「そしたら、今日偶然会っちゃって……」

「なるほど、それで、また脅されたのか」

言いよどんだときに、ロベル様の絶妙の合いの手。促《うなが》すように、ごまかしは許さないと言うかのように。これでごまかす度胸《どきょう》、私にはありません！

「……うちに来ないなら、孤児院に物売らないぞって」

観念して、私はため息と共に呟《つぶや》いた。

私を抱くライトの手に、一瞬ぎゅっと力が入った。

「それはまた……随分と子供じみたことを言うものだな」

嘆息しながらレイド様が言えば、ロベル様も頷く。

「嫌がらせが高じてのことか、それとも他に目的でもあるのか。いずれにしろ、現在のバレンシュタインの商会長はそう悪くはない人物だが、子供のしつけには失敗したようだな」

学院にいたときの嫌がらせはそう大したものではなかったし、私一人が我慢すればよかった。だけど、今は彼も成人して、父親の手伝いをしているのだ。孤児院に物を売らないように手を回すくらい、出来るのかもしれない。

どうしたものか……と、難しい顔になった二人に、私はさらに不安をかき立てられる。けれど、ライトは半笑いで鼻を鳴らした。

「何言ってんだよ、難しく考えすぎなんだよ、あんたたちは。これだから恋愛ごとに疎《うと》い大人はだめなんだ。ことはもっと単純だよ、ばかばかしくなるほど、ね」

口を挟んだライトの笑みは、確信に満ちている。

どうしてこんなに自信満々なんだろう。私たちが知らない何をライトは知っているんだろう？

不安で見上げる私に、ライトは優しい笑みを向ける。大きな手が私を安心させるように髪を梳《す》いた。

……どうでもいいけど、離してくださいませんかね？　団長室に戻ってからずっと抱きしめられたままで動けないんですけど。

そしてそこのお二人もなんか言ってくださいよ、「離してやれ」とか。

何も見えてないみたいな態度されると軽くへこむんですけど！

ライトが私の髪に一つ口づけを落とす。

「そいつは別に本気で孤児院への商売をやめようなんて思ってない。単に脅しとして孤児院って言葉を出しただけだろ。それが、アーシェにとって一番の急所だと知ってるからさ。学院のころから長いこと嫌がらせをしてきたんなら、それくらい知ってて当然だ」

無表情なレイド様に対し、ロベル様のほうは、繊細《せんさい》な美貌《びぼう》を曇らせる。

「それなら、なおさら危険だろう。うちで手を回して……」

「だから、そんな大げさな話じゃないって」

ライトは笑って一度私を解放すると、そのまま手を引いて自分の椅子に座った。

当然のように、私を膝の上に抱き上げて。

「ちょっ、何するのよ！　下ろしてっ」

「だめ。今、話の途中」

にっこりと言い放たれる。いや、そういう問題じゃないでしょ⁉　み、みんな見てるのにー！

じたばたもがいても、お腹《なか》に回っている腕はびくともしなかった。くそう、荒事《あらごと》なんか縁がありません、みたいな王子顔のくせして、力はあるんだからっ！

だけど、私がここで騒いだら話の邪魔になるし……。もうっ！

ううう、ロベル様のあきれ返ったような視線が痛いんですけど……！

ため息をつきながら、眼鏡を指先で押し上げるロベル様を見ていられずに、うつむいて小さくなるしかない。

ライトはそんなこと全く気にした様子もなく、おかしそうに私の顔を覗き込んだ。

「いじめはいじめだけどな。あれだよ、好きな子をいじめて気を引こうってだけの話。本当に嫌いなら、自分のところに呼んだりしないだろ。傍《そば》に置いときたかったから、わざわざ他の就職先潰《つぶ》して、バレンシュタイン商会に来るしかなくなるように手を回したのさ。ところが、そんな男心を、アーシェは理解できないわけだ。だから、そいつのやったことは逆効果になって、アーシェの心は離れていったってとこだろ」

ライトの言葉に、部屋がしーんとする。私も、ぽかんとしてライトを見上げるだけだ。

それから、ようやく言葉の意味が頭に到達して、飛び上がりそうになった。

「ないないない、それはないよ！　だって、あれだけののしられて、嫌がらせされて、仲間はずれにされて、学院から出ていけとまで言われて私を好きとかありえないから！」

弾《はじ》かれたように全力で否定したのに、ライトは私を意味ありげに見下ろす。

「アーシェにしてみればそうだよね。全然なびかないと、余計に諦《あきら》めきれないもんなんだよ。そのうち、アーシェは姿を消してしまった。調べても、どこに行ったのかわからない。聞きに行っても教えてもらえない。そんなときに再会したもんだから、頭に血が上って反射的に暴言吐いちゃったんだと思うなぁ」

「……なるほど。それはまた……随分とあさってな方向に暴走したもんだな」

「なんというか、成人した人間のとる態度でないことは確かだな」

付け加えたライトの言葉に、あきれたように言うレイド様と、ため息をつくロベル様は、なんだかものすごく納得してるふうだ。

「え？　え？　だって、えええ？　どうしてそうなるの？　だって、好きなら仲良くなりたいって思うものじゃないの？」

そう、私がライトに対してそうだったみたいに。

ライトの膝の上、厚い胸板に両手をついてすがるように見上げると、途端に艶《つや》を増した笑みを向けられて、どきどきする。ちゅっと額《ひたい》に唇を落として、ライトは私をきゅうっと抱きしめた。

「意地悪をして気を引きたい男心ってものがあるんだよ。俺もどっちかと言えばそっちだけどね？　だからこうしてアーシェの嫌がることばかりしてしまう。ごめんね？」

「や、別にっ！　恥ずかしいけど、やじゃないし！　人前じゃなきゃ！」

って、今まさに人前で膝の上に抱かれたまま言うセリフじゃないじゃん！

私は恥ずかしくて、レイド様もロベル様も見られない。真っ赤になったまま、ライトの胸に顔を埋めて、せめて視覚だけでも遮断《しゃだん》する。

もうやだ……。私ばっかりドキドキさせられて、ライトは平気な顔して。

だけど、なだめるように頭や背中を撫でる大きな手のひらが心地よくて、もうどうなってもいいっていう気になっちゃうのが困る。

「そういうことだからさ。ただの色恋沙汰《いろこいざた》だ。兄さんが手を回すまでもない。これは俺の問題だから、俺が引導《いんどう》を渡すよ。アーシェにももう嫌な思いさせたくないしね」

私の髪を撫でながら、ライトが耳元にちゅっと唇を落としてくる。

もうっ、どうしてこう甘やかすのがうまいのよ……

本当に、私、ライトから離れられなくなる。……ライトはわざと、そうしているのかもしれないけど。

「……まぁ、ほどほどにな。あまりアーシェをいじめるんじゃないぞ」

「わかってるって」

さすが兄、ちくりと釘を刺すのも忘れない。

ライトにがっちり捕《つか》まえられているから、失礼とは思ったけれど、膝の上からロベル様の背中を見送る。

「ロベル様、送っていただいてありがとうございました！」

私の声に、ロベル様は一度足を止めた。そして、怜悧《れいり》な美貌《びぼう》の唇の端に笑みをひらめかせて出ていった。

うーん、本当にスマートで紳士的！　落ち着いた雰囲気も素敵。

なあんてうっとりしていたら。

「さて、アーシェ」

「何？」

呼びかけられて振り向けば、後ろに黒いものをまとったライトが、にっこりと笑った。

あ、あれ？

「『ロベル』だなんて、いつからそんな気安い呼び方をするようになったのかな？」

さーっと、血の気が引く音が聞こえたような気がした。

「や、だってさっき、ロベル……クロード様が、ロベルって呼べって！　ライトのお兄さんなんだからもっと仲良くしようって！　だって、私も『ロベルクロード様』って呼びにくいし！　だから……っ！」

にこにこと笑みを浮かべながらも、ライトがしどろもどろの私の言い訳に怒ってるのは明白で。

「俺以外の男と仲良くするなって言ってるでしょ？　どうしてわからないかなぁ？」

「なんでぇ⁉　ロベル……クロード様はライトのお兄さんでしょう⁉　それに結婚してるじゃない！」

「そんなのたいした問題じゃない。俺が嫌なのが大問題」

「ちっさ‼」

つい反射的に突っ込んで、はっと口をつぐんだが、もう遅い。

「やだっ！　ちょっとぉ！」

黒いものに加え冷たい雰囲気までまとわせて、いきなりライトは私を肩に担ぎ上げた。そのまま、悠々と部屋を横切って、ドアを開ける。

「全く、こんなに言ってるのに守れない子には、お仕置きしないとね」

楽しそうに言うなぁあっ！　またこのパターンなのぉぉ⁉

「うわぁん、レイド様ーっ！　助けてっ！」

「……早めに戻れよ」

諦《あきら》めたのか、それとも興味がないのか、レイド様は自分の机で書類仕事に戻っていて、こっちを見もしてくれなかった。

担がれたまま、みんなに見られながら廊下を進むのはものすごく恥ずかしい。しかも、腰からお尻をするすると撫でるのはやめてほしいっ！

「もう離してっ！　えっちぃ！」

「本当に、どうしてこっち方面の学習能力がないかなぁ。それとも、……お仕置きされたいの？」

声のトーンを落とした途端、ぱんっ、と軽くお尻を叩かれる。

「きゃぁっ！」

悲鳴を上げると、ライトはくすくすと笑って、叩いたところをなだめるように撫でまわす。

「今日はどんなお仕置きがいいかな？　希望があったら言ってね、専属侍女をやめる以外のことなら、何でも聞いてあげるから」

「じゃあ帰るーっ！」

「どこに？　ああ、部屋に？　それは急がないとね」

「実家に！　孤児院にっ！　帰るっ！」

力を込めて、一言ずつ言った言葉を、ライトは鼻で笑って却下する。

「うん、お仕置きが終わったら、帰ってもいいよ。……帰れたら、の話だけどね」

「わぁぁんっ！」

そうして連れ去られた私を、ライトはベッドに転がすなり、猫の姿に変えた。

逃げようとしたけれど、逃げられるわけもなく捕《つか》まってしまう。ライトはくしゃりとなった私の服を、ベッドの下に投げ捨てた。

『ちょっ、なんなの!?　なんで猫!?』

「これ、なーんだ？」

妖しげな笑みを浮かべながら目の前にかざされたそれは、緑の葉を茂らせた一枝。

その枝には見覚えがある。だって、お仕置きのときに使われたんだから、忘れるはずもない。

『ま、またたび!?』

「正解。これで思う存分乱れてもらおうかなぁ」

楽しげに言うライトが、それを私の鼻先に押し付ける。かぐまいと思っても、敏感になった鼻に流れ込む淫靡《いんび》な香りに、途端に頭がぐらりと揺れた。

『っあ……やだ……っ』

身悶《みもだ》える私を、ライトは片手でやすやすとシーツの上に縫いとめる。そして、またたびを傍《かたわ》らに置いて、私のお腹《なか》をゆっくりとまさぐった。

ぞくぞくっ、と背骨がしびれる感覚。体に力が入らない。

『いや、だめ……っ！　離して、手、どけて……っ！』

「それじゃお仕置きにならないでしょ。俺以外の男と仲良くしないって約束を破った罰なんだから」

『そんなっ、私、何も……っ！　あ、あぁぁっ』

ちょんと鼻先に落とされる唇も、ふっと耳元にかかる息も、耳に流れ込む声も、勝手に体を震わせて、私は泣きそうになる。人間だったら、こんな枝くらいなんでもないのに！

「そろそろいいかな」

ハアハアと息を荒らげて、ぐったりと力の入らない体をシーツの上に投げ出したまま、私は潤《うる》む目で、ぼやけるライトの艶《つや》めいた笑みを見上げた。その上がった手が指先に魔力を集めて、すっと横に引かれた。その途端。

じりっと体がしびれるような感覚に包まれて、私の体はあっという間に人間に戻っていた。

またたびの影響はもうない。けれど、さっきまで撫でられ、高められた体はすっかり陥落《かんらく》してしまい、ライトの愛撫を求めて切なくうずく。

「ひどい……っ」

「なんとでも。今に始まったことじゃないし？」

なじる言葉に平然と笑い返して、ライトがのしかかってくる。彼の重みを感じるだけで、ぞくっと反応する体に泣きたくなる。

「あーあ、ぐずぐずになっちゃって」

「ライトのせいでしょー！」

「そんなに嫌なら、我慢したらいいのに」

半泣きで責める声も、にやにやと笑う彼には全く通用しない。

「バカっ！　最低っ！　ライトなんか嫌いーっ！」

思いっきり叫んでも、心底楽しそうなライトが止まってくれるはずもないわけで。

高らかなライトの笑い声と、悲痛な私の悲鳴が、部屋に響き渡った。

3

「アーシェ、次の予定は」

「十時半から、総務部次官様と、来週行われる中央広場での楽団祭りの警備計画について打ち合わせが入ってます。その後、十一時半から法務部のラーゲイジ様と面会の予定があります。ラーゲイジ様はこちらにいらっしゃるそうですが、なにか準備するものはありますか？」

「特にない。お茶だけ用意してくれればいい」

「はい、わかりました。では、祭りの警備計画書の直しです。総務部に出してきますので、押印《おういん》お願いします」

「ああ、頼む」

「はい。ありがとうございます。では、総務部に行ってきます」

レイド様から書類を受け取り、私はぺこりと頭を下げて、団長室を後《あと》にした。

外は今にも泣き出しそうな曇り空。今日は少し涼しくて、長袖の侍女服がちょうどいいくらい。この時期は、寒暖の差が激しい。

今日は朝からレイド様と二人きりだ。ライトは、楽団祭りの警備の現場打ち合わせで町に出ている。

彼がいない団長室は、平穏そのものだ。良くも悪くも嵐のようなライトは、いつでも私の中に波風を立てるから。

だから、たまにはこういう穏やかなときも欲しいんだ。

……すぐに物足りなくなるって、わかってるけど。

そうして、一歩一歩、歩を進めるごとに、服に隠れた首元で小さく揺れて存在を主張する「それ」が、私はどうしても気恥ずかしくて、ちょっとうつむきながら歩いていた。


それは三日前、ギルバートと望まぬ再会をした日のこと。

ロベル様と仲良くするのが気に入らなかったライトに、仕事中なのに部屋に連れ去られて、散々弄《さんざんもてあそ》ばれた後の話。

結局、あの後「ロベル様」と呼ぶのは許してもらえた。

私が「ロベル……クロード様」って取ってつけたように言うのもおかしかったみたいだし、エルサーナさんや下の妹さんたちも「ロベル兄さん」と呼ぶのだそうで、みんなが呼ぶ愛称だからいいんじゃないの？　だって。

やっぱり、私を弄ぶ口実が欲しかっただけじゃん！　最低！

ライトは、疲れきってぐったりとベッドに沈む私の首に巻かれているチョーカーにそっと触れた。肌に触れているトップから、ぴりりと刺激が伝わる。

「……なにをしたの？」

動かすのも億劫《おっくう》な指先でそれに触れるけれど、いつもの慣れ親しんだ感触に変わりはない。

「万一に備えて、かな。ああ、アーシェは肌が白いから、本当に赤がよく似合うね」

言いながら、長い髪を払って、ライトは首の後ろでチョーカーの止め具を撫でる。

長いごつごつした指が肌に直接触れるたびに、ぞくりとした感覚が生まれるのを、奥歯を噛んでこらえた。ライトがくすりと笑う。

「かわいいね、首輪みたいで」

「首輪って……」

呆れ交じりにつぶやく私に低く笑って、ライトの手がまだむき出しのままの私の背中をゆっくりと撫で下ろした。

「……ん」

思わず、目を閉じて声を噛み殺すと、ライトの瞳が熱を孕《はら》んで甘く溶けた。

「あの魔女の首輪がついてたときに、あの女の所有の証みたいに見えて、めちゃくちゃむかついたんだ。こうして見ると、なんだか俺のものって気がして、気分いい」

「こんな、の、なくても……私、ライトのものなのに……」

独占欲をにじませた低い声が心地よくて、胸がきゅうっと苦しくなる。かすれた声で言い返せば、ライトがまた艶《つや》めいた笑みを浮かべた。

「うん、わかってる。ま、気分の問題。ああ、裸にチョーカーだけって、めちゃくちゃエロいな。すげぇ燃える……」

「や……ぁ」

かすれた声を落としたライトの唇が、うなじの止め具のあたりから背中をゆっくりと滑っていって。

甘い声を上げてのけぞった私の背中に、彼はまたのしかかるように重なった。

「って、あああ、そうじゃなくて！」

思い出して真っ赤になりながら、ぶんぶんと頭を振って想像したものを追い払おうとする私を、通り過ぎる人が怪訝そうに見ていく。

もおおっ、ライトのせいで、ふとした拍子に思い出しちゃうじゃない！

赤面しつつ、早足に総務部に書類を提出して、私は幾分ゆっくりした足取りで廊下を戻る。

チョーカーは、ギルバート対策、なんだそうだ。

もしかして、また追跡の魔法とかかけてあるのかも知れない。

あのあと、もう一度ライトに翻弄された。さすがに指先一つ動かせない私を、ベッドの中で腕に閉じ込めたまま、彼は私の髪を弄《もてあそ》んだ。

「城の中で騒ぎを起こしてまずいのは向こうの方だからね。専属侍女って結構地位高いし、城の中じゃ、専属相手にもめるのはご法度《はっと》とまで言われてるから、普通はあんな騒ぎが起こるはずがないんだけどね。お互い何も知らずに騒ぎになったんだろうから、帰ってからアーシェがどういう立場なのか、父親辺りに聞いてるだろ。そうなると、次からは不用意に人前でアーシェを捕《つか》まえるようなことはしないと思うよ。……ま、だからこそ、のお守りなんだけどね」

意味がわからなくてライトを見上げると、困ったように笑う。

「人前で手が出せないとなると、物陰で強引に事を運ぼうとするかもしれないからさ。そのための保険みたいなもの。……だけど、こうまで無邪気なのも困り物だな」

「事を運ぶって、何?」

いまいちぴんと来ない私が悪いのかな。だって、未だにギルバートが私を好きだなんて思えないんだもん。私にとっての彼の記憶は、苦いものばかりだから。

だけど、ライトは笑って、

「まあまあ、いいから深く考えないで。これつけてるだけで安心だから」

そう言って、優しく髪を撫でてくれた。それだけで、思い出した苦い気持ちは吹っ飛んだ。

チョーカーは、かわいいデザインで、気に入ってる。何より、ライトからのプレゼントだってことが本当に嬉しくて、もらってから毎日つけてるんだもの。

服の上からその感触を確かめて、頬が緩んだそのとき。

「見つけた」

ぼそり、とくぐもった声に、反射的に振り向いた。そして。

ざわり、と全身に鳥肌が立ったのがわかった。

進行方向の柱の陰になる所に立っていた彼は、粘《ねば》つく笑みを貼り付けている。

「まったく、面倒だよなぁ、専属侍女なんてさ。うかつに手も出せやしねぇ。オヤジに余計なことするなって怒られちゃったよ」

腕を組んで柱に寄りかかってみせる。芝居がかったその仕草が、私は昔から苦手だった。

「専属侍女なんて、めったになれるもんじゃねぇんだろ？　ここにいる限り、お前は俺よりも身分も権力も上って、なんか納得いかねぇよなぁ」

忌々《いまいま》しそうに吐き捨てて、彼……ギルバートは、私を妙に熱のこもった視線で睨《にら》み付ける。

そんなの知るか！　なんで納得いかないのかもわからないし、わかろうとも思わない。それにどうせ聞いたところで、こいつの思考回路なんて理解できないんだから、聞くだけ無駄。

私が睨みつける視線を、ギルバートはへらへら笑いながら、鼻先で弾《はじ》き返す。ああ、ムカツクったら！

「全く、親なしの孤児様が、随分出世したよな。やっぱさぁ、お前が何かしたとしか思えないんだよな。……もっとも」

ギルバートが、あざけるように笑った。

「お前、顔と体くらいしかないもんな。あの男にでも気に入られたのか？」

「どの男か知らないけど、へんな言いがかりはやめて！　ちゃんとパシフィスト教会の推薦状を提出して、就職を許可されてるんだから！　正規の手続きを踏んでるし、後ろ暗いことなんかないわよ！」

言い返した言葉さえも、ギルバートは鼻で笑う。どうしてここまで言われなきゃならないのよ！　私が何をしたっていうの!?　そんなに嫌《きら》いなら、放っておいてくれればいいのに！

にいっと勝ち誇った笑みを浮かべるギルバートの顔が心底憎たらしい。

「なるほど。で、それを信じる人間は、どれくらいいる？　城の中ってのは、厳然たる貴族社会だろう？　どちらにしろ、お前は異端《いたん》だ。騒ぎを起こして、本当にまずいのは、俺か？　お前か？　どっちだと思う？」

悔しくて悔しくて、私はきつく唇をかんだ。

そうなのだ。ライトは専属侍女最強みたいなことを言うけれど、実情は決してそうではない。

ギルバートの言葉を認めたくはないけれど、確かに、私は貴族出の侍女さんたちに快く思われていないから。

ぽっと出の、どこの馬の骨とも知れない平民が、今まで誰も座れなかった、「ライトリーク・ウォーロックの専属侍女」の座に座ったんだから、当然のことだと思う。

廊下で行き合ったときに、わざとぶつかられたり、足を踏まれたり、嫌味を言われたりすることだって珍しくない。

ここでまた騒ぎになったら、きっと彼女たちは話を大きくして騒ぎ立てるだろう。今度こそ、騎士団やライトに迷惑がかかってしまう。

本当に、こいつは……！　私の弱いところばかりを探し出す。そして、それを武器にすることをいとわない。

それが、どれだけ卑怯《ひきょう》で、ずるくて、私を傷つけるのかを知りながら。

「理解してもらえて何よりだ。どこか邪魔の入らないところで、決着をつけようか」

ゆらりとギルバートが近づく。反射的に後《あと》ずさった私の手を、ぐっと強くつかんで、彼はにやりと笑った。

「さあ、……行こうか？」

そうして、私の歩幅も身長差も無視して、自分のペースで私を引っ張り、ギルバートは歩き出した。

「痛い、離して！」

「うるさい！　離したら逃げるだろ！」

「当たり前じゃない！　人呼ぶわよ!?」

「呼ぶな！」

「だからっ……引っ張らないでってば！」

ぎゃあぎゃあ言い争いをしながら、あちこち引っ張りまわされた挙句《あげく》に、たどり着いたのは城の裏庭だった。

全くもう、不案内なくせに、勢いだけで歩き出しちゃって。あっちきょろきょろ、こっちうろうろしながら落ち着く場所を探しているらしいとわかったら、ばかばかしくなって、ついつい衛兵も従者も呼ばずに来てしまった。

うーん、だけど、さすがに人がいないのはまずい……かも？

人気《ひとけ》のない壁際に放り出すように手を離される。痛む手首をさすりながらキッとギルバートを睨むと、一瞬息を呑むような表情をした彼は、けれど、再び憎々しげに私を睨み返してくる。

「あいつ、お前のなんなんだ」

「だからさっきから誰のことよ、あいつって」

「この間、邪魔した奴だよ！」

「ああ、ロベル様のこと？　私の……雇い主のお兄さんだけど」

苛立《いらだ》たしげなギルバートの言葉に、思わず「好きな人の」と口走ってしまいそうになって、あわてて言い換える。そんなことをバラしたら、また何を言われるかわかったもんじゃない。それでも、ギルバートは胡散臭《うさんくさ》げに私を見る。

「それにしては随分親しげだったじゃねーか。肩なんか抱かれてたし」

「あれは事情があるの！　大体、ロベル様は結婚してるし、そういうんじゃないわよ。下世話《げせわ》な想像しないで！」

きっぱりと言い返せば、ギルバートの顔が赤くなる。憎々しげにゆがむ顔には、学院で女の子にキャーキャー言われていた頃の面影はない。

「大体、私のことが嫌いなら、放っておいてくれればいいじゃない！　それを、わざわざこんなところまで押しかけてきて、どういうつもりなの⁉」

と、長い間抱えていた疑問をぶつけると、ギルバートは、一瞬口ごもった。

学院にいたときから、ギルバートはいつも私を目の敵《かたき》にしていた。無視したり、仲間はずれにしたりなんてかわいいものから始まって、靴や教科書を隠されたり、悪口を言われたり。それに彼の取り巻きが追随《ついずい》して、いたずらはだんだんエスカレートした。

そのうち、私が奨学金をもらっていると知ってからは、

「授業料まで恵んでもらわなきゃ勉強も出来ないのかよ」

なんて言いがかりをつけるようになった。すると今まで当たらず触らずだった貴族の子供たちまで同調するようになった。

奨学金は、学年上位五人までしかもらえない。家庭教師までつけているのに、私にかなわないことが悔しかったのかもしれない。

そうして、クラス全体を煽《あお》って、私を孤立させたのはこいつだ。

ライトは、ギルバートが私を好きだとか変なこと言ってたけれど、不本意ながら長い間こいつと机を並べてきた私にはわかってる。こいつは絶対私を嫌ってるはずなんだ

から！

「べっ、別に追いかけてきたわけじゃないぞ！　なんでこんなところに紛《まぎ》れ込んでるのかを確かめたかっただけだ！」

　素直にお城に勤めてるのが気に入らないって言えばいいのに。言い訳なんかしなくたって、あんたの言いたいことぐらいわかってる。

「だから前にも言ったじゃない、パシフィスト教会の推薦状があるから、お城にも勤められるって。調べればすぐわかるって言ったのに、調べもしないで言いがかりつけるのはやめてよね！」

「専属侍女は貴族がなるもんだろうが！　そこにお前がいるってのが怪しいんだよ！」

「貴族じゃなり手がいなかったの！　どうしても女手《おんなで》が欲しいって言われて、ちょうど私がいただけ！　王軍にだって専属侍女なんかいないわよ。騎士団も王軍も、仕事を手伝わされるから貴族のお嬢様たちはやりたがらないもの。たまたま騎士団から専属侍女にならないかって声かけられただけで、誰にも根回しなんかしてないし、できるような相手もいないわよ！」

　うん、嘘は言ってない。ライトに謀《はか》られたって所はだまっとこ。公爵家が絡《から》むとなると、またうるさそうだしなぁ、こいつ。

ああもう、まだ仕事があるのに、ほんとついてない。

ため息をつきながらじろりと睨むと、なぜか一瞬、彼がたじろいだように見えた。

「前から聞きたかったんだけど」

「な、なんだよ」

「なんで私の就職を邪魔したわけ？　私が気に入らないなら、邪魔して無職にした時点で目標達成でしょ？　それなのに、なんでバレンシュタイン商会に入れようとするの？　胡散臭《うさんくさ》くて行く気にならないから断ったけど、何か理由でもあるの？」

と問いかけた途端、ギルバートの視線が泳いだ。

「べっ、別に理由なんてない！　お前を俺の下でこき使ってやりたかっただけだ！」

そこまで焦りながら言い訳するほどのことかなぁ？　ていうか、卒業してまでいじめたいとか、どれだけ私が嫌いなのよって話じゃない？　私だったら、目の前から消えてくれたほうがすっきりするんだけどな。それともなにか、ストレス発散の為の道具にでもしたいの？

「あのねぇ……。あんた、そんなに私が嫌いなくせに、どうして放っといてくれないのよ？　こっちはもうあんたとは縁を切りたいの。せっかく平穏な生活を手に入れたんだから、お願いだから邪魔しないでよ……」

心底しみじみとため息交じりに告げた途端、ギルバートの顔が一瞬で怒りの形相に変わった。

「うるさい、うるさい！　孤児のくせに！　孤児なら孤児らしく、施《ほどこ》しを受けりゃいいだろ!?　黙ってうちの店に来ないからこんなことになったんだろうが！　こっちがわざわざ就職させてやるって下手《したて》に出てやってるのに、いい気になりやがって！」

……その一言が私に火をつけた。

何よ、孤児孤児って！　両親揃ってることがそんなに偉いのか！　それはあんたの手柄なのか!!

「ええ、そうよ、孤児よ。それがどうしたの？　私が親を殺したわけじゃないし、親が悪いことをして死んだわけでもないわ。私が赤ちゃんのうちに事故で二人とも死んじゃっただけなのに、それは悪いことなの？　孤児の何がいけないのよ！　私は両親の顔も知らないけど、二人に恥じないように生きてきたつもりだし、二人の分まで生きるって決めてるの。それをあんたにどうこう言われる筋合いなんかないし、あんたには関係ないわよ！　放っといて!!」

怒りに任せて言い放った途端、ギルバートの顔がくしゃりとゆがんだ。

……まるで、泣き出す寸前の子供のように。

一瞬それに気をとられてギルバートの手に気づくのが遅れた。ぐっと両肩を掴《つか》まれて、強く食い込む指先が鈍《にぶ》い痛みを伝える。

「った……！」

「どうしていつもいつもお前はそうなんだよ！　どうして俺を見ないんだ！　昔からずっと……お前は誰も見ていないような顔をして、俺のことも眼中になかったんだろ⁉」

「意味わかんない……っ、なんのことよ！」

ギルバートがうつむいた。表情は見えないけれど、肩に置かれた手が、万力《まんりき》のように食い込んでくる。

「痛い……っ。離して……！」

「どうして……なんでだ……！　お前は孤児で、弱くて、俺には何もかなわなくて、それなのに絶対に俺の言いなりにならない。なんでなんだよ……！」

ぼそぼそと平坦な声が、逆に怖気《おぞけ》を走らせる。

がばりと上がった顔は、何かが焼ききれたような印象で。

「お前が頼めば、お前が俺に跪《ひざまず》いてすがってくれれば、俺は何でも言うことを聞いてやったのに！」

「った！」

どん、と勢いよく石壁に押し付けられて、一瞬息が詰まる。覆《おお》いかぶさるように体を寄せられて、私は竦《すく》んだ。

「本当は孤児院なんかどうでもいいんだ。アーシェ、お前さえ手に入れられるなら。俺のところに来いよ、悪いようにはしない」

必死な色を浮かべる瞳を、でも、私は受け入れることは出来ない。

「嫌よ。私は物じゃない。奴隷《どれい》じゃない。跪いてすがれば言うことを聞いてやるなんて、冗談じゃないわ！　私は私の意志でここにいる。あんたの言いなりになんかならないから！」

「そうかよ……！　だったら力ずくで連れてくだけだ！　来い！」

「やだ、離してよっ！」

ぎりぎりと締め上げられた手首が痛い。足を踏ん張って、引きずられるのを懸命に堪《こら》える。

すると、不意に腕の力を緩《ゆる》められて、思わず後ろに倒れそうになった。すかさずまたぐいっと引き寄せられたものだから、今度は肩が抜けそうに痛む。それを全く意に介さずに、ギルバートはまた私を石壁に押し付けた。

「じゃあいいさ。その代わり、キスさせろ。そしたら今日は引いてやる」

「嫌よ！」

にやりと笑われて、全身が一気に粟立《あわだ》った。

覆いかぶさるように体を押し付けられて、私はか細い悲鳴を上げた。心の中、ただ一人を思い浮かべながら。

こんな、こんなの、やっぱり好きな相手への態度じゃない！

相手への思いやりなんかかけらもない、一方的で乱暴な好意を押し付けられても、私は絶対に受け入れない。

顔を寄せられて、反射的に両手で押し返した。抱きすくめられて、必死に暴れた。捕《つか》まえようとする腕に爪を立て、追い込もうとする足にかかとを落とし、視線を合わせたくなくて首を振る。

ごつごつした石壁に押し付けられた背中が痛む。でも、誰が言いなりになんかなるもんか！

「いや……ぁっ！」

思わず上げた声に、苛立《いらだ》ったような「チッ」という舌打ちが聞こえて、泣きたくなる。

何でここまでされなければいけないの？　本当に、これがあんたの「好き」っていう気持ちなの？

嫌だ。嫌だ。絶対いや‼　こんなことされて好きになんかなれない！

「いい加減諦《あきら》めろよ！」

「痛っ！」

痺《しび》れを切らしたのか、力任せに顔を押さえられて、キスされるかと思ったそのとき。

「うわっ！」

ドカッという衝撃音、悲鳴と共に拘束がなくなって、私はそのままへたり込んでしまう。

私の前に、無限の壁のように立ちはだかる姿。

そして、私をすくい上げるように抱き上げた腕は、やっぱり。

「ライト！」

叫んで、私は両手でライトの首にしがみついた。

「怖い思いさせた。ごめん」

走ってきたのか、息を切らしながら、ライトが私を強く抱きしめる。やっぱり、やっぱり来てくれた！

さっきまでの恐怖と、安堵《あんど》と愛しさで、涙腺《るいせん》が決壊《けっかい》する。

しがみつく手が震えてる。怖かった。魔女に捕らえられたときには、これ以上怖いことなんかないって思ってた。だけど。

あのときのように、命の危険を感じる恐怖とは別物だった。ライト以外の男の人に無遠慮に触れられることが、こんなに怖いことだったなんて、知らなかった。

それに引き換え、今私を包む手も体も、どきどきさせたりはするけれど、私を傷つけたりしないってわかってる。

同じ男の人の手なのに、どうしてだろう？

「大丈夫、もう触らせない」

その言葉には、絶対の安心感がある。私はライトの肩に顔を埋めたまま、小さくこくりと頷いた。

「いって……。何するんだよ！　くそ、なんだよお前、誰だ！」

「騎士団の副団長様だよ。何するも何も、それはこっちのセリフだ。人のものに手を出しておいて、よく言うな」

くっ、と酷薄《こくはく》そうな笑みを浮かべ、ライトが咳き込みながら脇腹を押さえるギルバートを見下ろした。

「ったく、成人してるってのに、中身はてんでガキのまんまだな。駄々《だだ》こねて欲しい欲しいって騒いで無理矢理手に入れようとしたって、自分のものになるわけないだろうが。

相手はオモチャじゃない、人間だ。思い通りにならないからってかんしゃく起こすなよ。おかげでアーシェが泣いただろ。どうしてくれる？」

「なんだと⁉　そいつが悪いんだ！　言うことを聞かないから！　アーシェ、こっちに来いよ、そいつから離れろ！　お前は俺のだ‼」

いきり立ったギルバートが詰め寄る。怯《おび》えてしがみつく私を、ギルバートから遠ざけるようにしながら肩先で彼を止めて、ライトは鮮やかに笑う。

触れたら切れそうな、冷たい刃をまとって。

それに怯《ひる》みながらも、ギルバートはなおも私に手を伸ばす。

迫る手が、魔女の家に捕らえられていたときの記憶をフラッシュバックさせる。

女の人じゃないのに、私を捕《つか》まえようとするその手が怖い。

ざわっ、と全身に鳥肌が立って、私は目の前のぬくもりにすがる。

「……やだっ」

子供のようにますますしがみつく私に満足そうに笑って、ライトは安心させるように私の頭を撫でて、耳元にキスをくれる。

この人は、私に危害を加えない。守ってくれる。大丈夫。

きっと、すり込みみたいなものだろう。でも、優しい手とキスに、私の心は否応《いやおう》なく震える。

親密さを目の前で見せつけられて、ギルバートの顔はみるみる怒りの形相に変わっていく。

「やめろっ！　そいつに触るな！　その女を渡さないと、どうなるかわかってるんだろうな!?」

「お前のものでもないくせによく言うよ。どうなるかなんて知るか。城への物流でも止めるってか？　やれるもんならやればいい」

今まで私や、周りの人には効いていたはずの言葉に、ライトは笑みを浮かべるだけでちっとも動じない。自分の武器を恐れない相手に、ギルバートが怯《ひる》む。

「こっ、孤児院がどうなってもいいんだな！」

悪あがきのように放たれたそのセリフに、腕の中の私がびくりと震えたのをどう取ったのか、ライトの雰囲気が一気に冷えたものに変わった。

「どうにもならない。お前は孤児院に手出しなんか出来ない」

「何!?」

「父親のもとで、平《ひら》の店員と一緒に経理の修業中のくせに。物流に干渉なんかできないんだろ？　アーシェが何も知らないからって、吹いたもんだな」

半笑いの一言に、私はがばりと顔を上げた。ライトは私と視線を合わせて、優しく笑って頬を撫でてくれる。

反面、ギルバートは、傍から見てわかるほど顔色を失っていた。

どういうことなの？　ギルバートには孤児院に手を出す力はないの？

じゃあ……今まで、私が必死に我慢してきたのは……する必要なんかなかったってこと？

うろたえて忙しく視線をさまよわせるギルバートを、私は呆然《ぼうぜん》と見るしかなかった。

「し、知って……！」

「そんなの、ちょっと調べればわかるだろ。バレンシュタイン商会は、父親の店であってお前のものじゃない。お前はただの修業中の商会長の息子であって、何の力も持っていない。親の名前と店の看板使って女を掠《かす》め取ろうだなんて、随分とせこい男だよなぁ」

「お、俺は……俺はっ！」

ライトに撃破されるギルバートから、続く言葉は出てこない。

じゃあ本当に、今までの脅しは、単にはったりだったってこと？

孤児院がどうにかなっちゃうなんてありえないってこと？

全部全部、ギルバートの嘘ってこと？

未だ信じきれない私を、ギルバートの狼狽《ろうばい》振りが裏付けてくれる。

「大体、アーシェの性格を知ってるくせに、攻め方が全然間違ってるんだよ。この子は逆境に燃えるタイプだ。虐《しいた》げられたら全力で踏ん張るに決まってるだろ。いじめられて屈して膝をつくような子じゃない。そんなことしたって反発するだけで、お前のものになんかならないって、なんでわかんないかなぁ？　本当はアーシェが好きでたまらないくせに、素直になれなくて好きな女に嫌われる。お前の気持ちは全然伝わってないんだ。これ以上この子に手を出すつもりなら、こっちはそれ相応の報復をさせてもらうぞ」

「お、お、お前のものでもないくせに！　その女は騎士団の専属なんだろ!?」

ライトの余裕っぷりに、ギルバートが最後の悪あがきを試みる。するとライトはこれ見よがしに笑って私を引き寄せて、頬にキスを落とした。

「ああ、確かにこの子は騎士団所属の専属だ。正確には、俺の専属侍女だけどな。手放すなんてありえない。アーシェは誰にも譲らない。俺のものにお前がどうこう口出しするな」

「そ、それならお前が！　アーシェを縛《しば》ってるんじゃないか！　無理矢理専属にしておいて、離れられなくしてるんだろ!?」

無茶苦茶な言いがかりだ。まるで駄々《だだ》をこねる子供のように、ギルバートがわめく。

その瞬間、ライトの顔が艶《つや》めいた笑みに変わった。

「お前と一緒にするな。お前の方こそ、就職でアーシェを釣って、自分の手の届くところに囲い込もうとしてただろう。縛ってるのは認めるよ。だけど、俺もアーシェに縛られてる。今だって、見ればわかるだろ、俺が捕《つか》まえてるのか、アーシェがしがみついているのかの違いくらい。お前のように一方的じゃない。残念だったな」

すがるようにライトにしがみついている私と、私をその腕に抱いて揺《ゆ》るぎなく立つライトを見て、ギルバートはわなわなと唇を震わせる。

「なんでだよ……。どうして俺のものにならないんだ……！」

本当に聞き分けのない子供のように、尚も理解も納得もしてない彼の一言に、私もカッと頭に血が上った。

「どうしてって、あんた本気でわかってないの？」

ライトに守られている安心感からか、孤児院は心配ないとわかったからか。今までずっと我慢してギルバートに言えなかったことが、抑えきれずにこぼれ出る。

「今まで、あんたが散々《さんざん》私にしてきたことは、私にとっては単なる嫌がらせよ。学院にいたときから、私がどれだけ傷ついてきたと思うの？　孤児院がどうなってもいいのかって、小さい子たちがどうなってもいいのかって、あんたはいつもそうやって私を脅してきたわ。そうやって弱者を盾に取って脅迫するなんて最低よ！　教科書や、大事なものも壊された。それを悲しんで、我慢してる私を、あんたは笑ったわ！　それを何年もされてきて、今さらどうやってあんたのものになれって言うの？　その上、どうしてこんなことまでされなきゃいけないの⁉　もう嫌。顔も見たくない。大っ嫌い！　もう帰って！」

激情のままに口からこぼれた言葉は、我ながらひどいと思う。だけど、私はこいつを許す気にはなれない。そこまで心が広くない。

学院での思い出は、必死に勉強したことだけ。それ以外は楽しかったことなんか思い出せないくらい、私はずっと耐えてきたんだから。

こいつの嘘に長年踊らされてきたのかと思うと、悔しくて情けなくて、涙が出てくる。

「あ、アーシェ……」

私からありったけの悪意をぶつけられたギルバートは、ライトに抱かれたままぼろぼろ泣く私に、放心したように手を伸ばす。

けれど、その指先が届く寸前、ライトに阻《はば》まれた。

「アーシェは俺のだ。気安く触れるな」

雷光《らいこう》のように鋭い言葉にびくりと慄《おのの》いた手が、力なくゆっくりと落ちていった。

「なぁ、もういいだろ？　諦《あきら》めて、この辺で引いておけ。お前はやり方を間違えた。それも、何年も。もう取り返しはつかない。これ以上アーシェに嫌われたくなければ、手を引け」

諭《さと》すようなライトの声に、ギルバートは、うなだれたまま拳《こぶし》を震わせる。

「嫌だ……そんなのは嫌だ……！」

駄々《だだ》をこねる子供のように、少しでも最後のときを延ばすかのように、ギルバートは小さく呟《つぶや》き続けている。

だけれど、私の心は動かない。未来のことなんか知らない。今、私はギルバートという存在を完全に拒絶していた。

「今回のことを、少しでも悔やんでいるのなら、今後絶対に繰り返すな。同じことを繰り返せば、それこそもう二度と顔を見られないと思え。その上で、アーシェにも、自分にも恥じるようなことをするな。そうすれば、この先いつか、またこの子の顔を見られる日が来るかもしれない」

そんな日なんか、来なくたっていい。二度とこの顔を見たくない！

拒否の意味も込めて、しがみついたライトの肩にぎゅっと爪を立てると、ライトがなだめるようにとんとんと背中を叩く。

「今のお前が、アーシェに謝ることができるとは思えない。だが、何年かかってもいい、本当は好きだった女にこれほどまでに嫌われるような己《おのれ》の所業を省《かえり》みろ。そして、いつかアーシェに謝れ。俺はそれを見届ける。忘れるな」

それはきっと、私にも言えること。

今は何もかも受け入れられない。だけれど、許す許さないは別にしても、いつかギルバートに謝罪はさせてやれって、きっとライトはそう言ってる。

私だって、ライトの言葉に今は素直に頷けない。だけど私も、何年かかっても、ギルバートとのことに折り合いをつけるべきなんだろう。

「今後も城に来るか来ないかは好きにしろ。ただし、父親と登城《とじょう》したとしても、仕事以外のことで城内をうろつくな。アーシェを探し回るのもダメだ。廊下で行き合っても、接触を禁止する。期限は、アーシェが解禁するまでだ。騎士団副団長、ライトリーク・ウォーロックの名において、専属侍女アーシェ・グレイの命令としてこれを実行する。今後、お前が登城したときには監視が付けられる。アーシェに接触を試みようとすれば、従者及び衛兵によって城外に退去させられることになる。これは明日から城内全域に適用とするから覚えておけ」

そう言い捨てて、ライトは私を抱いたままギルバートに背を向けた。

ライトの肩越し、振り返った視線の先に、がくりと草の上に膝をついて崩れ落ちるギルバートの姿が見えた。

　薄暗い廊下の片隅、目立たない階段下に連れ込まれたところで、ライトの腕から降ろされて抱きしめられた。

「遅くなって悪かった」

「ううん、来てくれてありがとう。だけど、お仕事は良かったの？」

「まぁ、こうなることを予想して、段取りはつけてたから心配ないよ」

　そう言って、ライトは赤いチョーカーを襟元からひっぱり出して、指でなぞる。

「それならいいけど……。そういえば、これ、何の術をかけてあるの？」

　これは元々、私がいつでも猫になれるように、変化《へんげ》の術を封じてある魔具なのだ。魔力を練って触れれば、猫の姿になれる。

　あのとき、ライトは確かにこのチョーカーに何かの術をかけていたはずだ。ライトは笑って、また指でトップに触れると、魔力がぱちんとはじけたような感覚がした。

「追跡の術を重ねてかけておいたんだ。今解除したけどね。変な場所に移動するから、速攻で戻ってきたんだけど、間に合ってよかったよ」

「ごめん、私、迷惑ばかりかけて。いつもライトに甘えてばかりいる。もっとちゃんと一人でできるようになりたいのに」

あんまりにも情けなくて、私はライトと目を合わせられずに、唇を噛んでうつむく。

「いいんだよ。それに、むしろ俺にとってはその方がいいし」

「え?」

ど、どういうこと? 私ができない方がいいって言うの?

混乱してライトの顔を見ると、彼は悲しげに笑ってこつんと額《ひたい》を合わせてくる。

「俺はさ、アーシェをダメにしたいんだ。俺がいなきゃ何も出来ない女の子にしてしまいたい。いつでも俺の傍《そば》で、俺のためだけに存在する女の子になってほしい。俺から離れられなくなればいいって思ってる。それって、根本はあいつと同じで、アーシェの意思を蹂躙《じゅうりん》することだ。君はそんなこと望んでないし、俺もそんなのはダメだってわかってる。だから歯止めをかけてるけど、でも、どうしても行き過ぎてしまうみたいだ。だからアーシェ、俺にダメにされたくなかったら、頑張って」

「どうしてそんなこと言うの? 私、何もダメになんかなってないよ? どうしたの、何かあった?」

ライトが突然こんなことを言い出すなんて、おかしい。いつものライトじゃないみたいだ。

危うさをのぞかせるその悲しげな笑顔は、前に見せてくれた、弱さを吐き出すときの顔と一緒で、たまらなくなる。

「うん、多分、あのガキにあてられたんだと思うんだけどね。束縛したがってるのは一緒だからさ。俺もあのガキと大差ない」

「ちがうよ！　私はライトのものだけど、ライトも私のものなの。一方的じゃない、あいつと一緒なんかじゃない！　私は、ライトの傍にいたいの。ライト以外要《い》らないの！」

厚い胸にすがりついて必死に言い募《つの》った。

私の気持ちもわかってほしくて、普段はなかなか言えない本心をぶちまける。

「っヤバ……。たちそう」

不意に不穏な一言と共に腰を引き寄せられた。くい、とあごを掴《つか》んで軽く上げさせられて、私はわずかに細くなった瞳に明確な情欲の火を見る。それに慄《おのの》く間もなく、唇が重なった。

「んぅ……！」

遠慮なく舌を絡《から》められて、喉の奥で悲鳴がくぐもった。

わざと腰を押し付けられて、はっきりとわかるその硬さにさすがにうろたえる。焦らすように揺らされて、必死に唇を引き剥がした。

「やっ……！　こ、こんなときに何やってるの!?　だめっ、もう仕事戻んなきゃ！」

「そんな今にも襲いたくなりそうな顔で帰したくないな」

とろりと溶けそうな瞳で、淫靡《いんび》な笑みを刷《は》いたままのライトに覗き込まれると、うなじを逆撫でられたようにぞくんっと戦慄《せんりつ》が走る。

へっ、下手するとここで食われるっ！

「だめだめ！　顔なんて戻るまでに直るわよっ！　私お仕事あるもん、もう帰る！」

「しょうがないなぁ。じゃあ俺も戻るよ」

「しょうがないのはどっちだーっ！」

ぎゃあぎゃあと言い合いながら、ようやくのことで階段下から脱出する。ライトはすごく不満そうだったけれど、このままここで油売ってるわけにはいかないじゃない。

「もうっ、離してってば！」

すぐに戻るつもりだった私の手を捕《つか》まえて、のんびりと廊下を歩くライトと、なんだかんだ言って流された私。

その手はライトの一回り大きなそれに絡めとられるように繋《つな》がれて、二人の間でゆらゆらと揺れている。

「まあまあ。いいじゃん、ちょっとぐらいゆっくりしたって」

にこにこと手放しで機嫌のいい笑みを浮かべてライトは言う。

「だからっ！　お茶出しを頼まれてるんだってば！　もう次官様が来てるかもしれないのに！」

私はといえば、ぷりぷりと怒ってみせながらも、さっきまでのごたごたが尾を引いていて、その手のぬくもりを手放しがたかった。

……でも、ライトを振り払ってでもすぐに戻るべきだったと、私は直後に後悔することになった。

なぜなら、西棟の廊下まで戻ったところで、団長室のドアが開いたのが見えたから。

そして、総務部次官様が出てくるのを確認して……血の気が引いた。

「ヤバイ、お茶淹《い》れるはずだったのに……っ！」

そこでようやくライトの手を振り切って、すれ違う次官様にお辞儀もそこそこに、団長室に飛び込んだ。

「レイド様、すみません……っ！　私っ」

途端に投げられた眼光に息を呑み、私の唇は凍り付いてその先の言葉をつむぐことが出来なかった。

鋭い三白眼《さんぱくがん》がひたりと私を見据《みす》えている。

「俺は、お茶を、と頼んでいたはずだな。連絡もなく、なぜ遅れた？」

「それは、その……トラブルで」

「トラブルの内容は」

「ええと、あの……先日と同じで、バレンシュタイン商会の息子と……ちょっと」

歯切れが悪い私を、レイド様は目を細めただけで黙らせる。

当たり前だ、職務放棄した自覚はある。言い訳なんかできない。

「そのために専属侍女としての権限があるのだろう。ライトに説明されなかったか？」

「したよ、ちゃんと。トラブルがあった日の夜にね」

ライトがにこりと笑んで頷く。

そうだ、あのときはなし崩しに部屋に持ち帰られて散々《さんざん》な目にあったけれど、その後夕食を食べてから、専属侍女の就業規定や、侍女教育のときに使った王宮侍女規範をおさらいしてた私に、専属侍女の権限や、してもいいこと、出来ることを、ちゃんと話してくれた。

王宮侍女規範を広げたテーブルに頬杖をついて、ライトはあいまいな笑みを浮かべて言った。

「気持ちはわかるけど、何も今更確認することもないんじゃない？」

「そんなことないよ！　私、まだお城のことはよくわからないし、それで迷惑をかけたくないし」

「大丈夫だよ、困ったときは衛兵呼べばいいし、俺もいるし」

「でも……」

「ほら、王宮侍女規範のここの項。これ守ってればいいって」

「ちょっと、そんな簡単に言わないでよ！　次にああいうことがあったときはどうしたらいいの？」

「だから、誰か呼べばいいんだよ、近くに誰かいるから」

「だって、誰を呼べばいいのかわからないのに！」

「アーシェは専属侍女なんだから、誰を呼んでもいいんだよ」

そんな感じではあったけれど、頭には入ってる。でも……私、本当にわかってた？

ライトが青ざめていく私の頭を撫でて、ふっと目を細めた。

その様子はどこか満ち足りたような、でもほの暗い翳《かげ》りを伴っていて、ぞくりと寒気を感じさせた。

「アーシェが今まで育ってきた環境と城《ここ》はあまりにも違う。それに、この子は平民で、人に命令することに慣れていない。説明してもピンと来てないような顔してたから、頭には入ってても多分理解はできないだろうなって思ってたよ。だから、一通り説明しただけでやめた」

しれっと言うライトにわずかに眉を険しくしただけで、レイド様は私に視線を向ける。

私はといえば……そんなふうに思われていたことと、実際そうだったことを初めて自覚して、目の前が真っ暗になった気がした。

私、最初から失格だったってことなの？　ライトには、最初から当てにされてなかったの？　侍女としての信頼は、されてなかったってこと？

……そうなんだろう、と頭の片隅で思ったけれど、ショックが大きすぎて頭が回らない。

「アーシェ。わからない、出来ないでは話にならん。専属侍女は権限を持っているが、それに伴う義務もある。すなわち、今回のように、業務に支障をきたす障害の排除くらい、一人で出来ないようでは専属侍女は務まらんということだ。お前はどうだ。城に勤める専属侍女として、プライドを持って仕事をしているか？　仕事の邪魔をするものを、全力で排除しようとしたか？　それは、専属侍女としての義務だ。ひいては、お前を専属にしているライトの評価にもつながる。それをお前は理解しているのか？」

私は、レイド様の言葉に何も言えず、唇を噛んでうつむいた。

私、全然わかっていなかった。

お城に勤めて、ライトの専属になって、みんなにかわいがられて仕事をするだけで満足してた。

ライトが甘やかしてくれるままに甘えて、本当に必要なものは何も身についていない。

さっきも。ライトがギルバートに命じたこと。

『今後も城に来るか来ないかは好きにしろ。ただし、父親と登城《とじょう》したとしても、仕事以外のことで城内をうろつくな。アーシェを探し回るのもダメだ。廊下で行き合っても、接触を禁止する。期限は、アーシェが解禁するまでだ。騎士団副団長、ライトリーク・ウォーロックの名において、専属侍女アーシェ・グレイの命令としてこれを実行する。今後、お前が登城したときには監視が付けられる。アーシェに接触を試みようとすれば、従者及び衛兵によって城外に退去させられることになる。これは明日から城内全域に適用とするから覚えておけ』

これって、本当は私が言うべきこと……専属侍女として言わなきゃいけないことだったんじゃない？

そして、一度引き受けたことは、たとえお茶出しという些細《ささい》なことでも、完璧に遂行《すいこう》するのが侍女のお仕事。

私は……専属侍女という以前に、王宮侍女としての意識を持っていなかった。侍女失格だ……

私はレイド様に深く深く頭を下げる。

「すみません……っ。全然わかっていませんでした。『専属侍女』そのものを、理解していませんでした。すみませんでした！　今後は気をつけます！」

バカだ……バカだ、私。本当に、ギルバートなんかにかまっている場合じゃなかったのに。この間、ロベル様だってきちんと私に注意してくださってたのに。自分でちゃんとしなきゃいけなかったのに。全部台無しにした。

悔しい。情けない。孤児院のみんなや院長先生、シスターとも、頑張るって約束したのに、これじゃ何の意味もない。

レイド様の深いため息が、耳に痛かった。

けれど、それは私に向けられたものではなく。

「ライト。お前、アーシェにどう話した？　危機感なく話しただろう？　むしろ、あまり印象に残らないように、表面だけなぞった話で終わっていないか？　アーシェは聡《さと》い子だ。きちんと話をすれば、理解できるはずだ。どうなんだ？」

顔を上げれば、矛先《ほこさき》を向けられたライトがなんだか曖昧《あいまい》な笑みを浮かべる。

「……まぁ、そう取れなくもないような話し方はしたかな」

しれっと答えるライトに、レイド様の眉間のしわとため息がいっそう深くなる。

「それでアーシェがトラブルに巻き込まれて、対処する術《すべ》も義務も理解できずにいるんだろう。おまえは自分の面子《メンツ》はどうでもいいと思っているだろうが、アーシェ自身の存在意義すら疑われることになりかねんぞ」

「うん、知ってる。それじゃダメなんだってことも理解してる。でもさ、俺がアーシェを専属にしたのって、今となっては城の中に置いておきたかったからってのが九割占めてるから。騎士団の仕事はついでだから、正直侍女としての仕事なんか、どうでもいいんだよね」

自分の机に寄りかかってけだるげに腕を組み、なぜか妖艶《ようえん》な流し目をくれながら、ライトは到底認められない言葉で私を撃ち抜いた。

「城の関係者でなければ、城の中で寝泊まりできない。俺はいつでもアーシェを傍《そば》に置いておきたい。一日中でも部屋にいて、俺の望むとき、望むことを望むままにしていて欲しい。……っていうことを半《なか》ば本気で考えるくらいダメ人間だからさ。だから今回も、トラブルが起こっても俺が助けるからいいやって思ってたよ」

待って……。ちょっと待って。何を言ってるの？

それじゃあ……私が頑張っていることは無駄だって言いたいの？

『私はダメになんかなってない』

さっき言ったばかりの言葉が、あっという間にかき消されていく。

「ひどい……。だからちゃんと言ってくれなかったの!?」

部屋に連れ帰られたあの日。

ライトは「大丈夫だろ」なんて、まるで何でもないみたいに言うから、それを真に受けて、同じことを繰り返した自分にも腹が立つ。だけど、これはあんまりだ。

「私は、ライトの傍にいたいけど、でも、人形になりたかったんじゃない！　お仕事だって、ちゃんと頑張ろうと思ってた！　それはみんな、ライトにとってはどうでもいいことだったの!?　私が失敗したらいいって思ってたの!?」

「そうは思ってないけど、それに近いことは考えてるかな。さっきも言っただろ、アーシェをダメにしたいって。結果的にそうなっても構わない。だから、特別なことはしなかった。ただそれだけ」

いつもと違う、何かを隠すような笑みを浮かべながら、ライトはしれっと答える。

頭が沸騰《ふっとう》しそうだ。

「バカにしないで！　確かに私、ライトの専属でお城に上がったけど、でも！　笑って話し相手をするだけの専属侍女は絶対いや！　ライトは、私が何も知らないで頑張ってるのがそんなに面白かった!?」

「そういうわけじゃないけど。ここに四六時中《しろくじちゅう》いてくれるから、それは満足してたし」

「それはって、じゃあそれ以外は!?　お茶を淹《い》れたし、書類のお使いだってしてたし、部屋の片づけもしたでしょ!?」

「それなら別にアーシェじゃなくたってできるでしょ。一生懸命やってくれるのが嬉しくて黙ってたけどさ」

「そんな……！」

何が悪いんだと言わんばかりの態度で、ライトは私を言葉で打ちのめす。

足元があやふやになる感覚。自分がどうしてここにいるのかわからない。

確かに、私が今まで専属侍女になってからしてきたことは、誰だってできることばかり。

だけれど、それをライトは「どうでもいい」と思ってた。

仕事なんて、ただの口実。出来ても出来なくても、興味がないんだ。

「大体にして、俺は君に、『専属侍女としての仕事ぶりに期待してる』なんて、一言も言った覚えはないし？」

笑うライトは、本当にそれを悪いとは思っていないみたいに見えて、私は言葉をなくした。

ただ自分の立場に縛《しば》り付けて置いておくだけじゃ、体裁が悪い。それに、愛人を城内に囲うことはできない。就職で困っていた私は簡単に飛びつく。そんな思いつきを実行しただけの話……

「痴話喧嘩《ちわげんか》なら部屋に戻ってからにしろ。仕事の邪魔だ」

その険悪な空気を切り裂いて、レイド様の低い声が割り込んだ。

はっとしてそちらを見ると、厳しい顔を組んだ両手の上に乗せ、レイド様が深いため息をついた。

「場をわきまえろ。ここはどこで、今は何をする時間だ？」

朗々《ろうろう》と響く声が、耳に痛い。ライトは無表情で視線を逸らした。

失敗を繰り返した挙句《あげく》に、仕事中に団長室でプライベートなことで言い合うなんて。

「すっ、すみませんでした！　今、お茶を……」

「いや、いい。お前は少し頭を冷やせ。ライト、お前には後《あと》で話がある」

すっぱりと切り捨てられて、私はいたたまれなくてうつむくしかない。

鼻の奥がツンと熱くなる。ダメだ、今泣いちゃダメ。今までのことが無駄だったとしても、もう頑張れる自信はなくても。お仕事は、ちゃんとしなきゃ。

「ほんとに、すみません……」

「二度目はないぞ。ライトも覚えておけ」

「わかってますよ」

投げやりな返事をして席に戻ったライトを、どうしても見ることはできなかった。

悔しくて、悲しくて、情けなくて、でもどうすることもできない。

その日はもう、残りのお仕事をするだけで精一杯だった。

自分の失敗のこともある。ライトに言われたことも。自分の中で消化できない思いがぐるぐると渦巻《うずま》いて、せめて仕事で失敗しないように必死だったけど、悔しくて情けなくて涙が浮かぶ。

ライトはいつもと違い、ふざけてくることもなく無表情で、私と目を合わせようともしない。弁解するつもりもないんだ。

レイド様は何も言わないし、触れない。いつもどおりのその態度が、今は救いだった。

仕事が終わって、ライトと二人で部屋に戻る。その間も、無言だった。沈黙が痛い。でも、私からは何も話す気になれなかった。

私がここにいる意味って何だろう？

ただお人形のように、ライトの傍《そば》にいることだけを求められているの？

私が頑張ることなんか、ライトは望んでいないの？

私は、ここにいて本当によかったの？

ライトに雇われているなら、ライトの思うとおりにするしかないの？

その問いだけが、ぐるぐると頭の中を回っている。そんな私を、思いつめたような目でライトが見下ろしているのにも、気づかないまま。

部屋に戻って、いつもならお茶を淹《い》れて、食事が来るまでののんびりすごす時間も、今日はそんな気になれない。

でも、ここには居場所がない。部屋もベッドも、ライトと一緒。ちょっとでいい、一人になりたい。少し外に出ようか……

考え込む私に、ライトが手を伸ばす。

「アーシェ」

「嫌！」

ぱしんっ、と思わず手を払いのけてしまう。驚いたように目を丸くするライトを見ても、「ごめんなさい」の言葉は、喉に貼りついたまま出てこない。苦しそうに眉を寄せたライトが、次の瞬間、私を抱きすくめた。

「やっ、だ……！　離してっ！　んんっ……！」

私の両手を背中で戒《いまし》めて、ライトは噛み付くように口付けてくる。荒々しく攻め込んでくる舌は、まるで私を犯そうとしているみたい。

こんなにやさしくない、強引で、有無《うむ》を言わせないやり方は初めてで、恐怖と屈辱で涙が零れた。

唇でそれを感じたのか、やっとライトが離れてくれる。

苦しくて息を吸う喉がひゅうひゅうと啼《な》く。堰《せき》を切ったように、ぼろぼろぼろっ、と涙が零れて止まらなくなった。

「やだ……こんなの……。こうやってキスでうやむやにしたり、力でねじ伏せたりして欲しくない。ちゃんと話したいのに……！」

「話す必要なんかないよ。あれは俺の本心だ。そんなの、最初からわかってただろう？」

無表情で答える声が冷たくて、胸が痛い。

「応援してくれたじゃない……。頑張れって、言ってくれたじゃない……！」

「口では何とでも言えるだろ。アーシェがなんて言ったら喜ぶかはわかってる。それで傍《そば》にいてくれるんなら、いくらでも言うさ」

「ひどいっ！」

ぱんっ、とライトの頬が乾いた音を立てた。

叩いた私の手も、じんじんする。だけど、叩かれたライトは、静かに私を見下ろしているだけだった。

「もうやだ、今夜は一緒にいたくない！　ライトのバカ！」

「アーシェ！」

「離してっ！」

どんっ、と渾身《こんしん》の力をこめて突き飛ばしたライトの体が、ソファに落ちる。その隙《すき》に、私は部屋を飛び出した。

「アーシェ、待てって！」

追ってくる声にかまわず、私は全力で廊下を駆け抜け、階段を下りる。その間に、魔力を練ってチョーカーに触れた。中庭のテラス窓を押し開き、植え込みに隠れて術を発動させる。

「アーシェ！」

同時にライトが中庭に飛び込んできた。私はすぐに埋もれた服から這《は》い出して、近くの木の陰に隠れた。

もう夕闇が落ちてきていて、人の目に黒猫の私を判別するのは難しい。そう簡単に見つけることはできないはずだ。

「アーシェ！　どこだ！」

切羽詰まった叫びが、耳に痛い。あちこちの植え込みや花を掻き分けている音が、せわしなく聞こえてくる。

「アーシェ！」

やめて、そんな風に呼ばないで。泣きそうな声で呼ばないで……！

「どこにいるんだ、アーシェ！」

声が近づく。がさがさっ、ぱきん、とすぐ傍《そば》の植木を掻き分けて、ライトは私の侍女服を見つけた。

がくん、と膝をつき、震える手で侍女服を掻き抱く。

「アーシェ、行くな、頼むから……！　俺を一人にしないでくれ……！」

血を吐くような声に、私は耳を塞《ふさ》いだ。

つらい。苦しい。悲しい。あんなふうに私を呼ぶ声も、今は聞きたくない。

小さく硬く体を丸め、私はしばらくそこにうずくまったまま動けなかった。

4

どれくらいの時間が経っただろう。ライトの気配は、もう消えていた。

耳に届くのは、風に揺れる草木の音だけだ。ライトはどこに行ったんだろう。部屋に戻ってるとは思えない。きっと、城内を探し回っているはず。

勢いで飛び出してきちゃったけれど、実はどこにも行くあてはない。ライトは私の侍女服を持っていってしまったみたいで、着替えもない私はしばらく猫の姿でいるしかない。

どうしよう……。でも、このままここにいても仕方がない。とにかく一晩、どこか過ごせる場所を探さなくちゃ。私は、人間に戻った後《あと》もそのままにしてあるテラス窓の猫ドアから中に戻り、とぼとぼと歩きだした。

季節はもう夏になる。一晩過ごすだけなら、どこでだって寝られる。まず思いつくのは、お城の角にしつらえられている尖塔《せんとう》の見晴らし台だ。

大昔戦争があったときの名残で、かつては見張り台として使われていたらしく、眺めがとてもいい。廊下の角の円形のスペースには、ソファとテーブルが置かれていて、ときどき空き時間をここで過ごす人もいる。

次に思いつくのは、中央棟の回廊の出窓だ。日当たりが良くて、よく日向ぼっこしていた場所。奥まった場所を選べば、あまり人も来ないいし、のんびりできる。

あとは、華月宮の待合室のソファ。向かいの窓から、王妃様の中庭が良く見える。王妃様のお茶会に呼ばれたときに、ライトと二人で座ったけど、すごく居心地が良かった。夜は来訪者がいなくなるから静かだよって、ライトも言ってたっけ。

まあ、お腹《なか》が減っているのは我慢できるし、寝る場所には困ることもなさそうだからいいんだけど、問題はトイレよね……。

どの場所を選ぶにしても、トイレの当てがないのは困る。でも、いまさら部屋には戻れないし、下手にうろうろしたら、ライトに見つかっちゃうかもしれない。やっぱり不便よね、猫の体。いずれ部屋に戻るとしても、ひとまず頭を冷やす時間が欲しかった。

迷った末に、私は華月宮に向かうことにする。ライトはあそこにはあまり近づきたくなさそうな感じだったから、積極的に探しには来ないかもしれない。

そんな淡い期待を抱きつつ、私は華月宮へ向かった。通路は、二階の回廊から回っていかなくちゃいけない。一本道だから、ここでライトに鉢合《はちあ》わせするのはまずいけれど、とりあえず姿が見えないことに安心して、石の床をとことこと進んでいく。すると、前方のテラス窓が開いている。

何の気なしに覗いたそこでは、二人の人影が寄り添っていて……それが誰なのかを知った私は思わず固まった。

エルサーナさんは大きなレイド様の胸に顔を埋めていてその表情はわからない。レイド様のほうは、口元にかすかな笑みを浮かべていて、その手はエルサーナさんの腰をしっかりと抱いてる、ように見えるのは気のせいじゃないのよね⁉

そういえばここ、前にエルサーナさんがレイド様に抱いている恋心を、私に話した場所じゃなかった⁉　いつの間にか、二人は付き合うようになってたってこと⁉

レイド様は、小さく何かを呟《つぶや》いて、エルサーナさんの耳に唇を押し付ける。腕の中でふるりと震えたエルサーナさんの耳は、あっという間に真っ赤になった。

うわぁぁ、なんか人のラブシーンって、ドキドキする！　見てるこっちが恥ずかしい～！

すると。

ちらり、と視線を流したレイド様が、にやりと笑った。

「なんだ、覗きとはいい趣味だな、アーシェ」

『なっ、ち、違いますぅっ！』

ばっ、ば、ばれてたー!?

あわててぶんぶんと頭を振る私に、エルサーナさんも振り返って、さっと顔を赤らめた。

「まぁ、アーシェ！」

あわてて離れようとしたエルサーナさんの腰に回っている大きな手に、ぐっと力がこもるのがわかる。

「あ、あの、離してください……！」

「無理だな」

「なぜですの!?」

困ったように見上げるエルサーナさんにあっさりと言い放つレイド様の口元には、意地悪そうな笑みがかすかに浮かんでいる。

対して、エルサーナさんはかわいそうなくらい真っ赤になって。

私から見たら、エルサーナさんの反応を見て、完全に面白がっているようにしか見えないんだけど。ていうか、なんか空気が甘すぎていたたまれないんですけど……

途方に暮れる私に、ようやくレイド様の魔手《ましゅ》から逃れたエルサーナさんが駆け寄ってきて、優しく抱き上げてくれた。

「アーシェ、こんな時間にどうしたの？　夕食はもう終わったの？」

問われて、ふるふると頭を横に振ると、エルサーナさんは目を丸くする。

「まだ食べていないのね？　ライトはどうしたの？」

その問いには、私は黙ってうつむくしかできない。

思い出すと、悔しくて情けなくて、じわりと目が潤《うる》む。

「エル」

とん、とレイド様が大きな手をエルサーナさんの肩に置く。

「部屋で一晩休ませてやってくれ。食べられそうなら食事も頼む」

事情を知るレイド様の一言に、エルサーナさんは何も言わずに頷いた。

「すまんな。明日は華月宮まで迎えに行く」

「かしこまりました。侍女服の手配をしてもよいですか？」

「ああ、任せる。……悪いな」

する、と太い指がエルサーナさんの頬を意外な優しさで擦《さす》る。

顔を上げたエルサーナさんと視線を絡《から》ませて、……一瞬のその熱さにエルサーナさんが息を呑むと、片手を上げたレイド様はマントをなびかせてその場を後《あと》にした。

廊下の向こうにその後ろ姿が消えるまで、息を詰めて見守っていたエルサーナさんが、ほっとため息をつく。

「ごめんなさい。恥ずかしいところを見られてしまったわね」

『いえ、その……私こそ、覗きみたいなことしてすみません』

恐縮して頭を下げると、エルサーナさんは困ったように笑った。

「なんとなく言っていることはわかるのだけど、やっぱり言葉が通じないのは不便なものね。人間の姿には戻れる？」

『はい、多分大丈夫です』

頷くと、エルサーナさんはにこりと笑った。

「そう。じゃあ私の部屋に行きましょうか」

『すみません、ご迷惑をおかけして』

にゃぁ、と答えると、また笑う。

「あとで、お話聞かせてもらうわね」

そうして、私は一晩をエルサーナさんの部屋で過ごすことになったのだった。

幸い、部屋へ向かう途中でライトと鉢合《はちあ》わせることはなく、少しだけほっとする。

それに、やっぱりちゃんとした部屋で過ごすのと、オープンスペースのソファや窓際で寝るのとでは安心感は比べものにならない。

ほっとしたせいなのかどうか、急におなかがすいてくる。ほんとに現金だなぁ、私。

そして初めて訪れたエルサーナさんのお部屋は、意外と普通だった。もちろん、調度品はお城のものらしく落ち着いた雰囲気の立派なものが揃えられているけれど、貴族のお嬢様らしく豪華な部屋を予想していた私には、ライトの部屋とそんなに違いがなく見えた。

ただ、入って左手の壁面に置かれたガラス戸の付いた棚の中には、ガラス瓶に入ったたくさんのお茶が並んでいて、素敵な茶器が何セットも揃えられている。後で見せてもらおうかな。

そういえば、エルサーナさんはお茶の資格を持っていて、お茶を淹《い》れる名人なんだってライトから聞いたことがある。王妃様も、エルサーナさんの淹れるお茶が大好きなんだそうだ。

お茶の淹れ方も習いたいなぁ。お願いしたら教えてくれるかな。後で頼んでみようっと。

「さぁ、こちらがバスルームよ。とりあえず着替えを出しておくから、人に戻ったらそれを着てね。下着は新しいのがあったから大丈夫よ。それじゃあ、私はあちらで待っているわね」

『はい。ご迷惑をおかけしてすみません。ありがとうございます』

なーうと鳴き声を上げてぺこりと頭を下げると、エルサーナさんはひらりと小さく手を振ってドアを閉めた。

私は魔力を右足に集めて、もう一度チョーカーのトップに触れた。

『っう……』

しびれるような感覚とともに、毛皮が消え、手足が元に戻っていく。

体を覆《おお》う魔力が消えたのを確認して、籠《かご》に揃えられた着替えを身に着ける。

仕事着の下に着る下着は決められているから、デザインはいつも私が着ているのと同じだ。真っ白で、柔らかく体にぴたりと貼りつくような質感の生地でできた、胸を覆う下着と、下は腰の横で紐を結ぶようにできているもの。

でも、着てみると胸が少し余る。エルサーナさんはスタイルがいいんだなぁ。

用意されていた服は、水色のワンピースで、体の線が出ないすとんとしたシルエットの部屋着だった。

着てみると、なんだか甘くていい香りがして、ドキドキしてしまう。大人っぽくて、優しくて、お仕事もできて、美人で、すごくいい人。憧れるなぁ。あんな素敵な大人になりたいなぁ。

今の私のままじゃあんなふうにはなれない。……でも、何がダメなのかわからない。

そっとドアを開けると、エルサーナさんはテーブルの上に軽食を用意してくれていた。

「どう？　着られたかしら？」

「はい、大丈夫です。本当に、ご迷惑をおかけしてすみません！」

勢いをつけて頭を下げると、小さく笑って顔を上げさせてくれる。

「いいのよ、気にしないで。今日はアーシェとたくさんお話できそうだから、私も嬉しいの。さぁ、お腹《なか》がすいているのではない？　軽くつまめるものを用意したから、どうぞ？」

テーブルの上には、野菜のスープとサンドイッチ、ブイヨンで半熟に煮た卵にトマトソースをかけてソーセージを添えたものと、フルーツが用意されていた。

温かいスープの香りがふわりと鼻をくすぐり、私のお腹がくうっと鳴る。

「わっ、やだ、ごめんなさい！」

「いいのいいの、私だって、お腹がすいたときには鳴ってしまうもの。ゆっくりおあがりなさい。私は着替えてくるわね」

恥ずかしくて真っ赤になる私に、エルサーナさんはくすくす笑いながら脱衣所に消えた。

でも、エルサーナさんって、お腹鳴ったりしなさそう！　なんか浮世離《うきよばな》れしてるっていうか。

私はソファに座って「イタダキマス」と手を合わせ、ありがたくご飯を頂いた。

きれいに食べ終えるのと同時に、エルサーナさんが着替えて脱衣所から出てくる。

紺地に白の小花が散ったかわいらしいワンピースは、エルサーナさんによく似合っていて、ついつい見とれてしまう。

「あら、なぁに？　そんなに見られたら恥ずかしいわ」

「いえ、あの、かわいいなって思って！　って、悪い意味じゃなくて！　ええと、大人っぽいのにかわいくて、ほんとに素敵で、ついつい見とれちゃうんです！」

「女の子にそんなに褒《ほ》められたのは初めてだわ。ありがとう、アーシェ。とても嬉しいわ」

ほんのりと頬を染めて恥じらうエルサーナさんは、レイド様でなくても一発でメロメロになってしまいそう……！　私が男だったら惚れてるわね。

「さて、それじゃあ食後のお茶を淹《い》れましょうか」

「はい！　あの、よければお茶の淹れ方を教えてもらってもいいでしょうか？」

「それはいいわねぇ。せっかくだから、いくつか試してみましょうか」

「いいんですか!?　ありがとうございます！」

エルサーナさんは、壁際に片づけてあったカートを引っ張ってきた。天板が折りたたみ式のそれは、広げればすごく大きなテーブルになる。そこに茶葉の瓶とポットをいくつも取り出した。試飲用なんだろうか、普通のカップの半分くらいの大きさの、かわいらしいミニカップをいくつも出して、慣れた手つきで茶葉を計《はか》っては、次々とポットに入れていく。

「これは、この辺でよく飲まれているハラ茶よ。さわやかな香りとほのかな甘みがあるわ。沸騰《ふっとう》したのより少し温度を下げたお湯でさっと淹れるのがコツよ。このお茶は、蒸らしてしまうと苦みが出るから、お湯を入れた後《あと》は早めにカップに入れてね」

そうしてお茶を注ぎ分け、次のポットを手に取る。

「これはフーリ茶。南方でよく飲まれるものね。熱いお湯でじっくり濃く淹れるのがいいわ。少し酸味があって、香りが強いのよ。お酒を飲みすぎた日の翌朝にこれを飲むと、胃がすっきりするの」

これは蒸らすためなのか、お湯を入れたまま次の茶葉に移る。

「これはホアンの花の花茶よ。気分が落ち着く効果があるわ。夜寝る前に飲むと、よく眠れるのよ」

「これはラウール茶。北の国境近くで採れるお茶ね。赤くて渋みがあって、少しピリッとするでしょう。このお茶には体を温める効果があるのよ。山岳地域はとても寒いから、みんなこのお茶を飲むのよ。このお茶のちょっとした刺激がやみつきになるのですって。この辺では、本場よりも薄く淹《い》れるのを好む方が多いわね」

「それと、これがカノン茶。お茶の王様と言われているわね。舌に少し熱い程度のお湯で、じっくり蒸らして淹れるのよ。時間をかけても苦みが出にくくて、華やかな香りが特徴ね。熱いお湯で淹れると香りが飛んでしまうから、絶対にダメ」

エルサーナさんは、解説をしながら、淀みなく保温用のポットからお湯を注いでいく。迷わず動く手はあくまで優雅で、停滞することがない。蒸らし時間が長いものから順に淹れているのは、最後に同じタイミングでカップに注ぐためなんだろう。きちんと計算されている手順なんだ。すごいなぁ。

「さあ、どうぞ」

「ありがとうございます」

小さな銀のトレイに、五個の小さなカップが並ぶ。どれもふんわりと湯気を立てていて、いい香りがする。薄い茶色はハラ茶。黒っぽい濃い色のはフーリ茶。花茶は薄いピンクがかった色をしてる。ラウール茶は深みのある赤。カノン茶は薄い緑色だ。

「とりあえずこの五種類のお茶の淹れ方を覚えておけば、どこに呼ばれても失敗することはないわ。淹れ方はまた後《あと》で教えてあげるから、まずはゆっくり飲みましょうか」

「はい。いただきます！」

順番に頂いたお茶は、どれもとてもおいしかった。

香りが良くて、あったかくて、ささくれた心にしみていくような気がする。

少し熱めのカノン茶が喉に落ちていき、胸のあたりがじわりと熱くなると、勝手に目が潤《うる》んで、視界がぼやけた。胸に詰まっていた思いを、こらえきれずに吐き出してしまう。

「私、本当に……ダメなんです。ここに何しに来たんだろうって。専属侍女になって、頑張ろうって思っていたのに、何をどうしたらいいのかわからない。ただライトの傍《そば》にいて、毎日笑って楽しくしてることに慣れてきたのかもしれません。ライトも、私に仕事なんかしなくていいって……」

ここ数日のうちに起こった出来事をぽつぽつと話す私に、エルサーナさんは黙って耳を傾けてくれる。

「私、頑張ってるつもりなんです。ライトもそれを認めてくれていると思ってました。でも、ライトにはそんなのどうでもよかったんですよね。私が仕事してようが、遊んでいようが、関係ないんです」

私が単純に舞い上がっていただけとは思いたくない。だけど、空回《からまわ》っていたのは確かだから、悔しいし、恥ずかしくて、ちょっとだけあった自信が、きれいに打ち砕かれて消えてしまった。

「私に失敗させたかったわけじゃなかったかもしれない、でも、それを黙って見てた、結果的に失敗しても構わないみたいなことを言われたら、本当に悔しくて……。わかってるんです、ライトにそういうところもあるって、頭では」

元から心に傷を持っていて、そのせいかおかしな方向にネガティブだっていうのは、知っているつもりでいた。

「大事な人、大事なものを亡くした。だから、執着するものを持たなかった。それはわかってます。だから、一度執着すると、盲目的にそれしか見えなくなる。それを守るために手段を選ばない性格なのも、わかってるんです。だけど、いざそのことをはっきりと見せられると、ショックで……。勝手かもしれないけど、私、ライトにとって都合のいい人形でいることを求められてるんだとしたら、それは受け入れられないんです。何をどうしたいのかも、ぐちゃぐちゃでわからない。バカみたいです、私……」

わかっていたんじゃない。わかったつもりになっていただけだ。

涙が止まらない。

悔しくて情けなくて、泣いても泣いてもやるせなさだけが募《つの》る。

エルサーナさんは、そっと私の肩を抱いた。困ったように私の顔を覗き込んでる。当然だろう、ライトはエルサーナさんの弟だ。きっと私よりも、ライトのことはわかっているはず。逆に私に言いたいことだってあるかもしれない。

「ごめんなさい、私が助けてあげられることはなにもなさそうだわ。私はやっぱり身内だから、公平に見られないかもしれない。……私はただ、こうしてあなたを慰《なぐさ》めることしかできそうにないわね」

「ううん、いいんです。押しかけてお邪魔してご迷惑をかけて、愚痴《ぐち》ったり泣いたり、ホントぐちゃぐちゃで、私。すみません」

鼻をすすりながら謝ると、エルサーナさんはいいえ、と首を振る。

「いいのよ。だって、私はアーシェのように『お仕事を頑張る』ために来たのではないの。あの頃の私と比べたら、アーシェの方がずっと立派よ」

「そんなことないです。私だって、ここに来られたから『お仕事頑張ろう』って思っただけなんです。ラッキーだっただけで、私が頑張ったわけじゃないです」

力なくうなだれる私に、エルサーナさんは儚《はかな》げに笑った。

「私、ここへは逃げるために来たのだもの。嫌なことから逃げたかったの。前に話したわよね？　私が専属侍女になった理由」

それは、私が専属侍女になってすぐのことだった。頼まれた王妃陛下宛の書類を届けたときに、エルサーナさんに専属侍女について聞きに行った。そのときに、ぽつぽつと話してくれたのだ。

エルサーナさんは、今までに三度、縁談がダメになっている。

一度目の相手は、小さいときに親が決めた婚約者。その人とはずっと幼馴染として付き合ってきたけれど、彼が男爵令嬢を見初《みそ》めたために、エルサーナさんとの婚約を白紙に戻して、その令嬢と結婚したそうだ。

エルサーナさん自身は、特に彼に恋愛感情を持っていたわけではなかったので、彼の幸せを素直に喜んでいたそうだ。

ここで話が終わっていればよかったんだろうけど、この話には続きがある。

エルサーナさん自身は、これと言ってショックを受けたわけでもなんでもなかったけれど、その当時エルサーナさんと親しかった人たちはそうはいかなかったらしい。

彼女たちは、その男爵令嬢がエルサーナさんの婚約者を奪ったと勘違いした。そして、自分たちの一方的な正義感で、令嬢を懲《こ》らしめようと思い至ったらしい。そして、悪い噂を流したり、茶会や夜会で嫌がらせを繰り返して、彼女をひどく傷つけたのだ。

元婚約者の彼は、それをエルサーナさんが取り巻きにさせたのだと誤解して激怒し、エルサーナさんを責めた。

まさかそんなことになっていると知らなかったエルサーナさんは、それがとてもショックだったらしい。誤解を解くことができず、会っても目を合わせてもらえなくなってしまった。今でも二人とは、関係の修復にいたっていないそうだ。

二度目は、縁談が持ち上がったとたんに、相手の男性が行方《ゆくえ》をくらませた。相手には、前から思う女性がいたらしく、見つけたときには、一緒に姿を消していたその女性が身ごもっていたんだって。

相手から送られてきた手紙には、ウォーロック家の名前を恐れ、形ばかりの謝罪と、かかわりたくないという内容がつづられていたそうだ。

そして、三回目は、婚約者となった伯爵子息。エルサーナさんが、初めてともいえる恋愛感情を持った相手だったそうだ。けれど、気まぐれに出席した夜会で、彼の浮気現場を見てしまった。そのとき、そちらの女性が本命で、エルサーナさんとは、家名と財産が目当ての結婚なのだということを聞いてしまい、婚約破棄にいたったらしい。

エルサーナさんも、ライトと同じように、「エルサーナ・ウォーロックでなかったら」という思いを、ずっと持っていた。

みんな、自分にかかわらなければ幸せになれたのではないか。自分がエルサーナ・

ウォーロックでさえなければ、裏切られることも欺《あざむ》かれることもなかったのではないか。ずっとそんな思いを抱えてきた。

三回も縁談がダメになれば、人々の噂や中傷、好奇の視線に晒《さら》されることになる。それに耐えきれなくなって、エルサーナさんは叔母にあたる王妃陛下の力で逃げるように王宮へ上がり、専属侍女になったのだそうだ。


私の肩を抱いた、エルサーナさんの柔らかい手に力がこもった。

「理由はどうあれ、頑張りたいなら頑張ればいいのよ。今回失敗したのなら、繰り返さなければいいの。それだけの話よ。まだ見切りをつけるには早すぎるわ。だってアーシェ、あなたまだ何もしていないのでしょう？　まだやり直せるわ」

エルサーナさんの優しい声が、心に落ちる。

そうだ、私、専属侍女としての実績が何にもない。胸を張れるようなことを何もしていない。まだ何も始めてもいないんだ。

「ライトのことは、レイド様にお任せしましょう。あなたのことを私に任せるとおっしゃったのなら、きっとレイド様はライトのことを引き受けてくださるわ。そういう方ですもの」

微笑んで、エルサーナさんはきっぱりとそう言った。

そこにあふれる自信と信頼が、今の私にはまぶしく映る。

今の二人は、揺るぎない想いでつながっているように見える。

それが、私にはうらやましかった。私がなりたい関係が、そこにあるから。

「そして、あなたには少し自分を見つめなおす時間が必要ね。しばらく私の部屋で生活するといいわ。専属侍女に必要な知識は私が教えます。どういう仕事をしたいのか、どんな侍女になりたいのか、どんなふうに雇い主に仕《つか》えたいのか。今までは何も考えないで言われたことだけをしていればよかったかもしれないけれど、あなた自身がどうなりたいかも、一緒に考えていきましょう？」

「はい。何から何まで、本当にすみません。私、もう少し頑張ってみます」

「それがいいわね。さぁ、お茶をいただきましょうか」

にこりと微笑んで、エルサーナさんがすすめてくれたお茶は、少しだけ涙の味がした。


目が覚めたベッドは、いつもと違い、花のようないいにおいがする。

ここはエルサーナさんのお部屋。昨夜は寝る場所がないからと、一緒のベッドで眠った。

ライトの愚痴《ぐち》もたくさん言ったし、レイド様とののろけ話もたくさん聞いた。二人とも、普段人には言えない話だからと、たくさん話した。すごく楽しかったし、すごくすっきりしてる。

私の育った孤児院には同年代の女の子がいなかったし、学院では孤立していて、友達と呼べる相手もいなかったから、すごく新鮮な感じ。

エルサーナさんには迷惑だったかもしれないけど、私は話せてよかったと思う。

「おはよう。よく眠れた？」

「は、はい、大丈夫ですっ」

けだるげな様子で起き上がったエルサーナさんが、ゆったりと微笑む。ただでさえ癒し系美人なのに、朝から何かすごい色気ですけど⁉　こういうところは、姉弟で似るものなのかしらねー。私はどきどきしながら頷いた。

「昨日はすごく楽しかったわ。あんなふうにお話するなんて、本当に何年ぶりかしら。恥ずかしい話ばかり聞かせてしまって、迷惑じゃなかったかしら？　ごめんなさいね」

「いいえっ、そんな、とんでもない！　私の方こそ、たくさんお話できて楽しかったです！」

「そう？　それならよかったわ」

ほっとしたように笑う顔は、少女のようでもあり、不思議とひきつけられる。大人で美人なのにかわいいって、ほんと反則だ。憧れちゃう。

着替えは、昨日のうちにエルサーナさんが手配しておいてくれたみたいで、私の分の侍女服もきちんと用意されていた。本当に、何から何までお世話になりっぱなしで、情けない。

着替えて朝食を終えたところで、こんこん、とドアがノックされる。

顔を出した小間使いらしき女性と二、三言葉を交わして、エルサーナさんは振り返った。

「そろそろ出ようと思うのだけれど、用意はいいかしら？」

「はい、大丈夫です！」

答えて、私は勢いよくソファから立ち上がった。

部屋を出て、どこに行くのかと思ったら、応接室に通された。こんな朝早くに来客？

誰？　私に関係ある人？　なんてのんきに待っていたのに、現れたのは。

「レイド様！　……ライト……」

ライトの顔色はあまりよくない。寝不足だろうか、私がいないとあまり眠れないって言ってたし。だけど、彼は硬い表情のまま、なかなかこっちを見てくれない。

そりゃあ、説明もしないで逃げ回って、エルサーナさんの部屋に転がり込んで伝言もせずに一夜を明かしたのはまずかったかもとは思うけど。

でも、声をかけようと口を開きかけた私の肩を、エルサーナさんの手が優しく押しとどめた。

振り返ると、目で「だめよ」と制されている気がして、何も言えなくなる。

「レイド様、わざわざご足労いただき、ありがとうございます」

「こっちこそ、急にアーシェを任せてしまってすまなかったな」

「いいえ。二人でたくさんお話できましたし、とても楽しかったですわ」

「そうか、それは何よりだ」

にこやかな二人の会話とは逆に、私とライトの間の空気は硬い。

何か言ってくれないと、居心地の悪さで叫んでしまいそうだ。かといって、私もなんて声をかければいいのかわかんないし、エルサーナさんもこっちを見てるだけ。どっ、どうしたらいいの!?

「ところで、アーシェには今日から一週間、騎士団とは別の仕事を頼もうと思ってな」

レイド様の言葉に、私は一瞬何を言われたのかわからなかった。

「え、えええ？　別の仕事ですか？　私、やっぱりまずかったですか!?　逆らったからですか!?」

専属雇用契約は、ライトとの間で結んでいる。ライトは私の雇用主だ。

だけど、私はライトの意に反して、命令を拒絶したし、逃げ出して無断外泊までした。もしかしてその懲罰的《ちょうばつてき》なお仕事なんだろうか、実はしてはいけないことをしちゃったんだろうかと泣きそうになったとき、レイド様の手が私の肩にずしりと乗る。

「勘違いするな、お前が悪いわけではない。ライトにもお前にも、しばらく冷却期間が必要だと判断したまでだ。いちいち目の前で痴話喧嘩《ちわげんか》されると、俺が居心地が悪いのでな。しばらく離して、お互いに仕事に集中させるための措置《そち》だ。今度の週末に、城で夜会が開かれる。その日までを考えている」

静かに落ちついて説明してくれるレイド様の言葉に、私の気持ちも落ち着いた。同時に、そんな風に気を遣わせてしまって申し訳ないし、情けない気持ちでいっぱいだ。

「じゃあ、それが終われば戻れるんですか？」

「ああ、お前が拒否しない限りはな」

お墨付きをもらってほっとする半面、新たな不安も出てくる。

「それで、私は何をしたら……？」

「それはこれから行くところで説明を聞け」

「どこに行くんですか？」

問いかけると、レイド様はにやりと笑った。

な、なんかたくらんでますよね、その顔!? どっ、どこに連れてくつもりなの—!?

「いいところだ」

「いやあのでもっ、私にも心の準備というものがですね！」

「ま、仕事の内容は騎士団とそう変わらんだろう。ただ、甘やかす人間は誰もいない。そのことだけ覚えていればいい」

と、レイド様は取り合わない。まぁ、お勤めする以上、上司の命令は絶対だ。拒否権はない。私は命じられたとおりに、行った先で一生懸命お仕事をしたらいい。

一時的とはいえ、こんな理由での異動命令は辛い。

ところがっくりと肩を落とす私になおも視線を合わせないまま、ぼそりとライトがつぶやいた。

「俺はいいとは言ってない」

眉間のしわが、ものすごく深い。怒っているのが伝わってくる。

「諦《あきら》めろ。これは決定事項だ」

「事後承諾だろうが！ たとえ一週間でも、アーシェを他へ出すつもりはない！」

激昂《げっこう》するライトが、レイド様の胸ぐらをつかむ。けれど、レイド様は動じる様子もなく、逆にライトの手首を締め上げた。

「っ、痛……！」

私やエルサーナさんの目にはわからない攻防。ライトが痛みに顔をゆがめると、レイド様は手を緩《ゆる》めてライトを突き放し、静かに彼を見据《みす》えた。

「これ以上仕事に私情を持ち込むな。業務に支障が出る。今回のように軽微《けいび》なものならまだいいが、この先大問題にならないとも限らない。はっきり言うが、お前のアーシェへの執着は度を越している。仕事に支障のない範囲なら特に言うことはないが、今回はその範囲外だ。それに、お前が良くてもアーシェのためにならない。お前のしていることは、アーシェの足を引っ張っている。……頭でわかっているのなら、感情にまかせてものを言うな」

別段声を荒らげているわけでもない。けれど、朗々《ろうろう》とした声は有無《うむ》を言わせぬ迫力でライトの反論を封じ込めた。ライトは悔しそうに唇を噛んで拳《こぶし》を震わせている。

レイド様は私に向き直り、落ち着いた口調で問いかける。

「たとえ一週間でも、お前のためになるはずだ。余計な雑音を耳に入れずに、ただ仕事に打ち込んでみるといい。やれるか？」

私だって、このままじゃいけないと思ってる。今回のことが、少しでも前に進むきっかけになってくれるなら、私はやるしかない。

「はい、できます。やります！」

言った瞬間、ライトは、がんっ！　と拳を壁に叩きつけた。びくりと竦《すく》む私を見もせずに、ライトは荒々しくドアを開けて出ていってしまった。

「ライトっ！　あ、あの、私……っ」

「気にするな。あいつはちゃんとわかっている。ただ、自分の中で感情をうまく消化できないだけだ。落ち着くまで少し時間がかかるだろう。ライトも自分の執着心に振り回されている最中なんだ。少し待ってやるといい」

「はい、わかりました……」

レイド様に諭《さと》されて、私は肩を落とす。

確かに、追いかけていってちゃんと話をしたいけれど、きっとお互い感情的になってうまくいかないような気がする。今追うのは得策《とくさく》ではないんだろう。

気になるし、すっきりしないけれど、仕方がない。今のままじゃ、お互いにダメだってわかってるんだから、何とかしなくちゃ。今だけの辛抱《しんぼう》だから。

自分にもそう言い聞かせて、エルサーナさんに見送られながら、私は「行くぞ」とマントを翻《ひるがえ》したレイド様についていくことになった。

堂々と廊下を進んでいくレイド様の後ろを小走りに追いかけながら、どこに連れていかれるのかわからない不安に、喉がからからになっていくのを感じる。緊張で、心臓もバクバク言ってるし、逃げ出したいような気分になる。

だけど、もっと頑張るって決めたんだから、逃げるわけにはいかない。

期待と不安を抱きながらついていくうちに、たどり着いたのは見慣れた西棟……の三階だ。

西棟は三層構造で、一階が魔術師団、二階が騎士団、三階が王軍という配置になっている。

その三階、「総司令官執務室」という金のプレートを見た瞬間。

「ちょっと待ってー!!」

思わず私は先行するレイド様のマントを思いっきり引っ張ってしまっていた。

「……なんだ」

「すっ、すみませんっ！　でも、ここって王子様のお部屋じゃないですか!?」

わずかに顔をしかめるレイド様に謝りつつ疑問をぶつける。とはいえ答えは聞きたくない。

だって、王軍統括総司令官と言ったら、ラズウェル・サンクエディール王太子殿下のことだ。

私が猫の姿のときには撫でまわし、審判のときには私を取って食いそうに見ていた、あのラズウェル様の仕事部屋に連れてこられたってことは、もしかしなくてもここで一週間過ごせってことでしょう⁉

「何か不都合でもあるのか。殿下の許可は取っている」

「あ、う、いえ、その……」

威圧感とともにそう言われてしまえば、専属侍女に拒否権はない。

「時間がない。入るぞ」

最後通牒《さいごつうちょう》とでも言うべき言葉を放たれ、私は、がっくりと肩を落としてレイド様に続くしかなかった。

「失礼します」

「……失礼します」

礼をするレイド様に続いて部屋に入り、私はすっと頭を下げる。

「遅い！」

途端、鋭く放たれた声に、思わず体が硬くなる。頭を上げると、不機嫌な様子のラズウェル様に出くわし、ますます緊張の度合いが高まる。

自信にあふれたワイルドな美貌《びぼう》。金の短髪を立てて、深いブルーの瞳が射るように私たちを見つめている。

まだ何もしてないのに、さっそくご機嫌を損ねた⁉

「ご指定の時間ちょうどですが」

「早く見たいだろうが！　察しろ」

あわてず騒がず、落ち着いて返すレイド様の言葉に、ラズウェル様はにやりと笑う。

よかった、怒ってたんじゃなかったんだ。緊張感はまだ抜けないけど、少しだけほっとする。

「お言葉ですが、無理です」

「いつでも落ち着いてばっかでむかつくよなぁ、お前は」

「恐縮です」

「ほめてねぇよ！」

二人の掛け合いはなんだか息がぴったりで、私は呆然《ぼうぜん》とそれを見ているしかない。それにしても、レイド様、よく平然と言い合えるよね。緊張とかしないんだろうか？……まぁ、しなさそうだけどさ……。

「まぁいいや、じゃあこいつは預かるから、とっとと帰れ」

「その前に、ここに呼ばれた理由をアーシェに説明してやっていただけますか」

レイド様に言われて、ラズウェル様はゆっくりと背もたれが高い立派な椅子に背中を預けた。

「俺付きの侍従が、妻の出産で一週間の休みを取った。だが、王家主催の夜会が一週間後に迫っていて、王軍の仕事以外の雑務で手が足りないんでな、お前を貸せと交渉した結果、今に至るってわけだ」

そうか、タイミングもちょうどよかったわけか。でも。

「お話はわかりましたけど、どうして私なんでしょうか？　ほかにも侍女や侍従はたくさんいると思うのですが……」

すると、ラズウェル様はにやりと笑った。

「面白そうだったからな」

一瞬肩を落としかけたけれど、その次の一言で、私は打ちのめされた。

「だいたい、まだ四ヶ月じゃ大した仕事もしてないだろう。前任者は騎士業務と兼任していたんだ。それくらい簡単な業務だから、誰かに代わりをさせれば済むだろう。騎士団への影響もなさそうだしな」

確かにその通りだけど……。ということは、レイド様もそう思っているんだろうか？

すがるように見上げたレイド様は、いつもと変わりなく淡々とした表情で私を見下ろす。

「こちらでそれとなく注意を促《うなが》しても、お前はライトに流される。これではいけないのではないかと疑問を持ちつつ、『ライトが言うならいいか』と最終的に折れてしまう。その程度の仕事と思ってもらっては困る。それならいてもいなくても同じだ。影響の少ない今のうちに修正してもらわないと、今後に差し障る。だから機会としてはちょうどよかった、それだけだ」

フォローしてはいるけれど、レイド様はおおむねラズウェル様の言葉を認めた。どれだけ自分が甘かったかを、思い知らされた気がした。

そもそも、侍女の教育は騎士団長の仕事じゃない。でも、いつもレイド様には助言をいただいたり、注意をされていたはずなのに、いつの間にかそんなことにも鈍感になっていたみたい。

頑張ろうって思っていたのに、これじゃあただの足手まといだ。

「俺はお前を育てるなんてことはしない。必要なことをさせるだけだ。騎士団みたいに甘やかす気はない。逃げるのも選択肢のうちだ。どうする？」

にやにやと笑うラズウェル様は、「できるわけがない」と言わんばかりだ。

私の中の何かに、火がついた気がした。ライトもレイド様もラズウェル様のことも、絶対見返してやる！

「やります。頑張ります！　よろしくお願いします！」

「決まりだな。レイド、では予定通りこいつは預かる」

「は。よろしくお願いいたします。では」

一礼して、レイド様は出ていった。

私はラズウェル様に向き直る。

「とりあえず、私は何をしたらよろしいでしょうか」

「そんなもん、自分で考えろ」

いきなり突き放されて、私は面くらった。ラズウェル様はすでに書類に目を落としていて、私の方を見ない。でも、これじゃ仕事にならない。どうしたらいいの？

「おい、南砦《みなみとりで》の備品ファイルをよこせ」

「え？　ファイルですか？」

「早くしろ」

「で、でも、どこに……」

唐突な命令に、何をどうしたらいいかわからない。おろおろする私に、ラズウェル様は苛立《いらだ》ったように言葉を継ぎ足す。

「そこの書棚にある。早く探せ」

「はっ、はい！」

見れば、広いお部屋の左手の壁は、床から天井までの書棚になっていて、たくさんの書類がびっしりと並んでいる。でも……この中から、南砦《みなみとりで》の備品ファイルを探すなんて、すごく時間がかかるんじゃない⁉

でも、やるしかない。とにかく言われたとおり、ファイル探しに取りかかる。

ざっと見ると、大体分類の傾向があるみたいだ。ラズウェル様に近い書棚は、王都の資料。真ん中あたりは、地方の町や村にある王軍の駐留署の資料、一番離れた書棚が砦の資料らしい。

離れた書棚を、片っ端から見ていく。それだけでも膨大な数のファイルだ。十数分ほど経過して、ようやく目的のものらしいファイルを見つけて、ラズウェル様に渡す。

「すみません、お待たせしました！」

「遅い！　これだけの数があるんだ。やみくもに探して簡単に見つかるわけがないだろうが！」

「すっ、すみません！」

叱《しか》りつけられて、必死に頭を下げる。ラズウェル様の言うとおりだ。ただ一生懸命探すだけで、今その資料を欲しいと思っている人を待たせてしまったら意味がない。

「だが、思っていたよりは早かった。それでも時間がかかりすぎだ。わからなかったら聞け。その口は何のためについているんだ？」

立ち上がったラズウェル様が、すっと手を伸ばす。私の顎《あご》を掴《つか》んで、くいっと上げさせた。訳がわからず呆然《ぼうぜん》としている私を覗き込み、ふっと目を細めて笑う。

「ライトとキスするためだけについてるわけじゃないんだろう？」

「ちっ……違いますー!!」

はっと我に返って、ずさっと数歩後ずさった。くっそー、ラズウェル様め、わざとでしょう!? 背中丸めて笑ってるし！ やっぱこの人、ライトと同じにおいがするっ！

「まったく、お前は面白いな。これでこの一週間は退屈しないで済みそうだ」

「私、おもちゃじゃありません！」

反射的に噛みつくと、ラズウェル様はバカにしたように笑った。

「なら、おもちゃ以外に役に立って見せろ。今のお前は、単なる娯楽用の専属侍女だ。ライトにはどうかわからんが、仕事だけなら代わりはいくらでもいる。正直なところ、お前をここに呼んだものの、仕事はおまけ程度としか思っていない。俺の評価が変わるかどうかは、お前次第だからな」

好き放題言われても、私には返す言葉がなかった。悔しくて悔しくて、握りしめた手が震える。

確かに、私は何も持っていない。どんなに頑張ったつもりでも、それは「つもり」でしかない。外から見た評価はそんなものなんだと、思い知らされた瞬間だった。

5

「リオールの町の駐留人員台帳と備品申請書、それと休暇申請書をよこせ」

「はい」

ラズウェル様が書類を手に、難しい顔をしながら命じる。すぐに机を離れて、私は真ん中の書棚に踏み台を置いた。

一番上の棚から人員台帳を取り出し、次に真ん中の棚から備品申請書のファイルを、一番下の棚から休暇申請書のファイルを取り出し、ラズウェル様の机の上に置く。

それから、半分ほどお茶が減っていたカップを下げて、新しく淹《い》れなおした。ラズウェル様は少し冷ましたお茶の方が好きらしいので、すぐには出さずに置いておく。その間に各部署から届けられた書類を検分し、期限のあるものを日付順に並べ替え、期限のないものと、急ぎかそうでないか判別できない書類をそれぞれひとまとめにしておく。

それから、急ぎの書類の処理に必要そうな資料を書棚から出して机に準備しておき、それが終わったらラズウェル様の机にお茶をお出しする。そして、決裁の終わった書類を行先ごとに振り分けた。

「それでは書類を出してまいります。十五分ほどで戻ります」

「その前に、クレームだ」

「はい⁉」

意地悪そうな笑みを浮かべるラズウェル様の手には、さっき渡した駐留人員台帳がある。その町に配置されている王軍の人たちの履歴書みたいなものだ。

「俺は、リオールの町の台帳を出せと言った。これは、『リネール村』の台帳だ」

「えええっ⁉」

あわてて踏み台をのぼり、もう一度棚を確かめれば、確かに……残っていたのは、「リオールの町」の台帳だった。

「すみません、確認不足でした！」

踏み台から降りてラズウェル様にファイルを差し出すと、その手首が掴《つか》まれる。

「ペナルティだな」

「うえぇ！」

「色気のない声出すなよ」

「でもっ！　やーっ、近い、近いですっ！」

にやにや笑うラズウェル様の手が腰に回り、ぐいっと引き寄せられて、私は上ずった悲鳴を上げた。


初めてここに来た日は、ろくに指示も与えられず、命令されてもどうすればいいかわからずに右往左往する私を、ラズウェル様はバカにしたように何度もからかった。

それが悔しくて、何とかしたいと思ってまず最初にしたことが、書棚の配置を覚えることだった。

ラズウェル様の命令は、その日は全部「棚の書類を探して持ってこい」だったから、まずはどこに何があるのかを把握することにした。

二日目には何とか慣れてきて、それほど時間もかからずに要求された資料を探すことができるようになった。

そうすると、ちょっとだけ余裕が出てきて、それまで目に入らなかったものが見えてくる。

ラズウェル様の決裁済みの書類が山盛りになっているのに気付いたのは、そのときだ。

「あのー、こちらの書類は、分類して届けてきてもいいんでしょうか？」

「なんだ、言われたことしかできないと思っていたんだがな」

返ってきた言葉に、かぁっと顔が熱くなった。

確かにいっぱいいっぱいで、資料探ししかしていなかったのは確かだけど。それ以前に、このところ騎士団でも、私は誰かに言われたことしかやっていないと思い当たってしまったから。

専属侍女になってすぐのころは、仕事の引き継ぎに部屋の片づけや書類整理など、やることがたくさんあったから、誰に言われるまでもなく働いていたと思う。

だけど、最近は書類を届けたり、お茶を淹《い》れたりといった決まったこと以外は、のんびり過ごしていた。そのことで、レイド様にも「気が付いたことがあったらやっておけ」って、何回か言われたのだ。

そのたびに、「いいよそんなの、あとで」なんて、ライトに押し切られるままになっていたのも覚えてる。

私、本当に何やってるんだろう。頑張ってるとか、お仕事してるなんて、口ばっかり。

こんなんじゃ、ライトに専属侍女としての能力なんてどうでもいいと思われるのも当たり前だ。レイド様にあきれられても仕方がない。恥ずかしくて顔から火が出そうだ。

「どうした、真っ赤な顔して。具合でも悪いのか？」

不意に、思いがけない近さで顔を覗き込まれた。そして、ライトのよりもごつごつした太い指が、すっと頬を撫でて。

「ひゃぁっ⁉　なっ、なにするんですか、急に！」

悲鳴を上げて飛びのく私に、ラズウェル様は意地悪く笑う。

「何言ってんだ、目の前で赤くなったり青くなったり、百面相してるからだろう。ホントに面白いな、お前は」

「私はっ……！」

おもちゃじゃない、と言いかけて、その言葉をすんでのところで呑み込んだ。

ラズウェル様のにやにや顔が言ってる、「いいおもちゃだ」って。きっと、私が反抗するのすら面白がっているに違いない。

悔しい。でも、負けたくない。私は悪いことは何もしていない。今は何の役にも立っていないかもしれないけど、でも、バカにされる謂《いわ》れなんかないんだから！

「なんだ、ずいぶんと反抗的だな」

目を逸らさずにいたら、すっと目を細めたラズウェル様が、私の顎《あご》をぐっとつかんだ。

「そうだな、これから間違えたり、やる気が見えないようなときには、ペナルティを与えることにしようか」

「なんですか、ペナルティって」

恐る恐る尋ねると、ラズウェル様の唇の端がにいっと悪魔のように吊り上がった。

「俺の言うことを復唱してもらうことにしよう。今回は、『反抗的な態度をとって申し訳ありませんでした』ってところか。ほら、言ってみろ」

「言ってみろって、あのっ！　このままですか!?」

至近距離で顎を掴《つか》まれていて、しゃべりづらいったらない！

「なんだ、不満ならそう言え」

「きゃーっ！」

めんどくさそうに腰を引き寄せられて、これじゃ抱きしめられてるみたいなんですけどっ！

美形の男の人のアップって心臓に悪いんだってばー！

「やですっ、離してくださいっ！」

逃れようともがいても、がっちりしたラズウェル様の腕から逃れられるはずもなくて。

「それより早く復唱した方がいいんじゃないのか？　抵抗されると燃えるだろ」

「ライトとおんなじこと言わないでくださいー！」

だけど、私が叫んだ一言に、さすがに興がそがれたらしい。

「なんだよ、ライトと同類ってのはどーも納得いかねぇな。まあいい、ほら、早くしろ」

せめてもの情けか、しらけたような顔で顎から手を離してくれたけれど、至近距離なのは相変わらずで。

もおおっ、言えばいいんでしょ、言えば！

「反抗的な態度をとって申し訳ありませんでしたっ‼」

まくしたてると同時にラズウェル様を突き放す。

数歩後ずさって、ハアハアと肩で息をしている私に、ラズウェル様はふんと小馬鹿にした笑いをよこしてくる。ほんとにむかつくんだってば！

「男慣れしてない女は、いちいち反応が新鮮でいいな。一週間、退屈せずに済みそうだ」

そんな風に意地悪く言われても、確かに今は言い返す言葉なんか持ってない。

でも、見てなさいよ。ラズウェル様だけじゃなく、ライトもレイド様も、絶対にみーんな見返してやるんだから！

……とはいえ。慣れない仕事をミスなくこなせるわけもなく、私はまたしても、ラズウェル様の「ペナルティ」にこうして捕《つか》まっているわけで。

ペナルティの理由は、今日はこのお茶の気分じゃなかったとか、朝の礼の角度が昨日より五度浅かっただとかいう理不尽《りふじん》なものから、次官以上の顔をすべて覚えろとか、資料をただ出すだけじゃなく、使う順番も考えろとか、言われたことだけして満足するなとか、実際に心得ておいて損はないことまで。こんなふうに実に幅広く適用してくださるのがまたむかつくのよね！

「ったく、リオールとリネールは間違いやすいと、おととい教えたばかりだろう？」

「それは……っ、わかってます、けど……っ」

「あぁ!?　わかってたら間違ったりしねーだろ？　生意気なことを言うのはどの口だ？」

「やだっ、離してくださいっ！」

深いブルーの瞳が、色気を交えてふっと笑む。硬い親指が、私の唇をゆっくりとなぞった。ドキドキするからやめてくださいってば！

「『同じ間違いを二度もしてすみませんでした。次に間違えたときには、キスでお詫《わ》びします』だな」

「それは絶対嫌です！」

噛みつかんばかりの勢いで即答すると、ラズウェル様は面白そうに笑う。

「お前なぁ、もう少し嬉しそうな顔したらどうだ？　仮にも俺は王子だぞ。役得とか思わんのか？」

「ぜんっぜん嬉しくないし、奥様がいらっしゃる方相手に役得だなんてこれっぽっちも思いません！　迷惑ですっ！」

きっぱりと言い切ると、珍しくラズウェル様が苦笑した。

「まぁ、そういうところは悪くないな。だが、ルールはルールだ。『同じ間違いを二度もしてすみませんでした、残り三日間、絶対に繰り返しません』で、……勘弁してやる」

「ひゃぁっ！」

最後の一言を、吐息とともに耳に流し込まれて、私はくすぐったさに悲鳴を上げてラズウェル様を睨みつけた。

「やめてくださいよ、くすぐったくて気持ち悪いです！」

「俺にそんな口きくのは、妻とお前くらいだ。怖いもの知らずというか、屈託がないと言うべきか……。まぁいい、ほら、言わないと離してやらんぞ？」

目を細めて、どこか楽しそうに何かを思い出している顔は、いつもの意地悪な顔とは少し違っている。でも、どうしてと思う余裕なんかない。

「同じ間違いを二度もしてすみませんでした残り三日間絶対に繰り返しませんっ!!」

「見事な棒読みだ」

ほめられても嬉しくありません! 私はようやく緩《ゆる》んだ腕の中から逃げだして、ラズウェル様の決裁済みの書類をまとめる。

……もうっ、いつまで笑ってんのよ!

「書類届けに行ってきますっ」

背中を丸めて笑っているラズウェル様に、腹立たしいけれど一礼して執務室を出た。

あのペナルティさえなければ、ここでのお仕事もそんなに悪くはないんだけどな。

無駄に顔がいいせいで、近寄られると勝手にドキドキしてしまうのは仕方ないにしても、ラズウェル様には奥様がいらっしゃるわけだし、単純に好みじゃないっていうのもあるし。

それに、ライト以外の人となんて、考えられないし。

……ラズウェル様の執務室に派遣されてから、今日で四日目だ。その間、一度もライトに会っていない。

どうしているんだろう。今頃、お仕事なんだろうけど。夜眠れているかな。ご飯、ちゃんと食べてるかな。

夜はいつも、私はエルサーナさんに侍女として必要なことを教わっている。お茶の淹《い》れ方とか、来客への対応の仕方とか、目上の人への言葉遣いやしぐさや、どんなときに衛兵を呼んだらいいかとか。

実体験を交えたそれはとてもわかりやすくて、本を読んで一通りの講義を受けただけではわからないことばかりだ。

ベッドに入ってからは、二人でとりとめのない話をする。

年の離れたお姉さんみたいで、同性の友達が少なかった私には、こんなふうにお話できる相手ができて、本当に嬉しかった。

確かに楽しいし、毎日必死で充実しているけれど、寝る前に思い出すのはやっぱりライトのこと。

抱きしめてもらえない寂しさと切なさがあふれて、まるでホームシックみたいだ。

私がなかなか寝付けないでいることは、エルサーナさんもわかっていると思う。だけど、何も言わないでいてくれて、ありがたかった。

各部に申請書を届けた帰り道、私は空いている会議室に引っ張り込まれ、どこかの侍女さんたち三人に取り囲まれていた。

　こういう場面に慣れるっていうのも情けないけれど、侍女になってからこれで、ええと、四回目かなあ。

　平民なのに侍女、しかも専属、相手はライトリーク・ウォーロック、なんて言ったら、気に入らないのは一人や二人の話ではないと、身をもって知ったのは、働き出して一週間くらいのことだった。こんな風に空き部屋に連れ込まれて、散々罵倒《さんざんばとう》されたんだっけ。

　高圧的な態度で私を見る三人に、見覚えはない。まぁ、これだけ広いお城だし、侍女さんも何百人といるわけだから、見覚えのない人がいても当たり前だけど。

「ずいぶんといいご身分ね」

　まるで本に出てきそうなお決まりのセリフに、おもわず噴き出しそうになったけれど、ぐっと我慢する。つり目で黒髪の真ん中の人が、リーダーっぽい。それにしても、侍女さんは三人一組って法則でもあるんだろうか？　今までこうして言いがかりをつけてきた侍女さんたちは、みんな三人組だった。

「ライトリーク様の専属におさまったと思ったら、今度はラズウェル様ですって？」

「ずうずうしいにも程がありますわ。一体どんな手を使って誑《たら》し込んだんですの!?」

「さすが、夜の専属と言われるだけあるわ。節操がないわよ、はしたない」

口々にわめきたてる内容は、どれも聞き飽きたものばかりだ。

私がライトの専属になったことが気に入らない侍女さんたちの陰口は、今に始まったことじゃない。一番多いのが、「平民のくせに図々しい」、次が「ライトを誑《たぶら》かした悪女」、三番目が「夜の専属のくせに！」っていうニュアンスのもの。

学院にいたときも状況は大差なかったし、せっかくお城に上がって仕事ができるようになって、事を荒立てるのもどうかと思ったから、今まで何を言われても黙っていたけれど。

「大体、平民の孤児のくせに、どうしてここにいるのよ！」

「王国に認可された孤児院出身ですので、何の問題もないと思いますけど」

返した一言に、口火を切った侍女さんが一瞬ひるんだように瞬《まばた》きをする。

「そんなもの、証拠なんてないわ！」

「証拠が欲しければ、お調べになってはいかがですか？　隠しているわけでもないですし、すぐにおわかりになると思います。正式な手続きを踏んでいますし」

しごく当然のことを言い返せば、ぐっと黙り込んだ黒髪の侍女さんに代わって、見事な金髪の背の高い侍女さんが口を開く。

「大体、ライトリーク様がこんな子を気に入るなんておかしいですわ！　あなた、ライ

トリーク様をだましているんじゃありません の!?」

「それに関しては私は何とも……。私もどうして気に入られたのか不思議なので、本人にお聞きになったらどうでしょう」

「何言ってるのよ、あなたがライトリーク様を体で落としたって、みんな知ってるのよ！　嘘をつくのも大概《たいがい》にしたらどうなの！」

青みがかったグレーの髪の、ちょっとふっくらした侍女さんと二人がかりで、今まで何度も聞いたセリフを繰り返してくる。でも、今までみたいに、「はい」も「すみません」も、もう絶対に言わない。言っちゃいけないって、教わったから。

「嘘をついているのはどちらか……。感情的になって根も葉もない噂を信じて広めて、恥をかくのはあなたたちの方ですよ」

「何を……っ」

私は、言いがかりをつけてきた三人をまっすぐに見据《みす》えた。目に見えてひるむ彼女たちは、私が反論するなんて思ってもいなかったんだろう。平民は貴族にひれ伏すもの。そう信じて疑っていない顔。

だけど、平民出だろうと、この城の中で私は専属侍女。私の方が立場が上って、理解している？

「私が体を使って誑《たぶら》かしたとか、取り入ったとか、騙《だま》したとかおっしゃってましたね。ライトリーク様やラズウェル様が、こんな小娘に簡単にだまされるようなバカだということですか？　それは、わが主《あるじ》に対する侮辱です」

「そ、そういう意味じゃないわっ」

「では、先ほどの言葉に、どういう意味があるのか説明していただけますか？」

「それは……っ」

重ねて問えば、三人は顔を真っ赤にして黙り込む。

そういうことなのよね。私をバカにするってことは、私を選んだライトをバカにしてるってことだ。私に騙された、誑かされたというなら、ライトはこんな小娘の嘘すら見抜けない間抜けってことになる。今まで私は穏便《おんびん》に済ませようとして、文句を言われても、はいはいと素直に聞いていた。

それは、主人を侮辱されても反論せず、黙って見ていた、つまり主人を守らなかったっていうことだ。

エルサーナさんに教えてもらった。

専属侍女は、雇い主の顔であり、盾である。

自分の恥は、雇い主の恥。自分への侮辱は、雇い主への侮辱。

だからこそ、専属侍女としての言動には責任を持たなければいけないし、理不尽《りふじん》な言いがかりとは戦わなくてはいけない。

「あなたたちのおっしゃる通り、私は平民で、孤児院出身の身寄りのない子供でした。後ろ盾になってくれるような知り合いはいません。ライトリーク様は、今までたくさんの貴族の令嬢方とお付き合いをしていらっしゃったと聞いています。ラズウェル様には、フェリシア様という奥様がいらっしゃいます。何も私じゃなくたって、お金持ちで、美人で、権力も持っている人たちは周りにたくさんいるはずです。そういう方たちが、今までお付き合いした女性そっちのけで、何のメリットもない私に簡単に誑かされるなんて、本気で思ってるんですか？　思ってるんだとしたら、そちらの方がよっぽど失礼な話だわ」

「な、なによ、平民のくせに……っ」

さすがにそっちに話を持っていくのは分《ぶ》が悪いと判断したんだろう、攻撃の矛先《ほこさき》を私自身のことに変えてきた。

だけど、それこそが大元の間違いだ。まだ気づかないの？

私は、飛び切りの笑顔で言い放った。

「平民でも、ここでの立場は専属侍女です。あなた方よりも職位は上です。違いますか？」

「お、お父様に言いつけて、やめさせてやるからっ！」

「できるのでしたら、どうぞご自由に。私の雇い主は、ライトリーク・ウォーロック様です。お忘れですか？」

そう、私の主人は、王国筆頭《ひっとう》貴族の名前を持っている。ライトに圧力をかけて私をやめさせることが出来る人なんて、ほんの一握りだ。

淡々と事実を述べると、黒髪の侍女さんが我慢しかねたように前に出た。

怒りで顔を真っ赤に染め、きりきりと眦《まなじり》を吊り上げて私を睨《にら》む顔は、悪意に満ちている。

「生意気なのよ、あんたっ」

振りかぶった手を、降り下ろす前に受け止めた。華奢《きゃしゃ》で細い手。だけどきっと、こうして下の者に手を上げることに慣れている手。

振り上げた拳《こぶし》が自分に下りてきたら、どう思う？

「ごめんなさい、平民の出なので、こういうことには慣れているんです。専属侍女への暴力は、反逆罪にあたりますね。おわかりいただけないなら、こちらにも考えがあります」

言うなり手を払いのけて私はドアへ駆け寄り、開け放った。

「衛兵！」

「なっ……！」

高らかに呼んだ私に、たちまち三人は真っ青になった。城内で衛兵に取り押さえられるなんて、侍女として城に上がった者にしてみれば最大の恥辱《ちじょく》だ。噂になるだろうし、好奇の目で見られるのは間違いない。城から下げられた人もいると聞く。平静でいられないのは当たり前だろう。

「どうしますか？　これ以上噂を広めるようなことがなければ、今回は大目に見ますが？」

最後通牒《さいごつうちょう》となる一言を発した途端、三人はばたばたと駆け出して、逃げるように部屋を出ていった。

それを見送って、私は大きくため息をつく。

こういう状況になるのは私の自業自得《じごうじとく》だ。降りかかる火の粉を払いもしないで、やり過ごそうとしたからに他ならない。

確かに、専属侍女の中には、マスコットか愛玩《あいがん》動物のような役割を求められる人たちもいる。だけど、私はそのために城に来たんじゃない。たとえライトはそのつもりでも、私は騎士団で働くために城に上がっているんだから。

とりあえず、こんなものでいいのかな。私は肩の力を抜いた。

「専属侍女って、結構大変……」

「だから、早く楽になっちゃえば？」

「なっ！」

開け放った扉の陰から現れた姿に、私は息を呑んだ。

二日ぶりに見る、ライト。薄く浮かぶ笑みを見て、いとおしさにきゅうっと心臓が鳴く。

表面上の変化は、とりあえずはない。体調も悪くなさそうで、ほっとする。

ラズウェル様のところに手伝いに行くことになった日の朝に会ってから今まで、一度も顔を見なかった。連絡も来なかった。きっと怒ってるんだろう。でも、私はライトに屈したくない。こういう物言いをされれば、どうしたって反発心が生まれる。

私を部屋の中に押し戻して扉を閉めたライトに、私は下がって距離を取る。苦笑する顔はいつもと同じだけど、感情は感じられない。

「その反応、ひどいな。何も取って食おうってわけじゃないんだからさ」

「わかってる。でも、私はまだ納得してない。楽になれって、どういう意味？　何も考えないで、今までと同じようにしてればいいって言うなら、私はうんとは言わない。わかってるでしょ？」

「まぁ、そうだろうね。俺はただ、あんなふうに面倒に巻き込まれるよりはましだと思ってるだけなんだけど」

硬い声で言い返す私の言葉にもライトは表情を変えない。それが、まるで聞き分けのない子供をなだめようとしているみたいで、悲しくなる。

「あんなの、面倒だなんて思ってない。あんなこと、言わせておいた私の落ち度だから。誰にも何も言わせないようになればいい。そうなりたい。ただそれだけよ」

「そんな必要ないって言っても？　今までだって、ちゃんとやってこれただろう？　それじゃダメなのか？」

「ちゃんとやれてなかったじゃない！　ぬるま湯の中に浸《つ》かって、何も知らないで笑って、仕事してますなんて顔して、自分が恥ずかしくて仕方がないの！　このまま何も知らないままじゃいやなの！　何をどうしたらいいかなんてわからない、でも、どうにかしたいの！」

すっと表情を消したライトは、苦々《にがにが》しげにため息をついた。

「面倒だな。……雇用契約書、覚えてる？　雇い主は、雇用者に対して命令権を持つってこと。アーシェ、今から部屋に戻れ。もう仕事しなくてもい……」

「お願い、そこから先は言わないで！」

私はライトの胸に飛び込み、両手でその口をふさいだ。

声が震える。涙が出そうになる。どうしてここまで言われなくちゃいけないの？

こんな命令をされたら、何かが壊れてしまいそうな気がする。言わせたらきっと、後戻りできない。

黙って肩を震わせる私を、ライトはぎゅっと抱きしめた。

「……あいつのにおいがする」

そうして絞《しぼ》り出した声は、私よりも震えてた。

「なにしてた？　ラズと……」

「何もしてない。私が仕事できないから、からかわれてるだけ！　何もないよ！」

「わかってる。あいつはフェリシア様を悲しませるようなことは一切しない。だけど、許せない……！」

「あ……っ！」

巻き込まれるように壁に押し付けられた。そのまま、ライトの唇が降ってくる。まさぐるように抱きしめられて、舌が荒々しく攻め込んでくる。

久々のキスに、頭の芯がしびれた。

夢中になる。

自分からしがみついて、絡《から》む舌に応《こた》える。

さまよっていた手が胸に触れて、掴《つか》んだ。

びりっ、と電流が背骨を駆け下りて、思わず喉の奥で悲鳴を上げる。

好き。ライトが好き。好きなの、大好き……

なのに、どうしてこんなにすれ違うの？

私は、渾身《こんしん》の力を込めて、ライトを突き放した。

距離を取ろうとしてふらついて、机に手をつく。

体が熱い。ライトを求めて、全身がうずく。それをねじ伏せて、私は顔を上げた。

「もう、戻る。時間かかりすぎると、またペナルティでからかわれる。ライトがそれがいやだって言うなら、そうならないように頑張るから」

「……アーシエ」

初めて、憔悴《しょうすい》したような顔で名前を呼ばれた。

本当はこれが、今のライトの顔。絞り出すような声が震えてる。だけど、今はまだ、私だって譲れない。

「まだ、どうしたいかわからないの。だけど、ラズウェル様のところにいる間に、ちゃんと考えるから。だから、お願いだから待って」

「待てないって言ったら？」

挑むようなその問いに、私はキッと顔を上げて、ライトを睨んだ。

「待たせる！」

言い放って、身を翻《ひるがえ》し、私はライトを置いて逃げた。

その後、一瞬あっけにとられたライトが、肩を震わせて笑い出したことなど、知る由《よし》もなく。

廊下を駆けて、ラズウェル様の執務室にたどり着く。荒い呼吸をドアを開ける前に整えて、ノックの後、返事を聞いてからドアを開ける。

ラズウェル様は顔も上げないままで、

「ずいぶん遅かったな。ライトとでもどっかにしけこんだか？」

と、このタイミングで神経を逆なですることを言ってくださる。

「誰のせいだと思ってるんですか！　何も悪いことはしてません。話し合ってただけです！」

そうだ。そもそも、ペナルティと言っちゃあべたべた触ってくるから、ライトにああいうことされる羽目になったんじゃん！

八つ当たりも込めて勢いよく言い返せば、顔を上げたラズウェル様がにやりと笑う。

「それにしちゃ、時間がかかりすぎじゃないのか？」

「その前に、どっかのバカに絡《から》まれたので、追い払ったんですよ！　この城の侍女教育って、どうなってるんですか！　どいつもこいつも暇なんですか⁉　いちいちくっだらないことで言いがかりつけちゃあ絡んでくるなんて、貴族のお嬢様が聞いてあきれますよ！　侍女教育、やり直した方がいいんじゃないですか⁉」

「ふん、随分と威勢がよくなってきたもんだな」

「当然ですよ。考えてみれば、こんなことでおたおたしてる暇なんて、私にはないんです！　さっさと仕事して、騎士団に帰らせてもらいますから！」

ラズウェル様は、開き直った私を意外そうに見たけれど、興味を失ったようにふいっと書類に目を落とす。

「まあいい、好きにしろ」

「はい！　ありがとうございますっ！」

半《なか》ばやけくそ気味に頭を下げて、私は資料の整理に取り掛かる。

「まったく、こういう女は飽きないな。尻尾《しっぽ》巻いて逃げなかったことは褒《ほ》めてやる」

笑いながらつぶやいて、ラズウェル様も再び書類に没頭し始めるのだった。

その夜、エルサーナさんの部屋に戻った私は、いつものようにエルサーナさんのお話を聞いていた。

今日の講義は、テーブルマナーについて。

必要なマナーは学院でも学んだけれど、給仕する際の順番や、声をかけるタイミング、どのように目を配ればいいか、どのタイミングで皿を下げるのか、例を挙げてレクチャーしてもらった。

実際には、専属侍女が給仕をする場面なんてほとんどないけれど、大体の流れを覚えておけば、突発的な事態にすぐ対処できるのだそうだ。

例えば、飲み物をこぼしてしまったとき、フォークやスプーンを落としてしまったとき、体調が悪くなったときなど、会食の場の雰囲気を壊さないように対処することが求められる。

エルサーナさんの話はシンプルでわかりやすい。実体験に基づいて説明してくれるから、イメージもつかみやすい。

納得がいくまで何度も質問する私にも、エルサーナさんは丁寧に教えてくれた。

「専属侍女は、主人の顔であり、盾である」

このことを教えてくれたのも、エルサーナさんだ。

それは、私が衛兵や侍従を呼ぶことに抵抗があるのだと相談したときのことだ。

私は、命令することに慣れていない。というか、したことがない。

周りは私よりも年上で、侍女も侍従も衛兵も、私より身分の高い人たちばかりだ。そういう人に対して命令するなんて、どうしても気が引ける。

「私の出自が気に入らないんだと思うんですけど、たまに文句を言われたり、ちょっと嫌がらせみたいなこともされちゃうんですよね。だけど騒ぎになるとライトに迷惑がかかるし、ちょっとしたことのために衛兵を呼ぶのも大げさだと思って、いつもやり過ごしてるんです」

そう言った私に、エルサーナさんは、表情を改めて私に向き直った。

「あなたの欠点はそこね。侍女としての自覚が足りていないのではなくて、専属侍女としての役割を理解していないのだわ。だから、何が悪いのか、何をするべきかが判断できないのね」

口調はあくまでも優しいけれど、そんなふうに言いきられて、私はショックだった。

侍女教育はちゃんと受けたし、毎日侍女として仕事もしてる。だけれど、基本的に私は一人でお仕事をしている。周りにお手本がいないのだから、何が悪いのか、どこが間違っているのかを知る術《すべ》はないし、指摘してくれる人もいなかった。

だけれど、こうして「理解していない」「できていない」と言い切られると、打ちのめされる。

「侍女教育では、『専属侍女は雇い主の顔』と教わるはずだわ。違った？」

「いいえ、その通りです」

「それなら、事を荒立てたくないと非難や中傷を受け流すのは間違いなのよ。なぜなら、その非難や中傷は、雇い主へのものと同じことだからよ」

「えっと、ど、どういうことですか？」

訳がわからずに聞き返す私に、エルサーナさんはまっすぐ視線を向けた。その瞳の強い光に、私は息を呑む。

責められているんじゃない。怒られているのでもない。ただただ、強い意志のようなもの……？　に、私はうなだれるしかない。

「たとえば、あなたが平民であることをとがめられたとするわ。あるいは、今まで知らなかった城内のしきたりを、知らなかったことで笑われたのでもいい。一方的に非難されたり、悪口を言われたというのでも同じ。……結局、そのあなたを選んだのは、ライトなのでしょう？　ってことなのよ」

つまり、私への非難や中傷、すべてはライトに帰するということ？

「ライトに見る目がないと言われているようなものよ。反論も抵抗もしないということはすなわち、専属のあなた自身が、それを認めているということになるの。それは、専属侍女として、一番してはいけない行為だわ」

そう言い切られて、私は思いっきり頭を殴られたような気がした。

ライトのためにと思い込んでいたけれど、それが根本的に間違っていたなんて。

「あの、わ、私、そんなつもりは全然なくて……！」

「そうね、感覚的に身についていないのは仕方がないわ。ライトがきちんと教えていなかったのも悪いのだもの」

慰《なぐさ》めるような声が、胸に痛い。エルサーナさんは、しっかりと私の目を見ながら説明してくれた。

「城内の身分で言えば、あなたはライトの次の位にあたるわ。レイド様は大臣級、ライトは次官級になるわけだから、あなたは次官補と同等の権力を有しています。それより下位の侍女からの謂《いわ》れのない批判や中傷は、反逆罪にあたるのよ。もし今後そのようなことを言われたら、ただ黙って聞いていてはだめ。あなたが一人前の専属侍女になりたいというのなら、そんなもの、ねじ伏せるくらいでないと務まらないわ」

そう言うエルサーナさんの表情は堂々としていて、自信にあふれているように見える。

そうか、私、こんな風になりたいんだ。

穏やかで、優しくて、でも誰にも負けない意志を持つ人になりたいんだ。

「『専属侍女は、主人の顔であり、盾である』私が専属侍女になったときに、侍女長様に教わったの。この言葉を覚えておくといいわ。あなたは、ライトを守らなくてはならないの。それを忘れないでね」

「はいっ！」

最後ににこりと笑って励ましてくれたエルサーナさんに、私は決意を込めて頷いた。


「どうしたの？　ボーッとして」

「わっ！　あっ、ごめんなさい、大丈夫です！」

そんな回想にふけっていたところ、不意に顔を覗き込まれて、私は思わずのけぞった。

だから！　きれいな顔を至近距離で見せられたらドキドキするんですってば！

「そう？　ならいいのだけれど。わからないことがあったら、遠慮なく聞いてね？」

「はい、ありがとうございます！　……あ」

そうだ、これって聞いてみてもいいかなぁ？　毎日で困ってるし、エルサーナさんなら王族の方とのお付き合いも長いし、何かいい案をくれるかも！

首をかしげて私の言葉を待つエルサーナさんに、私は恐る恐る切り出した。

「ええと、ラズウェル様のことなんですけど」

「殿下がどうかして？」

「あの、なんていうかですね、ことあるごとにこう……ペナルティだとか言って、触ってくるんですけど、どうにかなりませんか？」

「また悪い癖が出たようね。まったく、困ったものだわ」

呆れたようにため息をつくエルサーナさんの言葉に、私もがくりと肩を落とす。なるほど、この口ぶりじゃあ常習犯ってことなのね。

「殿下は元々女性がお好きでいらっしゃるから。ご結婚される前は、それはそれはたくさんの女性とお付き合いしていらしたのよ。それこそ、ライトよりひどかったかもしれないわ。フェリシア様とお付き合いされるようになってから、ぴたりとなくなったのだけれど、基本的に女性がお好きな方だから、何かというとからかうようにお戯《たわむ》れになってはフェリシア様に怒られているのよね」

「やめていただくことはできないんでしょうか？　ライトにも嫌がられましたし、私も困っているので」

ラズウェル様はあんなことして悪い噂でもたったらどうする気だろう？

そうなったら、また今日みたいに原因は私ってことになるんだろうけどね！

それで、ライトがそんな節操のない女を招き入れたなんて言われたら、ライトの責任問題にもなりかねない。それだけは絶対にしちゃいけない。

「それなら、フェリシア様に報告します、と申し上げればいいと思うわ。結局のところ、殿下はフェリシア様を溺愛《できあい》なさっているから、フェリシア様を怒らせることはあっても、悲しませることは絶対にしない。そういう方なの」

「でも、私、フェリシア様に報告なんて、どうしたら……」

けれどそれにも、エルサーナさんは明快な答えをくれた。

「レイド様に毎日勤務報告書を提出しているのでしょう？　そこに、何の件のペナルティとしてこういうことをされたと、こと細かに書いておくだけでいいのよ。それだけで、レイド様はわかってくださるわ」

その、揺るぎない信頼関係がうらやましい。

私も、この半分でもいい、ライトとお互いに信頼し合える関係になりたいって思うのは、贅沢《ぜいたく》なことなんだろうか？

　だけど、それを問いかけてみると、エルサーナさんは困ったように笑う。

「こうなるまでに、いろいろあったのよ」

「いろいろ、ですか」

「そうよ、いろいろ」

　私から見れば、エルサーナさんは容姿も礼儀もお仕事も、全部完璧で非の打ちどころのない女性だ。そうじゃないエルサーナさんは想像もつかないけど、確かに少し前までは、レイド様と話す姿すら見かけなかった。二人の間に、何か変化があったってことだろう。

「前に私、ここには逃げるために来たって言ったでしょう？　レイド様からも逃げたことがあるの」

　それは、三回目の縁談がダメになって、専属侍女になって一年ほどしたときだったという。

　その三回目の相手を、エルサーナさんのほうから婚約破棄したことで、その人から逆恨《さかうら》みされトラブルになったところを、レイド様が助けてくれたのだそうだ。それから二人は付き合うようになったのだけれど、そうしたら、エルサーナさんを利用して騎士団長の地位を得たのだろうという噂が立ってしまった。

元々、エルサーナさんはそういうことに傷つき、疲れ果てて城に逃げてきた。だから、レイド様を悪く言われることにも、噂されることにも耐えられなかった。それで一度は別れてしまったのだそうだ。


「だけど、レイド様は、また私のことを迎えに来てくれたの。臆病で、弱くて、逃げてばかりいる私の手を引いてくれたのよ」

そのときのことを思い出しているのだろうか、エルサーナさんが微笑んでそっと目を伏せる。その表情は、きらきらしていてすごくきれい。

「だから、今こうしていられることが、奇跡みたいに思えるのよ。今は、逃げたことも全部、今のこの関係になるために必要なことだったって、思えるようになったわ」

ああ、前にレイド様は「逃がすつもりはない」って言ってたけど、本当になっちゃったんだ……。レイド様がどんな手管《てくだ》を使ったのか知らないけれど、なんだか聞くのが怖い気がするから、触れないでおこう。

すると、エルサーナさんが不意にぽん、と手をたたいた。

「そうそう、ライトから伝言よ。十時半に中庭のバルコニーで会いたい、ですって」

「ええっ!?」

今まで何の連絡もしてこなかったくせに、いきなりどうしたの!?　それに、昼会ったときだって、嫌なこと言われそうになったし、きっとまだ私のことを認めていないだろう。

「昼間に一度会ったし、顔見たらまた言い合いになっちゃいそうだし、明日も朝早いし、もっとエルサーナさんとお話もしたいですし……」

言い訳の言葉しか出てこない。だけど、力ないそれは、尻すぼみになっていく。

会うのが怖い。何を言われるかわからないのも怖い。言い争って、また距離が開くのも怖い。ライトに嫌われるのも怖い。

……でも、本当は会いたい。

「十一時までは待つそうよ。嫌なら、このままここにいるだけでいいわ。だけど、そうじゃないなら、早く行ってらっしゃい」

「でも……」

うつむく私の肩を、小さな手がぐっとつかむ。

「別に、会って仲直りしろって言っているんじゃないのよ。顔を見るだけでもいいと思うし、もう一度自分の思いをぶつけるのでもいいわ。今、一番したいことをしていいのよ」

エルサーナさんが、迷う私の背中を押した。時計の針は、もう十時半を過ぎていた。

「はい、ありがとうございます！　私、行ってきます！」

「もう遅いし、気を付けてね」

「はい！」

私は元気よく返事をして、エルサーナさんの部屋を飛び出した。

薄暗い廊下を駆け抜けて、息を切らせて階段を駆け上がる。

とにかく、会いたい。今すぐ、顔が見たい。どうするかは、会って話をしてから考えよう。

エルサーナさんとレイド様がよく会っているっていう、二階の渡り回廊のバルコニー。

猫の姿のときに、ここで物思いにふけるエルサーナさんに会ったんだっけ。

あれから、エルサーナさんはレイド様と心を通わせて、今あんなふうにとても思いあう関係になっている。

私にもほんのちょっとでいいから、ご利益《りやく》がありますように。

大きなテラス窓の前で一度呼吸を整えて、私はそっと取っ手を押した。

覗き込むと、シャツにズボンのラフな格好のライトが、石のベンチに腰かけてこっちを見ている。

「あの、遅くなってごめんなさい」

小さな声で詫《わ》びると、ライトはほっとしたように笑った。

「もしかして来ないかもと思ってたから、よかった」

「そっちこそ、何も言ってこないから、ずっと無視されるのかと思った」

「そんなわけないよ。夜も眠れなかった」

ぱたりとテラス窓を閉めて、なんとなくそこに立ったまま、ライトを見る。

なんだか、距離を縮めるのが怖い気がするから。

「また怖がらせたな。ごめん」

ため息混じりに苦笑して言うそれは否定せずに、私はうつむく。

「言いたいことが、あって」

ライトを見られずに、私は小さくつぶやいた。

この何日か、考える時間はたくさんあったから、どうしてこんなにもやもやしてるのか考えてみた。

私はどう思ってるのか、どうしたいのか、少しでもライトに伝えたいから。

「あのね。私、ライトに謝らなきゃいけないことがある」

「……何？」

優しい声。それに少しだけ勇気を出してみる。偽《いつわ》りの優しさじゃないことを祈りつつ。

「私、ライトのこと、わかったつもりでいたから。なんていうか、ライトがひねくれている原因は根が深いんだって、わかっていたんだけど、忘れちゃってたみたい。だから、一方的に私が怒るのはちょっと違ったかなって。それは、ごめんなさい」

そうなんだ、まず引っかかったのはこれ。

ライトは私に優しいし、私を甘やかしてくれるし、私が注意したことはとりあえず聞いてくれる。だけど私はそれを、ライトが立ち直ったからだと勝手に思い込んでいたんだ。ついこの間まで抱えていたものを、私と出会ってからのたった数ヶ月で取り除けるわけもないのに。

それを忘れて、裏切られたような気になったのは、私が悪い。

「年下にそこまで気を遣われて、俺はどんな顔をすればいいんだろうね」

「え……」

顔を上げると、ライトはまっすぐに私を見ていた。深いブラウンの瞳が、私の心を射抜く。

震えが来る。緊張する。

「今回のは、単なる八つ当たり。俺の知らない学院時代のアーシェの一番近くにいて、ずっと見てきた男だろう、あいつ。アーシェも、俺と話すときより遠慮がなかった感じがしたから、なんか納得いかなくてさ。……妬《や》いたんだ」

自嘲《じちょう》して、ライトはぐしゃりと前髪をかき回してため息をつく。

「子供じみた嫉妬だよ。昔のアーシェを知ってる、そして、アーシェを独占しようとして、俺からアーシェを奪おうとした。それが許せなくて、めちゃくちゃ腹が立った。アーシェを困らせてやろうと思ったし、それで俺に助けを求めればいいって思った。そうして、俺がアーシェにとってどれだけ大きい存在なのか知ればいいって思ってた。誰も見て欲しくないと思ったし、誰にも見られなければ、こんな気持ちにもならないのかもしれないと思った。ぐちゃぐちゃだよ。バカみたいだ。ほんと、この年になって何やってんだって、自分でもおかしいってわかってるんだ」

ギルバートと対峙《たいじ》するライトは、余裕があるように見えていたのに。ううん、きっとそう見せていただけ。上手に隠されて、私には見えていなかっただけ。

本当は、いろんな思いが渦巻《うずま》いていたんだ。

「どこかに閉じ込めて、誰にも見せないように、自分だけのものになればいいって思ってる。確かに、本音ではそういうところもある。だけど、さすがに言い過ぎた。レイドに有無《うむ》を言わさず引き離されて、やっと頭が冷えた。……ラズのにおいをつけてたときは、あのまま犯してやろうかと思ったけど」

「ちょっ、物騒なこと考えないでー！」

ちょっとしんみりしたと思ったらすぐこれだ！　だけど……いつものライトが戻ってきたと感じるのは、気のせいかな？

「だからあのくらいでやめてあげたでしょ？」

「なんでそんなに偉そうなのよっ！」

もう、すぐにからかうんだから！

だけど、そんな風に軽い調子で言ってくるのはやっぱりいつも通りのライトで、私はほっとする。

……ほんとうは、まだ心の中に引っかかっていることがある。でも、今はまだうまく言えない。ちゃんとした形になっていないから、もう少し考えてみようと思う。

「……ねぇ、まだ戻ってこない？」

遠慮がちな問いかけに、私は首を横に振った。

「一度任されたお仕事だし、エルサーナさんにいろいろ教わってるところだから。だから、期限までは、帰らない」

きっぱりと断言すると、ライトの顔がゆがむ。

「言うと思ったけどさ。もうちょっと迷ってもいいんじゃない？」

「迷わないよ。最初から決めてたことだもん」

ライトは何かをこらえるようにぐっと唇をかむ。

さすがに放っとけなくて、私は座ったままのライトに歩み寄り、頭をぎゅっと抱きしめる。

「待たせるって言った。まだ考えたいことがある。ライトとずっと一緒にいたいから、このまま何も考えないで流されるのだけは嫌なの。だから、もう少し待って」

ライトの両手が、私の腰に回る。

「アーシェが足りない」

「ごめんね。でも、もう少し待って」

胸の間に埋まった顔が、もぞりと動く。それだけで、意識してしまう。体温が上がる気がする。

もうお風呂に入ったんだろうか。柔らかいグリーンノートは、媚薬《びやく》のように私を侵していく。

「わかった、待つ。その代わり、補充させて」

そう言って、ライトは抱き寄せた私を、石のベンチにそっと押し倒した。

心臓がどきどきしてる。息が苦しい。

こうして、息がかかるくらいの距離で、上から覗き込まれるのが、すごく久しぶりみたいに感じる。

「アーシェ……」

「んっ……！」

唇が重なる。すぐに舌が唇を割って、絡《から》んだ。

……熱い。頭がくらくらする。

ライトの手が、探るように私の片手を捕《つか》まえる。ごつごつした指が、ゆっくりと私の指の間に差し入れられる。

ぞくぞくっ、と毛が逆立つような感覚がした。そのまま絡ませるように握りしめて、私の顔の横に縫い付ける。

のしかかった重みが、いとしい。空いた片手を広い背中に回して、ぎゅっと力を込めた。

唇が何度も離れては、重なる。唾液が糸を引いて、それが切れる前にまた重なる。柔らかく吸い付くそれに、思考が根こそぎ奪われる。

舌で舌をはじかれて、お腹《なか》が熱くなった。

びくっと跳《は》ねた私をなだめるように、舌を絡めて吸われる。喉の奥で悲鳴を上げると、今度はそっと歯を立てられた。

そうしたら、なぜか両方の胸の先がじりっと燃え上がって、勝手に切ない声が出る。

触れられても、いないのに。キスだけで、体が溶けそうだ。泣きたくなる。

「やば……止まらない……」

かすれた苦しそうなライトの声が、余計に私を煽《あお》る。

「ん、やっ！　こんなっ、キスだけで……！」

「そうだね。アーシェも寂しかった？」

「そんなの、あたりまっ……んやっ……んん……っ！」

最後まで言わせてもらえずに、唇でつぶされて、めちゃくちゃにキスを繰り返される。

「もう少し……」

言いながら、ライトの手がスカートの中に入る。

「やっ、こんなとこで、何して……っ！　やだぁっ！」

ライトの頭が、スカートの中に潜る。足を閉じようにも許してもらえず、下着の際《きわ》、
太ももの付け根に強く吸いつかれた。

「あうっ！　んんん……っ！」

誰に聞かれるかわからない。私は必死で喘ぐ口を両手で押さえた。

ライトは当然一度で離れてくれるわけもない。つうっ、と舐《な》められ、軽く噛まれ、吸

い付かれる。ちくりと感じる小さな痛みは、きっとそこにいくつも印をつけているせい。両方の太ももに手を這《は》わせ、交互に繰り返されるそれに、頭が真っ白になる寸前、ようやくライトは私を離してくれた。

膝の上に抱え上げられ、ぐったりと体を預ける私の髪を、ライトの指が優しくなでる。

「これであと二日、我慢できそう」

なんて満足げなライトに、反論する気力ももう残ってない。

ときどきするりと地肌に触れる指に震えながら、呆然《ぼうぜん》としているしかない。

キスだけで、あんなに……気持ちよくさせられたのって、初めてかもしれない。本当に、こわいくらい気持ち良くて、恥ずかしいくらい声も出ちゃった。頭が真っ白になって、自分が自分でなくなったみたいだった。

「ごめん、少し夢中になりすぎた。大丈夫？」

その問いに、肩に額《ひたい》をこすりつけるように頷いて答えると、私を抱く腕に力がこもった。

「かわいい。帰したくないな。このまま部屋に連れていってもいいかな？」

その言葉は、首を横に振って拒絶する。その誘いはすごく嬉しくて、魅力的で、ライトのささやきはまるで甘い罠《わな》みたいだったけど。でも、誘惑を必死に振り払って、私は顔を上げた。

「今戻ったら、また前と同じになっちゃいそうな気がするから。逆戻りだけはしたくないの。ごめんなさい。そのかわり、お仕事が終わって帰ったら、あの……ライトの好きなように、していいから」

「そう言われると弱いって知ってるくせに……。ずるいな、アーシェは」

苦笑して、ライトは私の額にキスを落とした。

「わかった。それなら、ここにこうしているのは俺としてはつらいだけだ、いろいろとね。もう部屋に戻ろう。俺の気が変わらないうちに」

そう言って私を膝から降ろして立ち上がると、私の指に絡《から》めるようにして手をつないで、歩き出した。

「さて、ご褒美の約束ももらったし、何をしてもらおうかなぁ」

「あ、あの！　お願いだから、変なのはやめてね？」

「変って、どんなこと？　たとえば？　言ってみて」

「そんなの言えるわけないじゃんっ！　えっち！」

「べつにえっちなことするとは一言も言ってないんだけどなぁ。アーシェのほうがえっちなんじゃないの？」

「っもう！　いじわる！」

ぎくしゃくする前の関係に戻ったみたい。これが偽《いつわ》りでないんだとしたら、あのバルコニーには、本当に何かご利益《りやく》があるのかも！

華月宮の入り口で別れ際、離れがたくて抱きしめあう。そのまま壁に押しつけられ、両手で優しく頬を包まれて上を向かされ、人気《ひとけ》のない廊下でまた唇を重ねる。

「きりがないな……」

困ったように笑いながらも、ライトは止まってくれない。

「ん……もう行く……」

「だめ、もう少し……」

離れようとそむけた顔を引き戻されて、また奪われる。押し付けるように重なる唇は、熱くて柔らかくて、私を捉えようとしてくる。腰……砕けるっ……！

「も、もう……っ！」

「うん、ごめん」

ようやく離れて、つないでいた手が解《ほど》けると、すうっと体が冷える。今まで充実していたものがぽっかりと欠けてしまったみたいに、切ない。でも、すがりつきたい気持ちをこらえて、私はライトを見上げた。

「ちゃんと帰るから。だから、待ってて」

「ああ、待ってる」

熱のこもった視線で、ライトが私を見つめ続けている。ライトのもとに戻りたいと駄々《だだ》をこねる本音をねじ伏せて、ドアを閉ざして視線を断ち切るまで。

エルサーナさんの部屋に戻れば、私の顔を見るなり「よかったわね」って言うから！　どれだけ気持ちをダダ漏れさせているのかと、顔から火が出そうなくらい恥ずかしかったけど！

エルサーナさんは私を抱きしめてくれて、とんとんと背中をたたいてくれた。私はなんだか泣きそうになってしまって、子供みたいにぎゅっと抱きついた。

6

「おはようございます」

「ああ」

黒に金の縁取りをした制服にマントをなびかせたラズウェル様が、重い靴音をたてながら執務室に入ってくる。

私はすぐにメモを開いた。

「本日の予定ですが、九時より第二会議室にて軍備予算会議、十三時より外務部大臣と来月の隣国訪問スケジュールについての概略説明、十五時より学問部との予算会議が予定されています」

「今日上げる書類は」

「軍備予算書の詳細内訳に目を通しておいてください。ブリアニール城塞《じょうさい》から戦傷申請書が届いていますので、こちらも確認して決裁をお願いします。それに、陳情書が十通ありますので、こちらは午前中に目を通してご指示ください。緊急性のあるものを上にしてあります。関連資料は揃えてありますが、不足があればおっしゃってください」

「なんだ、やけに張り切ってるじゃないか。何かあったか?」

「別に何も。出来て当たり前のことがやっと出来るようになった、それだけのことです」

「まったく、かわいげのない」

ふんと鼻を鳴らして、ラズウェル様が一歩詰める。

「そのかわいい口をふさいでやったら、お前はどんな声で鳴くんだろうな?」

「それはライトリーク様にお聞きになったらいかがですか? ちなみに、勤務報告書には、ミスしたことも詳細に書くようにとレイド様から言いつけられていますので、昨日までの失敗と、受けたペナルティはすべて報告済みです。レイド様も、私の仕事ぶりがどのようなものか、気をもんでいらっしゃるようですので」

挑むように見上げながら報告した途端、ラズウェル様の顔がゆがんだ。

「なんだと!?　余計な入れ知恵をしたのはエルサーナか！」

「報告されたら困るみたいですね。奥様を溺愛《できあい》していらっしゃるってお話は本当なんですか」

思わず好奇心で聞いてみれば、ラズウェル様はふてくされたようにそっぽを向いた。

「お前には関係ない。せっかくいいおもちゃが来たってのに、興ざめだ」

やっぱり、いまだに侍女として認めてはくれていないらしい。だけど、噛みついたところで覆《くつがえ》せるような実績なんかない。ぐっとこらえて聞き流す。

「入れ知恵というわけではありませんが……みんな奥様に筒抜けですので、戯《たわむ》れはもうおやめください」

「……暇つぶしにはちょうど良かったんだがな」

つまらなそうに言うラズウェル様に、なんだか頭痛がしてきそうだ。

「どうでもいいですけど、奥様にばれたくなければ、わざわざかまったりなさらなければいいじゃないですか」

「これは性分だ」

「胸張って言われても……。迷惑なので、やめていただけると助かるんですけど」

「お前なぁ、王太子に対してよくそんな口がきけるもんだな」

「別にラズウェル様に気に入られたいわけではないですし。本当に困るので、やめてほしいだけです」

「ったく、かわいげがないな。毛を逆立てた猫みたいだ。なつきやしない」

「愛想振りまくとライトがうるさいんです。それはご存じでしょう？　自分限定でなつくのがいいらしいですよ。私は振りまいているつもりはないんですけど」

「……まぁ、わからなくもないがな」

面白くなさそうにそう言って、ラズウェル様は執務机について書類を開き始めた。

よかった、とりあえず朝一の勝負は私の勝ちみたいだ。エルサーナさんは、これできっとかまってこなくなるだろうって言ってたけど、まだ油断はできない。気を引き締めていかなくちゃ。

私は茶器の用意をして、仕事の邪魔にならないよう、できるだけ音をたてないように気を付けながらお茶を淹《い》れる。

初日はお茶の淹れ方でも散々《さんざん》ダメ出しを食らい、「専属侍女のくせに満足に茶も淹れられないのか」なんて馬鹿にされた。悔しいけれど、たかがお茶を淹れるくらいで、って思っていた私は納得できなくて、部屋に戻ってからエルサーナさんに聞いてみた。

「相手の好みのお茶を淹れるのは、日々の業務では大事なことよ。その一杯で、イライラするか、仕事がはかどるかが決まってしまうこともあるわ。わからなければ、どのお茶がいいか聞けばいいのよ。初めて会う方の好みは、聞かなければわからないから、失礼には当たらないのよ」

そう言われて、私は「たかがお茶」なんて思っていたことがすごく恥ずかしくなった。

確かに私も、あまり好きではない飲み物を出されたら、がっかりするものね。

それに自分から好みを聞こうとしなかったのは、普段自分がそれだけ受け身だったから。それを思い知って、悔しいやら情けないやら。

確かにわからないことを聞けば、ラズウェル様はきちんと順を追って教えてくれる。それはちょっと意外だった。てっきり、見て覚えろ！　っていうタイプかと思い込んでいたし。その偏見は、反省しなくちゃ。

ただし、二度同じことを聞くとペナルティだったけど！

自分を見直すには、今回のことはいい機会だと思う。

ラズウェル様の好みは、「ぬるめのカノン茶」だ。

ラズウェル様はあまり癖の強いお茶は好きではないらしい。それと、熱いのも苦手なんですって。

エルサーナさんにお茶の好みは聞いていたけれど、カノン茶だけでなくたまにマテ茶を希望することもあるから、ちょっと疲れているように見えるときには、それとなく聞いてみたりする。そうすると、特にペナルティとかなく教えてくれるから、きっとこれで正解なんだろう。

カップを執務机の邪魔にならないところにそっと置いて、私は朝一で他の部から届いた書類を仕分けにかかる。

王軍統括総司令官とはいえ、ラズウェル様は王軍の仕事だけしているわけじゃない。王太子としての立場もあるから、王室関係の仕事も少なくない。

届いた書類の中にも、二日後に開かれる、王室主催の夜会の進行企画書があった。

今回の夜会は、交流会という名目で、内輪で開かれるものだそうだ。聞くところによると、第二王子アクセル様のお相手選びという側面があるみたいだ。

けれど、あまりそういうことに興味がないアクセル様は、なかなかお相手を見つけようとはなさらないらしい。

そのせいもあって、こういう内輪の夜会が年に二、三回ほど開かれるそうだ。

「夜会の進行企画書が来てますけど……。私、夜会って見たことがないんです。どんな感じなんですか？」

「そうか、お前が来てから夜会をやるのはこれが初めてだったな。せっかくだから、概要を説明してやる」

そう言って、ラズウェル様は夜会の企画書を受け取り、目を通した。

「今回は国内の貴族を招いて行う交流会だから、規模は大きくない。両陛下の生誕祭や建国記念日の夜会になると、国内外から要人を招いて盛大に行われるんだがな。今回はそういう大げさなものではないが、色々な人間と知り合ったり、情報交換をしたりする場だ。段取りはそれほど難しくはない」

大きな椅子に背中を預けて、企画書をめくりながらチェックする顔つきは、特にまじめというわけではないけれど、気を抜いてもいない。

なんというか、自然体で落ち着いている感じ。王様に比べれば、まだ貫禄《かんろく》という点では及ばないように見えるけれど、十分堂々としている。

「宰相の口上で夜会がスタートして、貴族たちが王族に挨拶にやってくる。その後はダンスだな。相手を変えて、好きなだけ踊る。談笑をメインにするものもいれば、ひたすら踊っているものもいるな。食べてばかりいる奴もまれにはいるが、まぁ少数派だな。

それぞれ好きなように過ごすだけだ」

「はぁ。いろんな人がいるんですねぇ」

「そうだな。まぁ、マナーさえ守れば後は比較的自由だからな。交流が目的なわけだから、こっちであれこれ段取りしてしまうと、かえって会の趣旨から外れる」

「なるほどー」

単にきらびやかな世界を想像してたけど、それを支える側にはいろいろと思惑があるものなのね。

「この交流会は、社交デビューの場としての役割もある。夜会初心者の貴族の子弟がそこそこ集まるのもあって、あまり格式ばらないように配慮しているせいもあるが、まあ雰囲気はゆるいな」

そうか、いきなり国賓《こくひん》が集まるような場じゃ、緊張してそれどころじゃなくなるものね。まずはこういう交流会を経てマナーや流れをつかむわけだ。

「ダンスのほかには、著名な音楽家を招いて楽隊の演奏が途中にはさまれることが多いな。演奏家や声楽家を呼んで、大体三十分前後演奏する。その間に軽食をつまんだり、飲み物を飲んだりして過ごしているな。休み時間みたいなものだ。その後は時間がきたら陛下の挨拶で締めになる。そんなに面倒なものでもないだろう」

なんて、事もなげに言われてもですね……。ラズウェル様は昔から慣れ親しんだ場だからどうってことないでしょうけど、大変かそうでないかなんてわからない。

「そう言われましても、実際に見たことがないので想像しづらいですね。夜会の知識となると、私には絵本や物語レベルですから」

「そうか……。ならば、夜会に出てみるか？」

私は、その一言をとっさに理解できなかった。

「……はい？　出るって、何しにですか？」

「専属侍女は雇い主が夜会に出席するとき、会場に控えていろいろ世話をすることになる。例えば、軽食を用意したり、談笑している際に飲み物交換したりとか、手袋やハンカチの替えを持って待機していたりとかな。ライトの専属でいる限り、夜会に出ることはまずない。騎士団は王城警備に当たるから、ライトは王室主催の夜会にはほとんど出たことがないからな。いい機会だ、エルに作法を教えてもらえ。入場許可は取っておく」

「ええっ、そんないきなり言われても！」

夜会は二日後ですよ⁉　急に作法を教えてもらえって言われても、自信がありません！

「なんだ、自信がないのか？　やる前から尻尾《しっぽ》巻いて逃げる気か」

くっそー、悔しいけれど、見透かされてる。このにやにや笑いは、多分私を乗せようとしてのことに決まってる！　わかってるけど、そうまで言われたらこっちだって黙って引き下がるわけにいかないじゃない！

「別に、そんなんじゃありません！　でも、いいんですか？」

「かまわん。せっかく城に上がったんだ、華やかな世界を見ておくのも悪くない」

一応、最後の確認（決して自信がないせいじゃない！）として聞いてみたけれど、ラズウェル様は快く了承してくれた。

「ありがとうございます！　がんばります！」

張り切って返事をする私に、ラズウェル様はくぎを刺すのも忘れなかった。

「言っとくが、遊びで行くわけじゃないからな！」

「わかってます、大丈夫！」

こうして、私は初めて夜会に行くことになった。

お仕事で行くわけだし、自分は参加するわけじゃないけれど、緊張も不安もある。

だって、夜会なんて未知の世界だ。その中に平民はきっと私一人。失敗するかも、変なことをしちゃうかも、恥ずかしい思いをするかも、笑われるかも。そういう怖さがある。

だけど、ここで引き下がっちゃ、せっかく武者修行《むしゃしゅぎょう》（?）に出してくれたレイド様にも申し訳ない。だったら開き直って、ぶつかっていくつもりで頑張らなきゃ！

礼儀作法、注意点は二日の間にエルサーナさんに特訓してもらった。

色々とルールはあったけれど、控えてるのが主な仕事だし、私が踊ったり貴族と会話したりするわけでもない。そう思ったら、かえって気持ちが楽になった。

ライトにも報告したら、

「俺は会場担当だから、中にいる。よかった、会えるね」

って言ってくれた。

そんな大勢男が集まる場所に行くなんて許さない、くらい言われるかもしれないと思ってたけど、ライトにもここ数日で心境の変化があったみたい。

あの夜から、お互い少しはいい方向にいってるのかな。そうだったらいいんだけど。

そして、ついに夜会当日。お仕事で行くんだってわかってはいるけれど、そわそわして落ち着かない。なんだか緊張するんだよね！

ラズウェル様は、今日は朝から夜会の打ち合わせで、王軍のお仕事はお休みだ。部屋の主は不在だけれど、私は書類や資料の整理をして過ごす。

ラズウェル様は、夜会の二時間前に会場の確認や進行の打ち合わせ、ご自分のお支度《したく》にかかることになる。

専属侍女はラズウェル様のお支度の準備をしなければならないんだけど、私は一週間だけのいわばお客さんで、部外者。さすがにそこまで参加させてはもらえなかったけれど、見学はさせてもらうことになった。

ラズウェル様の姿は王軍の正装。制服を着せて、侍女さんたちがいつもより複雑な意《い》匠《しょう》のスカーフだとか、徽章《きしょう》、金モールを次々とつけていく。

それから、全体のシルエットを見ながらそれらの位置を修正し、マントのドレープの具合などを整えると、あっという間に堂々とした王子様の出来上がりだ。

「ずいぶん見とれていたな。ライトから乗り換える気になったか？」

「着付け方は学ばせていただきました。この先役に立つと思います。ありがとうございました」

ラズウェル様の軽口に、顔色も変えずにそっけなく言い返すと、面白そうに鼻で笑われた。もう慣れたから、いちいち動揺なんかしてられないわよ。

一方、私の格好はいつもと変わらない、紺の侍女服だ。私はほかの王族付きの侍女さんたちと一緒に、主にラズウェル様のサポートを担当することになった。

夜会の合間につまめるように、軽食を選んで手渡したり、飲み物を取ってあげるくらいでいいらしい。これが女性の王族ともなれば、合間に髪や化粧の直しをしたり、衣装を整えたり、休憩で控えの間に戻ったりとなかなか忙しいらしいけど、男性はその点、楽なんだそうだ。

「私はあまり夜会が好きではないから、控えの間で王妃陛下をお世話することがほとんどね。殿方はそれほど細かくないし、大変なことはそう多くないわ。肩の力を抜いて、楽しんでいらっしゃい」

エルサーナさんはそう言ってくれたけれど、この場に立ってみると、そんなの無理！

会場は中ホールって聞いてたけど、これで中だったら、大ホールはどれだけ大きいんだろう！

天井は高くて、きらびやかな装飾が施《ほどこ》されている。壁の高いところにはステンドグラスがはめ込まれ、天井からすごく大きなシャンデリアが下がっている。

光を反射してきらきら輝くそれはすごく豪奢《ごうしゃ》だ。

ざわつくホールには、色とりどりに着飾った貴婦人たちがあふれ、見たこともない豪華なお料理や鮮やかな色のドリンクがテーブルの上にずらりと並んでいる。

色とりどりのドレス、きれいな宝石、複雑な意匠の装身具、美しく結った髪を飾る花飾りや髪留め、華奢《きゃしゃ》な靴。

どれもこれも、初めて見るものばかりで、今まで絵本や物語で想像していたよりも、ずっときれいで、ずっと華やかで、ずっと豪華で、本当に夢の世界に来たみたいだ。

「アーシェ、ぼーっとしていないで、行きますよ」

「はっ、はいっ！　すみません！」

あっけにとられてきょろきょろしていると、今日一緒にお仕事をすることになった王族付きの侍女さんに声をかけられ、私はあわてて後を追う。

専属侍女は壁際にずらりと並んで、主人の行動を目で追いかけるのだそうだ。

「今日は交流会だし、それほど参加者も多くないから、そんなに緊張しなくても大丈夫よ」

「えぇっ⁉　少ないって、この人数でですか⁉」

「それはそうよ。大ホールのフロアはここの二倍の大きさがあるし、二階にもフロアが設けられているのよ。それに比べれば、今日の来賓《らいひん》は国内の方ばかりだし、気楽に行きましょう」

「は、はい……」

侍女さんは笑って何でもないことのように言う。だけど慣れない私には緊張するなとか気楽にとか言われても、しばらくは無理そうだ。

でも、ここに来た以上、逃げることも引き返すこともできない。とにかく、迷惑だけはかけないように頑張るしかない。

「さぁ、皆様が入場していらっしゃるわよ」

「はい」

姿勢を正し控室の方を見ると、ちょうどドアが開いて王様が王妃様をエスコートして入ってきた。

その後ろに続くのは、ラズウェル様とフェリシア様。

そして、弟のアクセル様と妹のリリアナ様が続き、最後にライトのお父さんである宰相様が入ってきた。

王様は王族の正装を身にまとい、宰相様はほかの貴族の男性と同じく夜会の際の礼装。

一方ラズウェル様とアクセル様はいつもの制服をもっと豪華にした感じの、軍の正装だ。

勲章やメダルをずらりと胸に並べて、マントはいつもより豪華な銀の刺繍《ししゅう》をふんだんに施《ほどこ》した、重そうなもの。

二人はよく似た野性的な美貌《びぼう》で、ラズウェル様は金髪、アクセル様は銀髪。近くに立つと一対の絵のようで、すごく素敵。

王妃様もフェリシア様もリリアナ様も、それぞれ身に着けたドレスが良く似合っている。元々みなさん美人だけれど、こうして着飾るとその威力は半端ない。

慈母《じぼ》のような笑みをたたえて、ゆったりと立つ王妃様は、深緑のベルベットのドレス。

はかなげで繊細《せんさい》な美貌《びぼう》のフェリシア様は、ラベンダー色のサテンのドレス。

社交界の花と称される華やかな美人のリリアナ様は、真紅のシルクのドレスをまとっている。

思わず見とれて、ため息が出てしまう。

宰相様が、ゆっくりと進み出た。

「皆、よく集まってくれた。今宵は楽しい時間を過ごしていただきたい。それでは、これより夜会を開催する」

その言葉が終わると、拍手が起こり、それが合図となったかのように楽隊の演奏が始まった。

パートナーと手をとりあって中央へ進んだ人たちが、次々にダンスを始める。

（うわぁ、すごーい！）

口に出して歓声を上げることはできない。でも、一斉にダンスを踊るさまは思わず呆《ぼう》然《ぜん》としてしまうぐらいに迫力があって、きれいで華やかだった。

色とりどりのドレスがふわりと舞う。

女性の髪や身を飾る装身具が、魔法光の明かりを受けてきらきらと輝いている。

音楽に合わせて女性が一斉にくるりとターンして、優雅な仕草で男性がそれを受け止める。

踊っている人たちは、みんな楽しそうだ。

「アーシェ、気持ちはわかるけれど、そろそろお仕事に戻ってくれるかしら？」

「あっ、すみませんっ！　つい、圧倒されてしまって……」

会場中を見回していた私は、先輩の侍女さんに声をかけられて、真っ赤になって頭を下げた。でも侍女さんは笑って、大丈夫よ、と応《こた》えてくれる。

「そうね、私もデビューしたときはそうだったわ。みんな着飾っていてきれいだし、人がたくさんいるし、想像したのよりもずっと素敵だったもの。さぁ、殿下はどこにいらっしゃるかしら？　合図があったら、すぐにでも動けるようにしておいてね」

「はい！」

頷いて、私はラズウェル様の姿を探す。

国王夫妻は一段高いところにしつらえられた席に立ち、その前に貴族の皆さんが長蛇の列を作っている。

その下にはラズウェル様ご夫妻が揃って立たれて、次にアクセル様、最後にリリアナ様が立たれている。両陛下への挨拶が済んだ人が、順番に挨拶をしていくみたいだ。

そうだ、私はお仕事をしに来てるんだから、しっかりしなくちゃ。

とはいえ、ラズウェル様は挨拶の間は動くこともないし、飲食しに立ち歩くわけでもないから、とりあえず待機だ。

でも、王族の方々はこの挨拶が終わるまで動けないんだ。大変だなぁ。

挨拶をする貴族の中には、ご夫婦と見られる男女に、娘さんを一人二人連れた組み合わせが半分くらい見える。

それが、アクセル様の前で列を成しているところを見ると、やっぱり第二王子狙いってことなんだろう。

本人はご興味がないらしいけれど、あんなにきれいなお嬢様が何人もいるのに、気持ちが動くことはないんだろうか。もったいないなぁ。

そういえば、ライトはどこにいるんだろう？　会場警備責任者だからホールの中にいると言ってたけれど、さりげなく見回した範囲内に姿はない。

レイド様は王城警備総責任者だから、現場には出ていなくて、団長室で全体の指揮をしているはずだ。だから、現場で一番偉い人は、ライトってことになる。

もちろん、こんな華やかな場で騎士が物々しくうろうろするわけにはいかないから、身を隠してどこかに立っているんだろうけれど。

よくよく見れば、騎士様たちの姿が柱の陰なんかに見え隠れしている。結構な人数が会場にいるみたいだ。

そのとき、ラズウェル様の視線がちらりとこちらを向いたのがわかった。

とっさに隣の侍女さんを見れば、彼女はにっこりと笑った。

「よく気づいたわね。たぶんお話されて、喉が渇いていらっしゃるんだと思うわ。冷たいお茶を二つ、用意して差し上げて」

「はい」

言われたとおりに、冷たいお茶の入った小さいカップを、飲み物のカウンターから受け取って銀のトレイに載せ、邪魔にならないようにラズウェル様とフェリシア様の後ろに回りこむ。

「失礼します。お飲み物です」

エルサーナさんに教わったとおりに、前の人の挨拶が終わったタイミングで、後ろからそっと声をかけると、二人が振り向いた。

「ああ、ご苦労。反応が少々遅いが、ぎりぎり合格点をくれてやる」

「……恐れ入ります」

くっそー！　場所が場所だけに言い返せないからって、嫌味くさいったら！　わかっているのか、ラズウェル様がニヤニヤと笑っているのがまた腹立たしい。

「まぁ、そんなことをおっしゃるものではありませんわ。ありがとう、ご苦労様」

そう言ってふんわりと笑うフェリシア様は、相変わらずの儚《はかな》い印象のすごい美女だ。二人の王子様たちの首根っこをとっ捕《つか》まえてぶら下げるような方には到底見えないよねぇ。

お二人が一口二口ほどの小さなカップを空にしたので、銀のトレイで受け取って頭を下げ、私は静かに引き下がった。とりあえず、一仕事はできたかな。

トレイを置いて戻ると、先輩侍女さんが出迎えてくれる。

「お疲れ様。しばらくはまた待ち時間になるわ。立ちっぱなしで大変だけれど、頑張りましょうね」

「はい、ありがとうございます。ところで、割と暇なように思えるんですけれど、これでいいんでしょうか？」

エルサーナさんのお話だと、飲み物や食べ物のサポート、小物の管理などが主なお仕事なんだそうだ。

だけれど、見ていると自分の主人に付きっ切りになっている侍女さんもいる。それに比べて、王族付きの侍女や侍従は、待機場所からほとんど動いていない。王女付きの侍女さんたちがちらほらと髪や衣装の直しをしているくらいだ。

「そうね、挨拶の間は手持ち無沙汰《ぶさた》になることもあるわね。基本的に王室の方々はそれほどうるさくないから、あまりお世話をして差し上げることもないわ。リリアナ様が衣装や髪を気になさる方だから、王女付きの専属侍女は忙しいけれど、王妃陛下や王太子妃殿下は、合間に控え室に戻って直しをするから、ここではあまり出番はないわね。それでも、ここにいる間に何かしら人手が欲しいときもあるから、そのときにお手伝いして差し上げればいいのよ」

「そうですか。ずっと主人のお傍《そば》にいる侍女さんもいますよね。それはどういった方たちなんでしょうか？」

会場を見回してみれば、ずっとつき従っている侍女さんの姿もちらほら見受けられる。

「見た目で専属侍女を選んでいる方もいらっしゃるわ。そういう方は、常に連れて回って、皆さんに見てもらう目的もあるわね。夜会での衣装や化粧を神経質に気になさる方もいらっしゃるし、そういう方の専属になると、常にメイクボックスや小物入れを持って、付きっ切りになることがあるわ。あとは、飲食をメインにされている方だと、二、三人の専属にお皿や飲み物をいくつも持たせたりしてるわ。こればかりは人によりけりね」

「そ、そんなについてるんですか!?」

「でも、そのような方は一人二人よ。食べることがお好きな方なのよ、きっと。食べてはいけないわけでもないし」

と、侍女さんはフォローしてたけれど、本当にいろんな人がいるものね。

ものめずらしいというか、まったく違う世界だけれど、内情がわかるとなんだかおかしかったりする。

「あ、ちょっと行ってくるわね」

ラズウェル様から合図があったのか、侍女さんが離れていった。私はまた背筋をピンと伸ばして、壁際に立つ。そのとき。

「なんだかラズの専属みたいだ。面白くないな」

「ライト!」

不意に頭上から降ってきた声に、私はびっくりして隣を見上げた。

ライトがいつの間にかつまらなそうな顔をして、会場に目線をやったまま隣に立っていた。

「どう。楽しんでる?」

「楽しめるわけないじゃない。下手なことできないし、緊張してるよ」

「そんなたいしたもんじゃないし、気楽に楽しめばいいのに」

「それができたら苦労しないよ! ライトは慣れてるだろうけど、私は初めてなんだから！」

まったくもう、こういうところは育ちのせいかお気楽なんだから！　私は下町育ちで、ここにいるだけでいっぱいいっぱいなのに！

不意に、ライトが身をかがめた。

「今夜。……帰ってくる？」

耳元に低くささやかれて、ぞくん、と鳥肌が立った。だけど、帰るなんて言葉は、今まで張った意地が素直に言わせてくれない。

「いつ終わるかわかんないし、帰れないかも」

「いつになってもいい。来て」

それだけを言い残して、私が言い返す間もなく、すっとライトは離れていってしまった。

耳がくすぐったい。心臓が跳《は》ねているのがわかる。

どうしよう、確かに今日で約束の一週間は終わりだけれど、今日部屋に帰るとは言ってない。エルサーナさんにも言ってない。

帰る？　どうする？

その葛藤の答えが出ないうちに、侍女さんが戻ってきた。

「あら、どうしたの？　顔が赤いわよ？」

「あ、いえ、なんでもないです！　あの、お手洗いに行ってきてもいいですか!?」

「ええ、大丈夫よ。人が多いから、気をつけて行ってね」

「はい！」

火照《ほて》る頬をもてあまして、私はその場から逃げ出すようにしてトイレに向かった。

動揺する気持ちは、まだ収まりそうにない。

7

夜会が始まって小一時間もすると、やっとその場の雰囲気に慣れてくる。

ライトはあれから一度も姿を現さないし、私のほうも気持ちを落ち着かせて戻ってきてからは、ラズウェル様の行動に集中して、何度かお茶やつまむものをお持ちしたりしていた。

そうして、一度目の小休止の時間がきて、楽団の演奏が始まる。

踊っていた人たちは、壁際に引いたり、それぞれ小皿、あるいは飲み物を持って談笑したり、音楽に耳を傾けている。

ラズウェル様や王族の方々も、親しい方々と談笑されている。その傍《かたわ》らには、本当の専属侍女がついていて、私も少しお休みだ。

そんなつかの間の休憩に、ほっと息をついたそのとき。

突然、ガシャーンッ！　という耳をつんざくような破砕音《はさいおん》が響き、思わず耳を塞《ふさ》いだ。

反射的に視線を上向ければ、降り注ぐ色とりどりのガラスの破片。

頭上から襲う美しい凶器に、私は動くこともできず呆然《ぼうぜん》とその光景を見つめるしかない。

「アーシェ!!」

「きゃぁっ！」

誰かが叫んだ瞬間、私は横なぎにかっさらわれて、床に引き倒された。

ホールの中が、わっと騒がしくなる。

「外だ！　騎士団、追え!!」

私の上に、誰かがいる。覆《おお》いかぶさったまま、鋭い声で指示を出してる。

私、どうなったの？　床に倒された衝撃で、頭がくらくらする。

「侍従と侍女は客を落ち着かせろ、急げ！」

怒号と共に指示をしたラズウェル様は、アクセル様とともにホールの中央へ進む。

「アーシェ、大丈夫!? けがはない!?」

私を引き起こし、噛みつかんばかりの勢いで聞いてくるのはライトだ。その頬に、一筋の赤い線が走っていて、私は愕然《がくぜん》とする。

「ライト、血が……!」

「こんなもの、大したことはない。どこか痛いところは?」

「わ、私は平気、ちょっとびっくりしただけだから。それより、どうしたの? 何がどうなってるの?」

混乱したけれど、とにかく状況が知りたくて尋ねた。ライトの顔は険しい。

「上のステンドグラスが割られた。外からだ。多分何か術を使ったんだろう。ちょうどアーシェの真上だったから、ちょっとでも遅れてたら大けがしてるところだ。無事でよかった」

「アーシェ、大丈夫!?」

そこで、幾分青い顔の侍女さんが駆け寄ってくる。

私はライトに助け起こされて、少しふらつく足をしっかりと踏みしめた。

「はい、大丈夫です」

「いきなりガラスが割れて、あなたの上に落ちてきたからびっくりして……! 無事でよかった！」

侍女さんも動転しているようで、手が震えている。ライトはその手に、私を押し付けるように預けた。

「では、アーシェを頼みます。俺は行くので」

「ええ、お任せを」

ライトは侍女さんに私を引き渡すと、マントをさばいて背を向ける。

「ライト、気をつけて！」

私がかけた声に、軽く片手を上げただけで、ライトはすぐにホールを出ていってしまった。

ホールの中央では、拡声《かくせい》の術か何かで、王子様二人が声を張り上げている。

「騒がせて申し訳ない。無粋《ぶすい》なことをした犯人は、騎士団が間もなく捕縛《ほばく》するだろう」

「夜はまだ始まったばかりだ。これ以上の騒ぎは起こさせない。安心して最後まで楽しんでいってほしい」

二人の呼びかけにも、まだざわめきは収まらない。けれど。

「皆を騒がせた詫《わ》びだ。三十年物のフール酒を、ここにいる全員に振る舞おう」

ラズウェル様がそう言ったとたん、ホールは拍手と歓声に包まれた。隣の侍女さんもびっくりしている。

「あの、フール酒ってなんですか？」

「フールの実で作る果実酒よ。市民の間でも一般的に飲まれているものだけれど、三十年物となると、一本で金貨十枚はするわ」

「そ、そんなに⁉」

金貨十枚って、普通の家族四人が三ヶ月楽に暮らせるほどの額だ。

「宮廷晩餐会や特別なときにしか出さないお酒を、この場にいる全員に振る舞うだなんて、聞いたことがないわ。でも、それでこの場が収まるなら、安いものなのかもしれないわね」

言われてみれば、さっきまで不安や困惑でざわめいていたホールの中は、今は笑いと驚きと興奮で満たされている。そんな貴重なお酒ともなると、貴族の間でもめったに飲まれないらしい。

侍従や侍女の手によって、次々とグラスに満たされたフール酒が配られていく。誰もかれも、そのお酒をご相伴《しょうばん》にあずかろうと手を伸ばす。

そのとき、ふとホールから出ていく人影が目に入った。

不審だと思ったのは、ほとんど直感だ。みんなが珍しいお酒に興味津々《きょうみしんしん》で、ほかのことに注意を払っていない。それを狙うかのように、こそこそと出ていくのがなんだか変に思えた。

「あの、すみません、ちょっとトイレに行ってきてもいいですか!?」

「ええ、いいわよ。そのまま少し休んできたらどう？　危ない目にあったのだし、慣れないことをして疲れてもいるでしょうから」

「お気遣いありがとうございます！」

侍女さんに頭を下げて、私は足早にホールを後にした。

中肉中背《ちゅうにくちゅうぜい》の、黒の衣装をまとった男の人だった。どこに行ったんだろう？

きょろきょろしながら外回廊に出ると、その人の姿を見つけた。

けれど、声をかけようとして、私は言葉を呑み込む。

「何もあそこまで騒ぎを大きくしろとは言っていないだろう！　何をしてるんだ、このバカが！」

聞こえてきた叱責《しっせき》の声に、私はとっさに壁に貼り付いて姿を隠す。

「騒ぎを大きくした」って、もしかして、ガラスを割ったこと!?

（いったい誰なの!?）

私は、遠耳《とおみみ》の術を使う。一気に明瞭になった葉擦《はず》れの音と共に、はっきりした声が耳に飛び込んでくる。

「何のために侍従の服を用意してやったと思ってる⁉　気づかれないように城内に入り、小さな騒ぎを起こすだけでいいと言っただろうが！」

「こんなんでこれだけの騒ぎになるとは思わなかったんでねぇ。たかだかガラスを割ったぐらいで、大げさなんですよ、お貴族様ってのはさ」

答えたのは、若い男の人の声。でも、はっきりとガラスを割ったと言ってるってことは、この人が実行犯だ！

「そういう問題ではない！　これでは犯人探しが大々的に行われてしまうではないか！　そうなるとまずいということぐらいわからんのか！」

「んなことといわれても、あんた俺に丸投げだったでしょう。『城内に入って騒ぎを起こせ、騎士団の不始末になるようなことなら何でもかまわん』ってね。いいじゃないすか、目的は達成でしょ？」

「それでこちらに疑惑の目が向けられては本末転倒《ほんまつてんとう》だと言っている！　お前は雇ってやっている恩を忘れたのか！」

怒鳴る声には、聞き覚えがある。前にライトに絡《から》んできた、白髪交じりの赤毛の侯爵様じゃない？

対する声は、こんな騒ぎを起こしたことなんて、なんとも思っていない感じで、へらへらしていて余計に怒りを煽《あお》ってるみたい。侯爵様の手先にしては、なんだか悪党っぽくない気がする。

「この始末は必ずつけてもらうぞ！　クビも覚悟しておくんだな！」

「ああ……まぁそれはどうでもいいんだけど、さっきからこの話聞かれてるけど、いーんすか」

「何⁉」

のんびりとした答えを聞いて、侯爵様らしい声の人以上に、私は愕然《がくぜん》とした。ば、ばれてる！　やばい、逃げよう！

身を翻《ひるがえ》して駆け出した。まだ術をかけたままの耳に、二人の声が流れてくる。

「ちょっと懲《こ》らしめてきますわ」

「待て、深追いするな！　おい！」

えええ、追いかけてくるー⁉

騒ぎがあったせいか、離れたこの場所には侍従も衛兵もいない。足音は確実に背後に迫ってる。どうしよう、追いつかれちゃう！

私は角を曲がり、すぐ先にあったドアに飛び込んだ。

暗いけれど、カーテンは開いていて、月明かりが仄明《ほのあか》るく部屋の中を照らしている。石張りの床に、楕円《だえん》の卓が置いてある、会議室か待合室か。大きなテラス窓にかかったカーテンの陰に、私は身を潜《ひそ》めた。

心臓がばくばくしてる。指先が震える。侯爵様は、いい人じゃないだろうっていうのはなんとなく知ってる。捕《つか》まったらどうなるか、想像はつかないけど、無事に帰れる保証がないことぐらいは私にもわかる。

だったら、絶対逃げなきゃ！　このことを、ライトやレイド様に知らせなきゃ！

私は、カーテンの中で術を使う。体がきしむような感覚と共に、侍女服がぱさりと床に落ちた。もぞもぞと這《は》い出して、さらに姿隠《すがたかく》しの術をかける。

そのとき、ドアが開いた。入ってきた人影を横目に見ながら、私はカーテンからそっとすべり出て、慎重に壁際を進む。そう簡単には見つからないはずだけど、勘がいい人だったら見られるかもしれない。

あと数歩で、開いたドアから外に出られると思った。そのとき。

ぱぁんっ！　と、目の前で火の玉がはじけた。

『きゃあっ』

飛《と》び退《すさ》った鼻先に、ぱぁんっ、とさらに火の玉が弾《はじ》ける。同時にドアが閉められて、ついでによろけた足もとにもう一つ、火の玉が弾けた。

つん、と焦げたようなにおいが鼻をつく。じゅうたんか、それとも私の毛皮か。

よろよろと壁際に追い詰められて、足の震えが止まらない。

こんな風に術を使われるなんて、魔女に捕《と》らわれて以来だった。熱と、音と、衝撃が、あの日の痛みと恐怖を呼び起こす。

「お前、さっき盗み聞きしてた奴だろ？　魔術師相手に術使って逃げようなんざ、甘いっつーの」

力の抜ける笑いを浮かべた男の人が、上げていた手を下ろす。さっきライトが、術でステンドグラスが割られたって言ってたのに、相手が魔術師だという可能性は、頭から抜け落ちていた。ああもう、私のバカ！

私に気付いたのも、遠耳《とおみみ》の術を使ったときの魔力でわかったのかもしれない。

その姿を確認した私は、……息を呑んだ。

月明かりに照らされているのは、糸のような細い目の、若い男の人。その、後ろでくくったうねる赤茶けた髪に、首の後ろがざわっと一気に総毛立った。

その人には、見覚えなんかない。顔の造作にも、似てるところなんて一つもない。

だけれど、その髪の毛は、あの魔女によく似た……

手足が固まって動けない。声も出せない。心臓が破裂しそうなくらいどくどく言ってる。似ているのは髪だけだ。それなのに、怖くて怖くて足がすくんで動けない。

「急におとなしくなったな。まあいいや、連れて帰ってゆっくりかわいがってやるよ」

どこか遠くで声がする。邪気のない笑みを浮かべて伸ばす手から目が離せない。

逃げなきゃ、でも、頭でわかっているのに、体が動かない。

すくみあがって震えるしかない私が捕《つか》まりそうになった、まさにそのとき。

ばん！　と音を立ててドアが開いた。

金茶色の髪を乱して、肩で息をしながら踏み込んできたのは、やっぱり。

『ライト……』

こわばっていた喉から、ようやく絞《しぼ》り出すような声が出る。

対して、男はさっと姿勢を正した。

「物音がしたので不審に思い、確認していたところです」

そのきびきびした仕草は、本当にお城勤めの侍従さんのようだ。

だけど、「侍従の服を着ているけど、偽者だよ！　だまされちゃダメ！」って警告の声を上げる前に、その人はにやりと笑った。

「……なぁんてごまかしが効く相手じゃなさそうだなぁ」

私に言われるまでもなく、ライトがだまされるわけがなかった。ライトはぽりぽりと頭をかく男の人をひたりと見据《みす》えたまま、わずかに斜《しゃ》に構えて立っている。

「その子に手を出すな」

「と言われてもねぇ。まぁこっちにもいろいろ事情があってね」

ところが、その真剣味のない言葉を聞き終わらないうちに、ライトがすっと左手を伸ばす。もう片手を添えて、引き絞るように引く……その手に生まれた、雷の矢。

「警告なしとは穏やかじゃないねぇ！」

それを見て、叫ぶと同時に、男の人が手を振った。ライトの手から矢が放たれるのも同時で、部屋の真ん中で火球と矢がぶつかり合い、どぉんっ！　と爆発が起きる。

『きゃぁぁっ！』

ばりばりっ、と散ったスパークが部屋を照らして、男の人は術の余波か、服があちこち切り裂かれている。

「くっそ、騎士のくせして魔術師より術の威力が上とか反則だろ！」

「お褒めにあずかり、光栄だな」

悔し紛《まぎ》れに毒づくその人にしれっと言いながら、ライトはまたさっきと同じ構えを取った。その手の中には、さっきよりも輝きを増した大きな矢が、ぱりぱりと剣呑《けんのん》なスパークを放っている。

「ちょっ、待て！　部屋ん中でそんなでかい術使うバカが……うわぁっ！」

さすがに焦りの色を浮かべた侵入者に向かって、無表情のままのライトによって放たれた矢が、ドオンッ！　と音を立てて炸裂《さくれつ》した。

大破した窓の傍《かたわ》らで、半分消えかけた結界術を消し去った男の人が立ち上がる。さっきまでの飄々《ひょうひょう》とした様子から一転、ひきつった笑みを浮かべてじりじりと後ずさった。

「問答無用かよ！　割りにあわねぇなぁ、ったく」

無言でぴたりと三発目を男に向けながら、ライトが静かに口を開いた。

「洗いざらい話すなら、命の保証はする。そうでなければ、手荒に扱うことになるが……どっちがいい？」

「ま、それほど義理立てしてる相手でもないけど、俺も命が惜しいわけよ。てことで、見逃してくれよっ」

言うなり、男はライトが壊した窓から外に転がり出た。その背中に放った術が、木立の間でまたドオンッ！　と大きな音を立てて四散《しさん》し、スパークがきらめいて夜の闇を切り裂いたけれど、男の人の姿はもうなかった。

窓から外を確認し、音を聞きつけて走ってきた外の衛兵に侵入者の追跡を命じて、ラ

イトは振り返った。

　ちょこんと座った私の前にゆっくりと歩み寄る。

「城内に怪しい者がいないか、探していたところだったんだ。たまたまそこの廊下を通りかかったときに、術の気配を感じたから、もしかしたらと思って覗いてみて正解だったよ。無事でよかった……」

　それまでの無表情をかなぐり捨てて、ライトは顔をゆがめながら、崩れるように膝をつく。

「アーシェ……ごめん。ほんとはわかってるんだ。自分がどんなに身勝手を押し付けているのか、理不尽《りふじん》を強いているのか、わがままを言ってるのか。アーシェが仕事を頑張ってるのはわかってる。応援したいとも思ってる。頭では、ちゃんとわかってるんだ」

　絞《しぼ》り出すような声が、震えてる。

「だけど、いつかいなくなるかもしれない、仕事が楽しくなって、城にも慣れて、いろんな人との付き合いができて、アーシェの世界が広がったら、俺を放って外に目を向けるかもしれない。もしかして俺から離れていくかもしれないと思うと、怖くて仕方なくなる。閉じ込めて、俺の目の届く範囲にいてほしいって、どうしても思ってしまう。今も、連れ去られるところだったって思うだけで……、この世のすべてを壊したくなる！」

心の奥にたまった激情を吐き出すように叫んで、ライトは両手でぐしゃりと前髪を掴《つか》む。苦しそうに上下する肩は、でも、どこか弱々しくて……

「アーシェを信じてないわけじゃない。俺の問題なんだ。こんな自分を、変えられるかどうかなんてわからない。でも、アーシェ、君を手放すのは、もっと考えられない。君がいないこの数日の間、生きてる気がしなかった。昔に戻ったみたいに、周りに何の関心も持てなくなった。俺は、アーシェがいないとダメなんだ。もう、昔には戻りたくない。頼む、戻ってきて。俺は弱くて情けなくて最低で、アーシェにひどいことばかりしてしまうけど、でも、愛してるんだ。お願いだから……」

ああ、今、どうして私は猫の姿なんだろう。だけど、外には衛兵や騎士団の人もいる。ドアの外も、足音がいくつも近づいてきてる。まだ元の姿には戻れない。だけど。

今、力いっぱいライトのことを抱きしめたい……

『ライト、大丈夫』

床についたライトの膝に前足を置いて伸び上がり、私はライトの口もとにすり、と頭を寄せた。

『私もいろいろ考えたよ。だって、私だってライトの傍《そば》にいたいもの。どうしたらずっと一緒にいられるか、少しはわかったと思う。だから、いなくなったりしない、絶対に』

「アーシェ……！」

すがるように、ライトが私を抱きしめた。同時に、ばたばたと騎士様たちが部屋に駆け込んできた。

ライトは私を抱いたまま、すっと立ち上がった。もう、お仕事の顔になってる。

「副団長、大丈夫ですか！」

「ああ、問題ない。賊は外だ。顔は俺が見てる。レイドは？」

「裏庭から北門へ抜けるルートと、下町方面への緊急配置命令を出した後、陛下に召集されて向かっています」

「そうか。逃げ足は速そうだったから、追っても無駄かもしれないが、ここにはもう戻ってこないだろう。俺は団長室に戻る。来客の警護はどうなってる？」

「第一から第三小隊が当たっています。ラズウェル様とアクセル様の機転が功を奏して、今のところ通常通りに夜会が進んでいます」

「わかった。これ以上の騒ぎはもうないとは思うが、気を抜くなよ。状況報告はこまめに入れろ」

「了解しました！」

そのまま、ライトは部屋を後にして、明りの灯った廊下を歩き出した。

城内はまだざわついていて、警護に当たる人たちのまわりはピリピリと張りつめたような空気に満ちている。無理もないか、王家主催の夜会でこんな騒ぎが起きたんだから。だけど、防げなかった騎士団が、おとがめなしで済むとは思えなかった。

不安で見上げたライトの顔は、まだ少し険しい。だけど、私の視線を感じると、安心させるように笑った。

「大丈夫、心配ないよ。相当絞《しぼ》られるとは思うけど、クビとかはたぶんないと思うし」

『だといいけど……』

どうしても不安がぬぐえない私の頬にキスを落として、ライトはまっすぐ前を見る。

「未然に防げなかったのは完全にこっちの落ち度だけど、逆にこれで相手は絞れた。この時期に騎士団の不手際が起こって得をするのは、今のところハーウェル侯爵だけだ。こっちも痛手《いたで》は食らったけど、向こうも自分で自分の首を絞めたようなものだ。俺たちだって、ただで転んでやったりはしない。打つ手はあるよ」

騎士団にも、レイド様にもライトにも、今回は最悪な状況。だけど、みんなができることをやるだけ。そうと決まったら、まるでライトの中に火がついたようだった。

こういう状況で、私にできることは、レイド様とライトにできるだけのサポートをすること。

まぁ……今は猫だし無理だけど……

ライトは無人の団長室に戻って、私をそっとソファに下ろした。

「今日はこのままここにいて。終わるまで待っててほしい」

『うん、もちろん！』

だけど、出来れば着替えてお手伝いしたいんだけどな。

そういえば、脱いだ服、どうしたっけ？　あの部屋に置き去りじゃない？　ほかの人に脱いだ下着とか見られるのは嫌なんですけど！

だけど、察したライトがにこりと笑って、私の額《ひたい》にキスを落とした。

「服は俺が吹っ飛ばしちゃったから、そのままでね。ごめんね」

『えええーっ!?』

そ、そういえば、ライトの雷の矢は、窓と一緒にカーテンのあたりまできれいに破壊してたっけ。もったいない、もらい物とはいえ、まだ新品だったのに……

「失礼します、副団長！」

けど、出入りする騎士たちで、すぐに団長室はあわただしくなった。

レイド様がいないから、ライトが代理でみんなを指揮することになる。集まってくる報告をまとめながら、次々と指示を出していく。今までに調査した書類をひっくり返して中身を照合して、今回のことと突き合わせて状況を整理しているみたい。

途中でエルサーナさんが、軽食の差し入れを持ってきてくれた。夜会はどうなったんだろう？　終わってから来てくれたのか、途中で抜けてきてくれたのかな？

王妃様付きだから、レイド様が陛下のところにいるのは知っているんだろう。レイド様の分は、ふたをしたバスケットを執務机の上に残し、邪魔をしないように気遣ってか、すぐに戻っていった。

レイド様が戻ってきたのは、それから二時間ほど後のことだ。

夜会は何とか無事に終わったそうで、出入りするみんなも落ち着きを取り戻し、城内の明かりも今は大分落とされている。

ため息をつき、珍しく疲れたような表情で帰ってきたレイド様は、私を見るなりわずかに口元をほころばせた。

『お帰りなさいませ』

「ああ、まだ起きていたか。今日は猫のままなんだな。お前も疲れたろう、早く休めよ」

そう言いながら、ごつごつした指先で顎《あご》の下を撫でてくれた。

「気安く触んな」

「なに、心を込めて触っているとも」

「余計悪い！」

ライトの悪態《あくたい》をさらりとかわして、どさりと椅子に腰を下ろした。

お茶を淹《い》れてあげたいけれど、猫のままじゃ何にもできない。と思っていたら、レイド様はエルサーナさんが置いていったバスケットから魔法瓶《まほうびん》を取り出し、ゆっくりと喉を潤した。

私の出番は、なくてもよかったみたい。

「で、どうだった？」

ライトの問いかけに、レイド様は眉間をもみほぐしながらため息をつく。

「陛下はたいそうご立腹だ。内輪のとはいえ、王家主催の夜会に邪魔が入ったわけだしな。諸国から要人を招くような会でなくてよかったというところだ」

「ま、相手もそれを狙ってたんだろうけどね」

「一時は左遷《させん》の一言も飛び出したんだが、ある程度首謀者が絞《しぼ》れているということで、早期解決を条件に左遷はなしだそうだ。ただし、減俸《げんぽう》処分等のペナルティは科せられるが、これは仕方がないだろうな」

「ま、はっきりとこっちがうかつだったってことだから、文句は言えないね」

「相手はどちらかと言えば小心者だ。大胆な行動よりも、水面下での画策《かくさく》を好む。まさか今日、しかもよりによって王室の行事に騒ぎを起こすとは、予想外だったな」

険しい顔で、レイド様が言う。

だけど、私が彼らの話を聞いた限りでは、どうも場当たり的な感じがしたけど……。向こうにとっても、これは予想外だったんじゃないかなぁ。

レイド様が、ライトをじろりと睨《にら》む。

「ただ、お前に関しては別だ。侵入者を追い詰めたときに会議室を破壊しただろう。あれはお前個人に請求するように言っておいたからな」

「そこは職務中の事故だろ!?　騎士団持ちにしろよ！」

目をむいて反論したライトに、レイド様の不機嫌オーラが増す。

「お前はバカか。私情が入りすぎだ。あそこまで破壊する必要がどこにあった？　騎士団の予算からは一切支払いはしないからな。これは団長命令だ」

「横暴！　職権乱用！」

言い合う二人の声を聞きながら、私はソファの上で眠気と格闘し始めていた。

なにせ、もう十二時を回りそうな時刻。いつもだったら、とっくにベッドの中だ。

「報告書はまとまっているか？」

「ああ、大体は」

「ならば、後は明日にしよう。アーシェも眠そうだ。今日はもう休め」

「わかった。あんたはまだいるんだろう？　だったら目を通しておいてくれ。明日は朝一から対策を練りたい」

「わかっている」

ばさりと投げ出された書類をすぐにめくり始めるレイド様を残して、私たちは団長室を後にした。

さすがにもう気力が尽きてる。早くお部屋に帰って眠りたい。

大あくびを何度か数えているうちに、ライトの部屋にたどり着いた。そういえば、ここに入るのも一週間ぶりだ。でも、そんな感慨《かんがい》よりも、今は眠気の方が勝る。

部屋に入り、寝室に直行したライトは、ベッドの紺のカバーの上に私を下ろした。

ふかふかのベッドに下ろされて、まぶたが落ちかけている私に、ライトはいきなり人差し指をすっと横に引いた。

その意味は、眠気で鈍《にぶ》った頭で瞬時に理解できるはずもなく。

『んっ、やだ……っ』

じわっと体が熱くなるような感覚。何度やっても慣れないそれは……変化《へんげ》を解除する術。その刺激で何をされているかようやく理解して、私は絶叫した。

「きゃぁぁぁっ！　何するのよぉぉぉっ！」

つまり、私は全裸でベッドの上、ってことだ。さすがにこの状況には眠気も吹っ飛ぶ。

そりゃあ、色気全開の、舌なめずりでもしそうな顔のライトにのしかかられたら、回避する術《すべ》はない、ものね……。

「アーシェ……」

「やっ、やっ、ちょっ、待って、耳舐《な》めないで……っ！」

そんな色っぽい声、耳元で出さないで……！　耳を噛みながら名前を呼ばれたら、力が入んなくなっちゃう……。

「待てない。一週間我慢した。大丈夫、今日は加減するから」

「かっ、加減なんてしてくれたことないくせにーっ！」

抗議する私の体を、ライトはベッドに沈めて、そのまま覆《おお》いかぶさってきた。

大きな手が胸を探り、唇が首筋に這《は》う。

「んっ、やっ……。待って、お風呂も入ってないし、もう眠いし……っ」

「だめ。俺の傍《そば》にいてくれるんでしょ？　今すぐ確かめさせて。ね？」

にこりと笑ってライトは言うけど、……その裏に不安があるって、知ってるから。

そんなライトを、抱きしめたいって、思ってしまったから。

「お願い、明日も仕事あるし、本当に加減して、ね……？」

そっとささやいて、私はライトの背中にギュッと両手を回した。

8

一夜明けて、私は団長室で朝のお茶の準備をしてる。

あれから、ライトはしばらく離れてた感情をぶつけるみたいに私を抱いたけど、珍しく早めに私を離してくれた。ただ、時間はともかく、いつもよりもこう……しつこいというか、濃いというか……！

な、なんかいつもと違って、ゆっくり丁寧に確かめるみたいに抱かれて、エッチなこともいっぱいさせられて、言わされて……！

思い出すだけで顔から火が出そうっ！

私は真っ赤になった顔をぺちぺちと叩いて、熱を冷ましながら深呼吸する。

もうっ、しっかりしなきゃ、せっかく戻ってこれたんだし！

最後の日は騒動のおかげでうやむやになってしまったから、今朝レイド様と一緒にラズウェル様のところに行って、騎士団に戻るお願いをしてきた。

「ここ数日、本当に貴重な体験をさせていただきました。私も自分を見つめなおすいいきっかけになりましたし、感謝しています」

「そうか。なかなか楽しかったんだが、仕方がないな。育ちのせいか性格かはわからんが、へこたれないし前向きで好奇心旺盛だ。お前のおかげで、ずいぶん助かった。本当はもっといてもらいたいんだが、レイドにもライトにも断固拒否されたから仕方がない。ライトに惑《まど》わされることなく、勤めろよ」

「はい。ありがとうございます」

よかった、ラズウェル様にも認めてもらえた。

そのあと、昨日途中でいなくなったことをちくちくと突っ込まれましたけどね！　大変だったんですってば！

とにかく、これからレイド様のためにもライトのためにも、もっと役に立つように頑張らなくちゃ。

「お前も大変だな、あんなのに好かれて。まぁ頑張れよ」

なんてにやりと笑われたのがなんか納得いかないけど！

そうして、日常が戻ってくる。

れた。

「ああ、すまんな」

レイド様とライトの前にお茶を置くと、ライトが机の前に折り畳みの椅子を広げてく
一口お茶を飲んだレイド様が、カップを受け皿に戻す。

「で、昨日何を見たのか話してみろ」

「はい」

そう、私はこの件の当事者だ。主犯と実行犯と思《おぼ》しき男との会話を聞いた上に、捕《つか》まりそうになった。

昨日聞いたことも見たことも、思い出しながらすべてレイド様に話す。傍《かたわ》らではライトが、それを書き取っている。

「で、話をしていた男たちはどんな姿だった?」

「雇い主の方は、中肉中背《ちゅうにくちゅうぜい》、黒のジャケットに黒いブーツ、白髪交じりの赤い髪を後ろに撫でつけていました。声は聞こえたけれど、後ろ姿だけで顔は見ていません」

あのときの声には聴き覚えがあったけれど、別人だったら? という思いが頭をかすめて、私はあえて個人名を出すことはしなかった。

だけど、あれは絶対侯爵様だったと思うんだ。でも、レイド様もライトも、その辺はわかってると思うから、あえて見たままを話すように努める。

「もう一人の男は？　どんな様子だった？」

「はい、細身で背が高くて、若い男の人でした。面長で、糸みたいに細い目をしてました。侍従の姿でしたけれど、服は多分本物だと思います。近くで見た質感が同じだったから。あまり仕事熱心じゃなさそうな感じでした。なんか、緊張感がないというか、悪気がないというか、つかみどころがない感じでした」

「ほかに、何か気づいたことは？」

問われて、私はひざの上でギュッと両手を握りしめた。

あのときに感じた、体の奥から湧き上がるみたいな恐怖は、はたして偶然なんだろうか？

「うねるような赤茶けた髪をしてました。長めのそれを、後ろで一つにくくってました。……顔は全然似てないんです。でも、その髪と、術を向けられた感じが……路地裏の魔女に、似てました」

ぴくりとレイド様の眉が上がる。これは伝えてもよかったのか悪かったのか、だけど、あれほど強く感じたから、きっと間違っていないはず。

「なるほどね。今まで調べたところでは、侯爵にはひそかに抱えている術師が三人いた。一人は魔女で、もういない。もう一人はこの間港の隠れ家を捜査したときに捕《つか》まえた。最後の一人ってわけか。魔女の血縁《けつえん》という線は調べてみる価値があるんじゃないか？」

「そうだな、すぐにあたらせた方がいい。それと、城内に手引きした者がいるかもしれん。でなければ部外者があそこまで入り込めるはずがない。そちらも調べさせろ」

「了解。侯爵の屋敷周辺はどうする？　張り込ませるのか？」

「近くにあるウォールバッハ伯爵の屋敷に人員配置済みだ。伯は二ヶ月前に何者かに襲われている。侯爵の周辺の人々が襲われるのはこれで四人目だ。いずれも次官クラスで、次の大臣と目《もく》されている人間ばかりだ。もちろん侯爵の件は伏せているが、事件解決のための協力を要請したら、快く引き受けてくださった」

「一週間前に見つけた王都の外の隠れ家はどうする？」

「人を増やしておけ。港の拠点が叩かれた以上、奴らにとってもこちらにとっても、事を起こすならあそこしかない。何があるかわからんからな、手は多い方がいいだろう」

「わかった」

打てば響くって言うのは、こういうことを言うのかも。二人は躊躇《ちゅうちょ》することなく、あっという間に手はずを整えていく。その間《ま》というか、呼吸というか、よどみなく停滞せず、見てるこっちがあっけに取られるくらいに整然としている。

やっぱり、私が危惧《きぐ》するまでもなく、狙いはほぼハーウェル侯爵に絞《しぼ》られてるっぽいなぁ。

ライトが顔を上げて、私をまっすぐに見つめた。

「アーシェ、いい？　俺たちの周辺は、みんな相手のターゲットになる。アーシェも例外じゃない。物理的に手を出される可能性もあるけど、仕事のミスを突いてきたり、ミスを誘うようなことをしてこないとも限らない。専属侍女としての権限はきっちり使って、自己防衛することも必要になる。しばらくは大変だけど、気を抜くな。わかった？」

「は、はい！」

いつになく真剣なライトの言葉に、レイド様は面白そうに口元をゆがめる。

「どういう風の吹き回しだ？　先週と言ってることが随分違うじゃないか」

からかうような口調に、ライトはふてくされたようにそっぽを向く。

「俺にだって思うところはあるんだよ！」

子供っぽい反論を返して、ライトはまた私に視線を戻した。

顔は笑ってるけど、今までみたいな不安とか、何かを押し殺してるような昏《くら》い目じゃなく、まっすぐに私を見てる。

「昨日も言ったけど、アーシェを縛《しば》りたいのは、俺の身勝手なんだ。今だって、こんな危ない目にあうんなら部屋に閉じ込めておきたいって思うよ。俺の専属なんだから、わざわざここで騎士団の仕事をする必要なんかほんとはないし、一日中俺の部屋にいてもらったっていいんだ。でもそれを最初に話したら、アーシェは城には来てくれなかっただろう？　だから言わなかった」

確かに、専属侍女に勧誘されたときには、住み込みで三食昼寝付き、給料もいいなんて、うまいことしか言われなかった。それに飛びつく私も私だけどさっ。

「初めは、俺がアーシェを使い魔にした件で審判を受けて姿を消した後、アーシェが苦労しないようにと思っての選択だった。だけど、後から誰にも文句を言われることなくアーシェを俺の傍《そば》に置いておけるって気づいて、たがが外れた」

今はレイド様の前だから、わざとこうしてへらへら笑いながら戯《たわむ》れのように口にするけど、本当は私のことをちゃんと心配してくれているんだってわかってる。

「部屋に閉じ込めてしまったら、きっとアーシェは今のアーシェじゃなくなってしまう。それでもいいって思う自分も、確かにいるんだ。だけど、それじゃあ俺たちは破綻《はたん》する。それもわかってる」

私をだめにしたい、ライトがいなきゃ何も出来ない女の子にしてしまいたい。そして、すぐ傍に一生閉じ込めて、自分だけを見るお人形にしてしまいたい。

そう言いながらも、一人で立とうとする私を認めてくれているし、その後押しだってちゃんとしてくれている。

「もう相手は何をしてくるかわからなくなってきている。アーシェを奪われるかもしれないなんて、考えるのも嫌だ。ここでお茶を淹《い》れてくれるアーシェも、お帰りって迎えてくれるアーシェも、俺は好きだから、やっぱりなくしたくない。専属侍女としてきちんと自分の身を守ってくれるなら、俺にもアーシェにも、その方がいいって思ったんだ」

まるで自分にも言い聞かせるみたいな言葉だった。ライトの中ではきっと、本音と理性が戦っているはず。

ライトはずっと私を甘やかしてばかりで、それに慣れちゃだめだと自分に言い聞かせてはいたけれど、私は本当のところを理解していなかったから、自分にかけるブレーキも甘かった。

私がしっかりしなきゃ、ライトと共倒れになるしかない。ライトのそういうところは今すぐどうこうできるものじゃないってわかってる。だったら、せめて私は私で一人で立てるようにならなきゃ。

ライトの目をまっすぐ見返すと、彼は貼り付いたような笑みを消して、私を見る。

そこに不安の色を見て取って、ちょっと苦笑いしてしまった。なんだかまるで捨てられた子犬みたいに見えるんだもの。

「いいよ。そういうふうに思うのも、そうするのも、ライトの自由だからやめてとは言わない。でも、私はそれに負けたくない。せっかくここにお勤めできて、専属侍女になれたんだから、私は精一杯頑張りたい。だから、自分の身は自分で守れるようになりたいし、私はライトとも戦うよ。それは多分、立派な専属侍女になる為に、必要なことだと思うから。でも、だからってライトのこと嫌いになったりしないからね！」

そう言い切ると、ライトの顔に、一瞬泣きそうな表情がよぎる。

それを瞬時に消し去って甘い笑みに差し替えたライトが、そのまま私を引き寄せて、ぎゅっと抱きしめた。

「アーシェ、ありがとう。愛してる」

「レ、レイド様が見てるからぁ……っ」

「放っとけよ、見せときゃいいんだよ。いい刺激になるだろ」

「は？　なんで？」

首を傾げる私に、ライトは意味ありげに笑うだけだ。レイド様を見ても、……いつもと顔は変わりなく怖いですけど？

とりあえず、「邪魔っ」とライトを引っぺがして、レイド様の机の前に姿勢を正して立つと、レイド様は手を組んでゆったりと椅子に座りなおした。

「アーシェ、よくわかったと思うが、こいつはこの通りで当てにならん。今は殊勝にもお前を後押しするようなことを言ってるが、いつまた本音が先走るかわからん。自分がしっかりするしかない。今回のことで、骨身に染みて理解しただろうがな。専属侍女の役割と義務については、エルサーナのほうが詳しい。このバカよりもずっと頼りになる。エルの空き時間にでも、わからないことは聞くといい」

「はいっ！　私、頑張ります！」

そう言ってレイド様に頭を下げた。

私はこの一週間で、少し理解できた気がする。ライトが、専属侍女は強いって言ってた意味が。

専属侍女という存在は、専属となった雇い主の名代とも言える権限と義務を持っているのだから、「専属侍女が強い」というのは、「強くあらねばならない」ということなんだ。

それは、ライトに対しても。

私は、もっといろんなものと戦わなきゃいけない。別世界に立ち向かわなきゃいけなかったんだ。

もっとちゃんと勉強して、もっと立派な侍女にならなきゃ。ライトの誘惑も、ギルバートみたいな外部の干渉も、ハーウェル侯爵から降りかかってくる火の粉も、すべて一人で振り払えるように。

エルサーナさんみたいな素敵な侍女になるには、すごく道が遠そうだけど……。目標は高いほうがやりがいがあるってもんよね！

「では、きちんと理解できたものと思うことにする。さて、アーシェ。お茶のおかわりをくれるか？」

「あ、俺も！」

「お前は後だ。アーシェが一週間不在だったおかげで、部屋は汚くなるし、うまい茶が飲めなかった。お前の幼稚な独占欲のおかげで、とんだとばっちりだ。お前は先にこいつを精査して承認しておけ。それまで茶はお預けだ」

当然のように要求するライトをじろりとねめつけて、レイド様はその執務机にばさりと紙の束を放った。

「はァ!?　っざけんなよ！　勝手にアーシェを王軍にやったのはあんただろ！　横暴上司！」

「……文句があるのか？」

レイド様に面と向かって暴言を吐くライトもライトだけど、レイド様、それとは比較になんないぐらい怖いっ！

こ、声は静かだけれども！　ライトの冷気とは違う、一刀両断《いっとうりょうだん》されそうな威圧感をまともに食らって、ライトが珍しく黙り込む。

「……理解が早くて何よりだ」

「くっそー!!」

視線を元に戻し、静かに書類をめくり始めたレイド様に、ライトが子供のように地団《じだん》太《だ》を踏む。

さすがに今回は後ろめたいところがあるから、仕方ないよね。

「お待たせしました、レイド様。お茶です」

「ああ、すまんな」

レイド様の前にお茶を置くと、ふわりと立ち上る湯気に、わずかに目元を和《やわ》らげる。

「アーシェ、焦ることはない。エルも、侍女長補佐になるまで随分と努力した。いきなりうまく出来る人間はいない。ゆっくり、自分のペースでやっていけばいい。ましてやお前には、余計なお荷物がついていることだしな」

「はい。ありがとうございます！」

すごい勢いで書類を捌《さば》いているライトをちらりと見やって、レイド様がお茶をする。

「ラズウェル様に倣《なら》うわけではないが……お前も大変だな」

「いまさらですから。捕《つか》まってしまったので、仕方ありません」

苦笑してみせて、私はライトを見やった。私が彼を修正しようなんて大それたことは思わない。ライトはライト、私は私。私は、専属侍女としてみんなを手助けしたいし、誰にも恥じないお仕事をしたい。誰に何と言われても、それを貫き通すだけだ。

「アーシェ、終わった！　俺にもお茶！」

「はい！」


ゆっくり、ゆっくり、一歩ずつ。

専属侍女の道は、まだまだ始まったばかり。

9

夜会での騒動はまだくすぶっていたけれど、とりあえず私は、一週間の間に荒れた団長室の片付けにかかっていた。

たった一週間いなかっただけで、何でこんなに部屋が汚くなってるの⁉　本当に、男の人ってどうしてこう無頓着《むとんちゃく》なのかしら……

資料の整頓までは手が回らなかったけれど、とりあえずごみや汚れ物、散乱した道具の整理はなんとか午前中に終わらせた。

その日の昼下がり、団長室にエルサーナさんがひょっこりと顔を出した。

「アーシェ、ちょっと時間いいかしら？」

「はい、今、私だけですので」

レイド様は会議中だし、ライトは昨日の捜査で町に出ている。ここには留守番の私一人だ。

「お茶淹《い》れますから、どうぞ座ってください」

「ありがとう」

エルサーナさんをソファに案内して、私は茶器を手に取った。

一週間、本当にお世話になっちゃったなぁ。最後の日も結局なし崩しに出ていった形だし、本当に申し訳ない。

私はマテ茶の茶葉をきっちり計《はか》って、ポットに入れる。魔法瓶《まほうびん》からお湯を注ぎ、ふたをして少し待つ。エルサーナさんに教わったとおりに、二つのカップに注いで終了だ。

今まで私が淹れていたときよりも、香りが強いような気がする。

「お待たせしました、どうぞ」

「ありがとう」

カップをエルサーナさんの前に置くと、ふわりと微笑んで手を伸ばす。私はそれを、どきどきしながら見つめた。

「とてもおいしいわ。これなら合格点をあげられるわね」

「ほんとですか⁉　よかったぁ！　ありがとうございます！」

にっこりと笑うエルサーナさんに、私は思わず歓声を上げてしまう。さすがに、毎晩あれだけいろいろ教えてもらったのに身についてませんでした、じゃあかっこ悪いものね。

「ええと、あの、一週間本当にお世話になりました。いろいろ教えてもらって、すごく感謝してます。私に足りないものもわかったし、これからどうしたいかも、少しずつ見えてきた気がします。いろいろたまってた気持ちも聞いてもらえたし、すごく楽になれました。エルサーナさんのおかげです。本当にありがとうございました」

「そんなにかしこまって言われると、困ってしまうわ。私なんか何もしてないのよ。アーシェのやる気があればこそだわ」

深く頭を下げる私に、エルサーナさんは困ったように手を振るけれど、私にとっては本当に実りの多い一週間だった。その時間の多くを共に過ごしてくれたエルサーナさんには、感謝してもしきれない。

「だけど、やる気だけじゃどうにもならなかったんです。私、城の中で働く心構えがなってなかったですし。ともかくこれからは、教えていただいたことをきちんと実践して、しっかり身につけるところから始めようと思います」

「それがいいわね。まだまだこれからいろんなことが起こると思うわ。困ったら、いつでもいらっしゃい。相談に乗るくらいはできると思うわ」

「はい！　ありがとうございます！　あ、それと……」

あー、これを言うのはすごく恥ずかしいんだけど、失礼をしてしまったことはちゃんと謝らなくちゃ。

「あの、昨日は部屋に戻れなくて、連絡もしないで、本当にすみません。あんなによくしていただいたのに、失礼なことをしたって、反省してます。すみませんでした」

だけど、頭を下げた私に、エルサーナさんはころころと笑うだけだ。

「あら、そんなこと、いいのよ。どうせライトに押し切られたんでしょう？　もともと一週間って言われていたし、夜には侍従が帰らないって伝言を持ってきたから、大丈夫よ」

「ほんと、すみませんでした……」

ああもう、恥ずかしい。私は小さくなるしかなかった。

それにしても、このごろ面倒ごとが多いような……。どれもこれも何事もなく無事に終わったためしがないような気がするけど、まさか私がトラブルを引き寄せてるとかないよね!?

「あっ、そういえば私に御用でしたよね!? 私の話ばっかりしてごめんなさい! なんでしょうか?」

「ああ、たいしたことはないのよ。アーシェ、明日はお休み?」

嫌な空気を振り払うように笑って、エルサーナさんは私に問い返した。

「はい、休みですけど……」

「確か、ライトは仕事だったわよね。一日空いているなら、明日町に行ってみない? もっとアーシェとお話ししてみたいし、どうかしら?」

なんだろうと首を傾げた私にエルサーナさんが提案したのは、そんなお誘いだった。

まったく予想外の言葉に、私は一瞬頭が真っ白になる。

「わ、私とですか!? 何しに行くんですか? 仕事ですか!?」

「嫌だわ、遊びの誘いに決まっているじゃない。さっきお休みだって言ったでしょう？」

「で、ですよね～……」

鈴を転がすような声で笑うエルサーナさんに、自分の返事の間抜けさ加減が恥ずかしかった。

「迷惑だったら、かまわないの。よかったら……なんだけれど」

「迷惑なんて、全然！　でも、私で本当にいいんですか？　ほかにお誘いするお友達がいらっしゃるんじゃ……」

「恥ずかしい話なんだけれど、私、ここに来た理由が理由だから、なかなか親しいお友達ができなくって……。その後は仕事一筋になってしまったし、こうしてお話ができるのはアーシェが初めてなの。だから、とても楽しくて……。だめかしら？」

そうだ、エルサーナさんは周りが信じられなくなって、逃げるためにここに来たって言ってた。

私はそれとは違うけれど、学院の女の子はギルバートの行動を恐れてずっと疎遠だったし、城の侍女さんたちとは打ち解けられていない。

友達がいないって言うのは、残念な共通点だよねぇ……

「あの、私も実は女の子の友達っていないんです。エルサーナさんのことを友達だなんておこがましいかもしれないんですけど、本当に私もこんなにいろんな話をするのは初めてで、すごく楽しくて！　私でよければ、ぜひご一緒させてください！」

勢い込んで言うと、エルサーナさんはまるで花がほころぶようにふわりと笑った。美しいです……！　目が離せません！

「ああ、よかった！　それじゃあ明日はお昼前に出たいと思うのだけど、どうかしら？」

「じゃあ十一時ぐらいでどうですか？　町に出て一通り見て歩くとちょうどお昼になりますから。それから昼食を食べて午後もまたゆっくり見て回るっていうのはどうでしょう？」

「いいわね。それじゃ、エントランスに十一時にしましょうか」

初めての女同士でのお出かけ。まさに初体験だ。浮き立つ気持ちが止められない。

「わかりました。ああ、どうしよう、何着ていこう！」

「ライトが服を買っているのでしょう？　一番好きなのを選んだらいいわ」

「ええ、なんかいろいろ買ってもらって、申し訳ないんですけど……」

私は、前にもらったワンピース以外に、新しい服なんて持ってなかった。

いつでもお下がりの、着古した服だけ。それも、お城に上がるときに、比較的こざっぱりした服を二、三着だけ持って、後は全部孤児院においてきた。普段はどうせ侍女服だし、休みの日も部屋に押し込められたまま出してもらえなかったり……とかで、それほど私服を着る機会もなかったし。

　だけど、ライトはたびたび「似合いそうだから」っていうよくわからない理由で私に服を買ってくる。そしてそれらは今やライトのクローゼットの三分の一を占めていたりする。

「あの子は前に付き合っていた女性に、服やアクセサリーを買ったりはしなかったのよ。服や装飾品や髪型をどんなに変えても、関心がないみたいで。アーシェにはそうじゃないのね。かわいくて仕方がないみたい」

「そっ、そんなことないですよう！　いっつも意地悪ばっかり言うんです」

「そうかしら。だって、ライトがこうして城の中で誰かと一緒に生活するなんて、考えられないもの。自分の居場所には、どんな女性も入れたことがないのよ。それを考えると、家族ですら変えられなかったライトを変えたんだもの、アーシェはやっぱりすごいのよ」

　前の恋人がどんな人たちか、私はよく知らない。城に残っている人もいるけれど、その人たちには、睨《にら》まれるか、まるで空気みたいに無視されるかで、話したこともない。

　ライトの執着心で振り回されるたびに、どうしてそんなに私がいいのか、わからなくて戸惑うこともある。

「私には、どうして私なんかとしか思えないですけど……。でも、一緒にいるって決めたので、いられる限りはずっと傍《そば》にいます」

「ありがとう。あの子も最近は、退廃的《たいはいてき》で投げやりな感じが薄れてきたから、いい傾向だと思うの。これからもライトのこと、よろしくね」

「はい、ええと、何ができるかわからないけど、がんばりますっ」

ずっと傍にいるって決めたんだし、まだお城での生活は始まったばかりだ。ライトとのことも、ここで躓《つまず》いてなんていられない。

エルサーナさんが、カップを置いて立ち上がった。

「お茶、ありがとう。とてもおいしかったわ。お仕事の邪魔してごめんなさいね」

「いえ、大丈夫です。今度はレイド様がいるときに来てくださいね」

「そうね、考えておくわ。それじゃあ、また明日」

「はい！」

部屋の外までお見送りをしてドアを閉めると、もう気持ちが明日へとはやる。

どこに行こう。何を着ていこう。何を見よう。何を食べよう。ライトへのお土産《みやげ》はどうしよう。

私はわくわくして、ただ明日が待ち遠しかった。

10

「エルサーナさんと町へ遊びに行く」とライトに告げたのは、その日の夜のことだった。

「ええ!? なんでエルとそういうことになってるの！」

「だって、たくさんお世話になったし、仲良くなれたし、お礼もしたいし、もっと話したいし。エルサーナさんの方から誘ってくれて、嬉しかったから。ダメ？」

「いや、その、ダメってわけじゃないけど……」

あくまでエルサーナさんのお誘いという点を強調して、上目づかいで精いっぱいおねだりしてみる。

今まで休みの日はずっとライトと一緒だった。休みがかぶらないときは、部屋でずっとライトの帰りを待っていた。だから、渋ることは予想がついてる。

「部屋にいてくれた方が俺は嬉しいんだけど。時間空いたら顔見たいし」

「私、ここに来てから休みの日は城の外に出たことないんだけど。友達もいないし、一人ぼっちで待ってる時間は結構長いんだよ。寂しくて退屈でつまんない……」

しゅんとしてみせると、ライトがあわてて私を抱きしめた。

「わ、わかった！　わかったから泣きそうな顔しないで！」

「ほんと!?　ありがとう！　ライト、大好き！」

「ええ〜……」

私のへたくそな演技に騙《だま》されて（騙されてくれたのかもしれないけど）、ライトはがっくりと肩を落とした。その落胆ぶりについ笑っちゃったけれど、私はライトに抱きついた。

「ね、明日着ていく服、どれがいいか選んでくれる？　せっかくいっぱい買ってもらったから、かわいい服を着て行きたいな」

「外の男に見せるために買ったんじゃないんだけど」

「でも、一番にライトが見るんだから、いいじゃない。ね、お願い！」

「まったく。俺も君には甘いよ……」

口ぶりは渋々《しぶしぶ》だったけど、いそいそとクローゼットから服を出すライトは、嬉しそうに見えた。

そうして選んでもらったのが、今着ている水色の半そでワンピースにニットのベストだ。

これに落ち着くまでに、「丈の短いのはダメ、胸元が開いてるのはダメ、似合いすぎるのはダメ」と散々《さんざん》ああでもないこうでもないと悩むライトに、いい加減ブチ切れた。

「何のために買ってきたのよ！　私に着せるためでしょ⁉　いったいいつ着たらいいのよ！　あれもダメこれもダメって、私に侍女服で街に行けっていうの⁉」

と叱《しか》りつけたら、やっとライトが不承不承《ふしょうぶしょう》「これ」と服を差し出した。

「まったくもう！　『着せたくて買ってきた』って言ってたくせに、着せたいのか着せたくないのかどっちなのよ！」

「そんなこと言ったってさぁ、これって男心なんですけど？　見たいけど見せたくないだけなのに、そんなに怒ることないだろ」

そう言ってふてくされてしまった。そんなライトを慰《なぐさ》めるのに、多大な労力を払ったのはまた別の話だけどね！

籠《かご》バッグを手に、私はエルサーナさんを待つ。あと五分で十一時になろうかというとき、エルサーナさんが現れた。

「ごめんなさい、待たせてしまったかしら？」

「大丈夫です、私も今来たところです」

エルサーナさんは、落ち着いた臙脂色《えんじいろ》の外出着だ。裾と、五分の袖口と、襟から前身頃《まえみごろ》に白いフリルをあしらった大人っぽいワンピースが、すごく素敵！

「きれいです～！　素敵なドレス！」

「あら、ありがとう。アーシェのワンピースも、涼しげでよく似合っているわ。かわいいわよ」

「ありがとうございます！」

「さ、行きましょうか」

「はいっ！」

私たちは連れだってエントランスを出た。車止めに二台ほど止まっている馬車の前を横切って、城門に向かう。

「どこから行きますか？」

「そうね、まずは門前の雑貨屋さんね。それとお茶の専門店があるからそこに行って、そのあと広場に出ましょうか」

「雑貨屋さんって、もしかしてバレンシュタイン商会の？」

「そうよ。行ったことはある？」

「はい、一度だけ。猫のときに行きました」

私が猫だったときに、シャンプーを買いに行ったお店だ。確かにかわいくてきれいで高そうな雑貨がたくさんあった。

エルサーナさんへのお礼に、そこで何か買おうかな。四ヶ月働いて、思ったよりもいいお給料をもらって、孤児院に仕送りをしてもまだ余った。それもほとんど使っていないからあのお店でもちょっとしたものが買えそうだ。もちろん、エルサーナさんはもともと貴族のお嬢様だから、私のプレゼントなんて大したことないかもしれないけど、こういうのは気持ちが大事よね、うん。

「あのお店って、見ているだけで楽しいのよね。どれもきれいでかわいいから、すぐあれこれ欲しくなって困ってしまうわ」

「そうですよね！　でも、私にはちょっとお高くて、なんか触るのも怖い感じですけど」

「大丈夫よ、城の中の備品類も、あのお店から仕入れているものばかりですもの。同じものを毎日触っているなら、すぐに慣れるわ」

「なるほど、確かにそうかも……」

騎士団の備品の茶器も、調度類も、ライトの部屋にあるグラスや筆記具も、そういえば割といい品だった。エルサーナさんの私物の茶器のセットにはかなわないかもしれないけど、確かに今なら多少高いものでもそんなものかと割り切れるかも。

私たちは門をくぐり、すぐそこの雑貨店に入った。

「うわぁ、きれーい！」

お店の中全部がキラキラして見えるのはやっぱり今でも変わらない。

中でもテーブルウェアや筆記具、バス用品はかわいいデザインで、カラフルな色やいい香りのものばかりだ。

「アーシェ、私は茶器を見てくるわね」

「はい！　私は少し見て回りますね」

そうして、二手に分かれる。さて、何を選ぼうか？

筆記具のコーナーには、革張りや布張りの手帳、かわいいレターセット、色とりどりのペンやメモ帳が並ぶ。次に足を向けた布製品のコーナーには、きれいな花模様や幾何学模様の染め抜きの、肌触りのいいハンカチやスカーフ、ストールが並んでいた。

次はバス用品。前に来たときにも目を奪われた、きれいな花の形の石鹸《せっけん》や、結晶のような入浴剤が並んでいた。

そう言えば、エルサーナさんのお風呂場には、瓶に入った入浴剤がいくつも並んでいたっけ。好きなのかな？

見れば、お値段も何とか予算内におさまりそうな感じだ。もちろん、昔の私から見ればびっくりするほど高いけど、最近はこれでもお手頃って思えるから、金銭感覚がライト寄りになってきてるのかもしれない。いいんだか悪いんだか……

「どれがいいかなぁ……」

コバルトブルーとエメラルドグリーンの砂を混ぜてマーブル模様にして瓶に詰められたもの。

粒々の淡い色の砂糖菓子がぎっしり入ったような瓶は、ピンク、黄色、白の三色が混ざってすごくかわいい。

ハートの瓶に入った真っ赤な液は、振ってみるとたぷんと瓶の中で揺れる。どれもきれいだなぁ。迷っちゃう。

結局、迷った末に、私は三センチくらいの丸い入浴剤がいくつも入った瓶を手に取った。透き通った空色の入浴剤は、お肌がすべすべになるんだって。そしてもう一つは、鮮やかなオレンジの入浴剤。こっちはお肌がしっとりするみたい。

喜んでもらえるかどうかわからないけど、使ってくれたら嬉しいな。

会計を済ませて、きれいにラッピングされたそれをそっとバッグにしまった。すぐにエルサーナさんもやってくる。見れば付き従う店員さんのトレイには、深いグリーンに金の縁取りのティーカップが五セット載っている。

「じゃあ、こちらを城まで届けてちょうだい」

「かしこまりました」

「ここはいつも品ぞろえが良くて嬉しいわ。今日もとてもいいものを手に入れられたもの」

「恐れ入ります。また仕入れましたらご連絡差し上げます」

「ありがとう。よろしくね」

エルサーナさんは手慣れた様子で店員さんに言うと、カウンターを離れてしまう。

「さぁ、次に行きましょうか？」

いつの間にか店員さんを従えたうえに、ライトのときと違って名乗りもなしですか。ライトよりも常連さんみたいだけど、さすがに顔パスもここまで来るとすごいわ……

「せっかくカップを買ったわけだし、何かいいお茶を買おうと思っているの。お茶の専門店なのだけれど、お店の中でいただけるスペースもあるのよ。焼き菓子もおいしいし、お気に入りのお店なの」

「そうなんですか。私お菓子大好きです！」

「そう？　アーシェにも気に入ってもらえると嬉しいわ」

そうして少し中央通りを歩いて、広場の噴水が見えてきたころ、通り沿いにそのお店はあった。

腰ぐらいまでの煉瓦造《れんがづく》りに、そこから上は白の塗り壁。深い茶色に磨き上げられた窓枠の下に、アイアンのフラワーボックス。少し田舎風の、素朴な外観のお店だ。

ドアを開けると、カランカラン、と澄んだ音のドアベルが鳴る。ふわりと鼻腔《びこう》をくすぐるのは、さわやかなお茶の香り。

「いらっしゃいませ」

グラスを磨く手を止めて顔を上げたのは、グレーの髪にひげをたくわえた、優しそうな中年のおじさんだった。

「こんにちは。今日は新しい茶葉は入っているかしら？」

「いつもありがとうございます、ウォーロック様。本日は南山脈のフーリャ村の新茶が届いております」

「まぁ、今年の一番茶ね！　嬉しいわ、楽しみにしていたのよ！」

「それではいつも通り二百グラムでよろしいでしょうか」

「ええ、お願いするわ」

「かしこまりました。召し上がっていかれますか？」

「もちろんよ！　今日はお友達も一緒なの。二つお願いね」

「喜んで」

丁寧にお辞儀をしたおじさんが、すぐにお茶の準備を始めた。エルサーナさんの後について、窓際の席に腰を下ろす。

「ここのご主人が淹《い》れるお茶が、一番おいしいと思うわ。私も彼の味には全然追いつかないの。何度も通って、ここの味に近づけるように頑張っているのだけれど、なかなかうまくいかないのよ」

「エルサーナさんがかなわないんですか⁉　あんなにおいしいお茶を淹れるのに！」

「私もそこそこの腕にはなったと思うのだけれど、上には上がいるものよ。一口飲んだら、きっとびっくりするわよ」

おじさんがカウンターでゆっくりとお茶を準備する様子を見ながら、エルサーナさんが楽しそうに話してくれる。そして、その目は熱心におじさんの手つきを見つめていた。

本当にお茶が好きなんだなぁ。何でも軽々とこなすイメージだったけれど、本当はすごい努力家なんだ。

「お待たせいたしました」

ふわりと湯気の立つカップをトレイに載せて、おじさんがやってきた。

鼻をくすぐる鮮烈《せんれつ》な香り、でもとげとげしくなくてやさしい。

「うわぁ、いいにおい！」

「でしょう！　この時期のフーリャ村の黒カノン茶、しかも初摘み一番茶だけが、この香りを出せるのよ」

二人の前に、カップと、小さな皿に載せられた焼き菓子が置かれる。焼き菓子の皿には、クリームと、茶色いゼリーのようなものが添えられていた。

「これはなんですか？」

「紅茶のジャムよ。焼き菓子にクリームと一緒につけて食べると、すごくおいしいのよ」

「紅茶って、ジャムにできるんですか!?」

「そうなの。私もびっくりして、ご主人に作り方を聞いてみたのだけれど、秘密なんですって。いまだに教えていただけないのよ」

残念そうに笑って、エルサーナさんはカップを手に取った。それに倣《なら》って、私もカップを持ち、そっと口をつける。途端に、まろやかなお茶の甘みとさわやかな香りが、口いっぱいに広がった。

「うわぁ、すごい香り！　おいしい！」

「でしょう？　なんていうか、鼻からも香りがふわっと抜けていくし、胸の中までお茶の香りに満たされるみたい。蒸らし時間なのか温度なのかわからないけど、少し間違うと香りがとげとげしくなったり、ものたりなかったり、えぐみが出たりして、うまくいかないの。難しいけれど、うまく淹れると本当にびっくりするくらいおいしいのよ」

まるで自分のことのように嬉しそうに話すエルサーナさんは、なんていうか、大人のかわいらしさがあって、ドキッとしてしまうくらいきれいだ。

「さあ、焼き菓子の方も食べてみて」

「はい。いただきます」

添えてあったスプーンでクリームとジャムをすくい、焼き菓子に載せて口に運んだ。

濃厚なクリームと、さっぱりした甘さのある、紅茶をぎゅっと濃くしたような味が混ざり合う。

「すごい、濃いミルクティーをもっと濃くしたみたいです！　おいしい～！」

「口にあってよかったわ」

やばい、これ止まらなくなりそうなくらいおいしい！　おいしいものを食べるのって、本当に幸せ！

「このお店、どうやって見つけたんですか？」

何の気なしに聞いた質問に、エルサーナさんはちょっと驚いたように瞬《まばた》きして、はにかんだようにうつむいた。

「ずっと前、レイド様に連れてきていただいたの……」

「えっ、デートですか!?　聞きたいです！」

すかさず乗っかった私に、エルサーナさんは頬を染める。

「やだ、そんな大したことじゃないのよ。昔、お付き合いを始めたころに、連れてきていただいただけで……」

「レイド様がですか？　それはなんというか、意外ですねぇ。こういうお店って、男の方ってそうそう知らないような気がしますけど」

「そうなのよね。そのときは私も気に留めなかったのだけれど、後から考えたら、もしかして前にお付き合いなさってた女性と来られたお店だったのかもしれないって、ついやきもちを焼いてしまったの。だけれど、本当はご主人が、レイド様のお母様のお知り合いの方だったんですって。レイド様は元々お母様の影響でお茶を好んで飲まれていたそうだけれど、それもそのときに初めて知ったの。勝手に誤解してやきもちを焼いて大騒ぎして、あのときは本当に恥ずかしかったわ」

「あー、でも、なんだか子供をなだめるようにうまく収められちゃった感じですか？」

「そうなのよね。ほら、レイド様って、鷹揚《おうよう》というか、いつでもどっしり構えていて、つまらないことで責めても全部受け止めてくださるし、ご自分は何も悪くないのに、『不快な思いをさせたな。悪かった』っておっしゃるから、甘えてしまうのよ」

「なんか目に浮かびますね。動じるってことがなさそう。安心させられてしまうっていうか、手のひらで踊らされているっていうか」

「そう、本当にそんな感じなの。意地を張っているつもりが、いつの間にか消えてなくなってしまうのよね。なんだか悔しいの」

レイド様のことを話すエルサーナさんは、本当に楽しそう。

「本当にレイド様のこと、お好きなんですね！」

「いやだわ、こんなことまで話してしまって、恥ずかしい……」

「でも、わかりますよ。私からするとお父さんみたいな感じになっちゃいますけど、怖そうに見えて優しいですもんね！」

そう言うと、エルサーナさんは、何かを思い出したような顔で、淡く微笑んだ。その美しさに、どきっとする。

「そうね。だけれど、私は初めて見たときにも、怖いと思わなかったの。紳士的で、優しくて、私の悩みを初めてわかってくださった方なの。意地を張っていても、全部見透かされている気がするの。私が男の方が苦手なのも、恋愛も結婚もしたくないことも知っていて、それでも私にちゃんと向き合ってくださったの。そして、今までずっと待っていてくださった。私にはもったいない方だわ」

「そんなことないです！　お二人ともお互いを大事にしていて、すごく素敵で、似合ってます。憧れているんです、信頼し合っているお二人に」

「そうかしら？　そう見えるのなら、嬉しいわ」

お話をしているうちに、カップは空になり、焼き菓子もお腹《なか》に収まった。

「そろそろ出ましょうか。少し広場を回ってみる？」

「そうですね。屋台、何か出ていたら覗きに行きましょう！」

お会計はやはりここでもエルサーナさんのツケで。恐縮する私に、気にするなと笑う。

お店を出れば、中央広場はすぐそこだ。大噴水の周りには、風船を持った子供たちが走り回り、散歩している老夫婦や、ベンチに座るカップル、親子連れが行きかっている。

縁日の日ではないので、それほど混んではいないけれど、七、八ほどの屋台が並び、にぎやかだ。

「たくさん人がいるわねぇ。なんだかいいにおいがするわ」

香ばしい香りに、肉が焼ける音。串に刺した肉に塩と香辛料をかけて、炭火であぶっている。

甘い香りは、クレープの屋台だ。私の思い出のジャムのクレープ。

「お城の上品な味付けとは違いますけど、これはこれでおいしいんですよ。お祭りで特別にお小遣いをもらったときに、買い食いをするのが楽しみだったんです。小っちゃい子たちが群がってきて、一口も食べられなかったこともありました」

「まぁ。優しいお姉さんだったのね。アーシェがしっかりしてるのも、わかる気がするわ」

「そんなことないですよ。年下の男の子と取っ組み合いのけんかをしたこともあるし、なんで私ばっかり我慢しなきゃいけないんだってふてくされた時期もありましたもん。今思えば、いい経験だったと思いますけどね」

こうしてお話していると、お友達というより、年の離れた姉ができたみたいだ。

今はお茶とお菓子をいただいたばかりだから、食べ物の屋台は冷やかしだけにしておく。帽子をかぶり、赤い前掛けをして似顔絵を描くおじさんの腕前に目を奪われてみたり、いい香りのする花飾りを売る店を覗いてみたり。お花屋さんが次々に花束を作るのを感心して見て、次に飴細工《あめざいく》があっという間にできていくのに見とれる。

「こんな風に、ゆっくり広場を見て回ったことがなかったの。初めてだけれど、楽しいわね」

「うるさいし、お城みたいに礼儀正しくないし、庶民的なものばかりですけど、味があるんですよ。私は町も大好きです」

「そうね。祭りや縁日があったら、私もまた来たいわ」

「じゃあそのときは、また一緒に来ましょうね！」

「あっ、エルサーナさん、あそこの屋台、アクセサリーを売ってますよ！　見に行きましょう！」

「ええ」

そう言って、私は駆けだした。私の目には、かわいくてきれいで、きらきら光るアクセサリーしか映っていなかった。

「エルサーナさん、見てください！　……あれ？　エルサーナさん？」

屋台にたどり着いた私は、後ろにいると思っていた彼女の名前を呼んで振り返る。でも……

「エルサーナさん？」

見回しても、あの臙脂色《えんじいろ》の美しい立ち姿はどこにも見当たらない。

「エルサーナさん！　エルサーナさん、どこ!?」

そんなに人が多いわけじゃない。さっきの場所からここまで、三十メートルくらいだ。見失うはずはない。でも、どこを見てもその姿がない。

嫌な予感に、心臓がどくどくと暴れ始める。私がさらわれたときも、こんな風に一瞬だった。

何もなければいい。だけど、もし、もしも、厄介《やっかい》なことに巻き込まれていたら!?

戸惑ったのは、一瞬だった。雑踏から抜け出し、建物の壁際で遠耳《とおみみ》の術を使うと、騒音が痛いほど耳に突き刺さる。とっさに耳をふさいでしまいたい衝動をこらえて、必死で探る私の耳に飛び込んできたのは、小さく細い声。

「あなたたち、誰なの!? 近づかないで！」

私は、はじかれたように走り出した。

どこ？ どこにいるの!? 切れ切れの争う声が、だんだん大きくなる方へ、路地を覗きながら走る。

息が切れる、足が痛い。ああ、猫だったらすぐに追いつけるのに！

先の角を曲がった途端に飛び込んできたのは、四人の男たちに囲まれて、ぐったりと意識のないエルサーナさんの姿。ざっと血の気が引いた。

「ちょっと年はいってるが、こいつは上玉だ」

「高く売れるな。すぐに運べ」

「おい！」

男たちの一人が私に気付いて、鋭い声を上げる。

「なんだお前、こいつの連れか！」

「ああ、さっき一緒に広場にいたぜ。こいつも悪くない。見られたことだし、連れていくか」

そう言ったのは、さっきまで噴水の傍《そば》で絵を描いていたおじさんだ。もしかして、あそこでずっと獲物を物色してたってこと!?

私は、とっさに身をひるがえして駆けだした。

「おい、待て！」

男たちの怒号と足音が響く。捕《つか》まってたまるか！　あんたたちの思い通りには絶対にさせないんだから！

二つ目の角を曲がった先のごみ箱の陰に飛び込み、小さく体を丸める。そして、私はチョーカーに触れて、猫へと変化した。すぐに姿隠《すがたかく》しの術を重ねたちょうどそのとき、男たちが路地に飛び込んでくる。彼らが通り過ぎるのと同時にごみ箱の陰から抜け出した。

「ちょっと待て！　服だ」

「なんだ、服を脱いで逃げたのか？」

「そんなわけあるか！　どうやって裸で逃げるって!?　だいいち、そんなんで逃げられるわけないだろうが」

「じゃあどこ行ったんだよ！」

「俺が知るか！　気味がわりいな、触らない方がいいんじゃねえのか？」

「だけど、こいつをここにおいてって、下手にこの辺を調べられても困る」

「じゃあどうする。持ってくしかねえか？」

男たちが、私の服とバッグをかき集める。触られたくないけど、仕方がない。今はそれどころじゃないもの。私は戻り始めた男たちの後を、気づかれないように追いかける。

男たちが落ち合ったのは、町の裏手の人気《ひとけ》のない通りだった。止められた荷馬車には、カムフラージュだろうか、いくつかの樽《たる》と、穀物の袋、それに大きな麻袋が転がしてあって、そこにあの絵描きが薄汚れた毛布をかぶせていた。私は荷台に飛び乗って、毛布の下に潜り込んだ。鋭くなった嗅覚には、埃っぽいにおいに混じって、エルサーナさんの香水の匂いが確かに届く。麻袋の中から浅い呼吸の音が聞こえて、私はほっと胸をなでおろした。気を失っているのか眠らされているのか、いずれにしても無事みたい。

私は隙間から男たちの様子をうかがった。

「なんだ、逃げられたのか！」

大柄でひげを生やした男が、だみ声で怒鳴る。

「いやそれが、服も持ち物も残したまんま消えたんだ！」

「気味が悪くてよ。けど、残してて調べられるのは都合が悪いから、持ってきた」

「まさか、あの娘、魔術師とかじゃねえだろうな？」

絵描きの言葉に一瞬全員が口をつぐみ、次にそそくさと馬車に乗り込んだ。

「急げ、騎士団の手が回ってみろ、俺たち終わりだぞ！」

その声とともに、馬車が動き出す。私は息をひそめたまま、じっと過ぎていく景色を見ていた。

北門から外に出て、三十分ほど走って馬車が止まる。気づかれないように、先にするりと毛布の下から抜け出して、荷台から降りて周りを見回した。

街道から外れた農場のようだ。でも、柵は壊れていて、家畜もいない。家らしい木造りの建物は荒れ果てていたけれど、石造りの堅牢《けんろう》そうな倉庫に人の気配がする。捨てられて無人になったここを、隠れ家として使っているんだろうか。

倉庫の扉を開け放ち、馬車ごと中に入るのに続いて、私も中に入り込んだ。御者をしていたのは絵描きだ。彼が馬の世話をしている間に、私を追いかけてきた二人組が、エルサーナさんが入っている麻袋を抱え上げる。ひげの大柄な男が、奥の鉄の扉を開けた。

何人かの人の気配がする。

「奥が開いてる。放り込んでおけ」

「わかった」

男たちに続いて扉の中に入ると、そこは、牢獄だった。

頑丈そうな木の格子が四つ並んで、手前には疲れ切った様子の、着古した服を着た若い女の人。真ん中には、泣き疲れて眠っているのか、涙の跡が残る男の子。まだ初等科くらいの年だろうか。身なりはいいから、どこか裕福な家の子供かもしれない。三番目の牢には、うつろな目をして呆然《ぼうぜん》と座り込んでいる、中等科くらいの女の子。男たちの姿を見た途端、女の子は猛然と這《は》いよって、格子に取りすがった。

「おうちに帰して！　お願い、帰してください！　誰にも言いませんから、帰りたい!!　お願い、お願いします！」

「うるせぇ！」

ひげの男が、床に落ちていた空のワインボトルを、女の子に向かって蹴《け》とばした。パァンッと目の前で格子に当たって砕け散ったそれに、女の子は悲鳴を上げて倒れこみ激しく泣き出す。

中の人は、みんな手錠をかけられていた。ここは、間違いなくさらってきた人を閉じ込めておく隠れ家だ！

一番奥の格子が開けられ、藁《わら》の上に汚れた毛布を掛けただけの場所に、麻袋をはがされたエルサーナさんが転がされる。エルサーナさんの手に手錠をかけている間に、私は格子の隙間から中に入り込み、エルサーナさんの傍《そば》に丸くなった。やがて、男たちが出て格子が閉められ、がちりと錠が下ろされる。

「しかし、上玉が手に入ったのはいいが、逃げた女が気になるな」

絵描きがやってきて、格子を覗き込みながらひげの男に話しかける。

「そうは言っても、俺たちはこれ以上動きようがない。あのクソ侯爵の命令がないとうかつに動けないからな。もうすぐローエンが来るはずだ。それまで待つしかねえ」

そう言って、男たちは出ていった。後には、小さくすすり泣く女の子の声が、暗い石壁に反響するだけだった。

牛小屋か馬小屋だったのか、牢獄の中は動物の匂いがまだ残っている。牢獄は石壁で仕切られていて、隣の様子はわからない。

窓は小さく、高いところにあって、人間の姿でも多分手が届かない。エルサーナさんの手錠をはずせないかと、引っ張ったりかじったりしてみたけれど、案外丈夫なそれはびくともしなかった。エルサーナさんにこんなものをつけるなんて、絶対許さないから！

エルサーナさんを置いていくわけにはいかない。逃げるのは無理だ。……となると、やっぱりライトの助けを待つしかない。

出勤する前、ライトはチョーカーに追跡の術をかけてくれた。

「昨日の今日だし、本当は外に出したくないんだけど。息抜きも必要だろうし、万一のための保険だよ」

これが役に立たないことを祈るよ、なんてライトは笑ってたけど、まさかこんなことになるなんて思わなかった。追跡の術の有効範囲は、ライトがお城にいれば中央広場まで。だから、出かけるならそこまでと約束させられていた。ここは術の範囲外だ。でも、ライトはきっと、私たちを見つけてくれる。それを信じて、ここで待つしかない。

それからしばらくして、エルサーナさんが小さくうめいて身じろいだ。

扉の方の気配を探る。扉の向こうで、誰かがいびきをかいている。それ以外に人が立てる物音はない。手錠をかけて、格子に閉じ込めたことで油断しているんだろう。とはいえ、その油断をついて脱出できないのが悔しい。

ともかく、こっちには来ないのを確認して、私は姿隠《すがたかく》しだけ解除した。

『エルサーナさん、起きてください！　しっかりして！』

てしてし、と肉球でエルサーナさんの手を叩くと、顔をしかめてうめいたエルサーナさんの瞳が、ふっと開いた。

「……猫……？」

霞《かすみ》がかかったような目で私を見て、ぼんやりとつぶやいた瞬間、はっと濃いブラウンの瞳が見開かれた。

「アー……！」

『しーっ!!』

あわてて口の前に前足を押し当てる仕草をすると、エルサーナさんはぱっと両手で口を押さえる。

そして、じゃらりと鳴った鎖に驚いて、自分の手首を戒《いまし》める手錠に気づいた。

「何、これ……？」

『つかまった』

青ざめて起き上がり、うろたえた様子で周りを見渡す。

汚れた床の砂の上に、前足で文字を書いて伝えると、見る見るうちに白い手が震え始める。それはそうだろう。こんな目にあったことなんか、きっと一度もないだろうから。

怖くて、不安で、心細くて仕方ないはず。

「捕《つか》まった？　誰に……？」

ささやくような小さい震える声で、エルサーナさんが問いかける。

『わからない　多分　騎士団が追いかけている人』

「追いかけている人って、誰？」

その言葉に、私は伝えようかどうしようか迷う。侯爵は疑われているけれど、まだはっ

きりと黒幕と決まったわけじゃない。

だけど、この誘拐が本当にハーウェル侯爵につながっていたなら、エルサーナさんも知っておいた方がいいはずだ。

『ハーウェル侯爵』

床に書き足すと、エルサーナさんの顔が泣きそうにゆがむ。

「どうして、何のために……？」

『町の中で　たまたま目をつけられただけだと思う　さらった人たちは　私たちが誰か知らないみたい』

そしてしっぽで砂を掃いて文字を消して、また前足で書き続ける。

『さらった人たちを売って　お金儲けをしている』

「それでは、私も売られてしまうの？」

『わからない　エルサーナさんだと知られれば　違う展開になるかもしれない』

王国筆頭《ひっとう》貴族のお嬢様で、なおかつ王妃陛下の側近だ。ただ売るには惜しいはず。

だからと言ってどうなるのかは、私にはわからないけど……

「レイド様もライトも、探してくれているのよね……？」

『ライトが　追跡の術をかけてる　絶対　見つけてくれる！』

そう書いて、消す。

今の私じゃエルサーナさんを助けることはできない。服もないし、人間の姿には戻れない。だけど、今は自由に動ける猫でいた方がいいと思う。

不安そうな様子がぬぐえないエルサーナさんに、大きく頷いてみせる。

少しでも安心してくれればいい。今は傍《そば》にいるしかできないから。

震える手が伸びて、私を抱き寄せる。

「大丈夫よね、きっと助けに来てくださるわよね……」

『絶対、来てくれる！　大丈夫！』

なーうと答えて、エルサーナさんの顎《あご》にそっと額《ひたい》を擦り付けた。何度も頷くけれど、エルサーナさんの腕の力は一層強くなる。

「……レイド様……！」

小さな震える声。それが、エルサーナさんの本心。

私にもわかる。だって、私だって今、逃げ出したいくらいに怖いし、どうなるかわからなくて不安でいても立ってもいられないもの。今すぐ、ライトに助けてほしいって思ってる。早くここから出て、ライトのところに帰りたい。

だけど、私たちがいなくなったこと、ライトはいつ気づく？　いつ助けに来てくれる？

それがわからない以上、二人で頑張るしかない。

エルサーナさんの手が緩《ゆる》み、私は床の上に下ろされた。手の震えは収まっている。血の気の引いた頬の色はまだ戻っていないけれど、その瞳は意志の強さを取り戻していた。

「アーシェ、外に出て助けを呼ぶことはできない？」

『ここまで馬車で三十分　私の足じゃ　王都まで一時間　その間に　エルサーナさんが連れていかれたら　まずい』

「そうね……やっぱり、ここで待つのが一番いいのね。アーシェは猫のままで大丈夫？」

『服がないからこのままで　姿隠《すがたかく》しをかけて身を隠して　エルサーナさんの傍にいます　もし私がつかまっても　私のことは知らないと言って』

「でも、それじゃああなたが危険に……！」

『大丈夫　何とかします　心配ない』

そう書いて、しっかり頷いて見せた。

もちろん、何とかできる保証はない。でも、絶対何とかしてみせる！

「ごめんなさい、私が町へ行きたいなんて言ったから……」

心底悔やんだように、エルサーナさんは言うけれど、たまたま巻き込まれただけで、悪いのは私たちをさらったやつらなんだから！

『エルサーナさんは何も悪くない　今度はレイド様とライトも一緒に行きたい』

「……そうね、今度はそうしましょうね」

エルサーナさんの顔に、少しだけ笑みが戻る。

大丈夫。大丈夫。絶対無事に帰れる。ライトとレイド様が、きっと助けてくれる！

扉の方が騒がしくなった。いくつかの足音と、声。

『誰か来たみたい　術を使います　知らないふりをして』

床に書いて、消す。エルサーナさんが緊張した顔で頷くのを確認して、私は姿隠《すがたかく》しの術をかけた。

壁際にうずくまり、ひざに顔を埋めたエルサーナさんの背後に身を隠す。

それから少しして、錠の音とともに扉が開いた。

いくつかの足音がこっちに向かってくる。格子の前に立った男たちに、私は絶望的な気分になった。

「ローエン、こいつだ。身なりはそれほど飾ってるわけじゃないが、服も装飾品も上物。どこかの商家か貴族の女だと思うんだが」

「あまりデカイのが釣れると、後が面倒なんだけどなぁ……。まあいい、鍵を開けてくれ」

ひげの男に答えた、赤茶けたうねる髪の、若い男。それは間違いなく、夜会の夜に私を捕《つか》まえようとした魔術師だった。この人には、私の姿隠しは効かない。

格子の鍵を開けて、ローエンと呼ばれた魔術師が中に入ってくる。近づく気配を感じて、エルサーナさんが身を固くするのがわかる。男が膝をついた。

「顔を上げろ」

短い命令に、エルサーナさんが顔を上げると、ローエンは困ったように顎《あご》をかいた。

「なにもそんな怯《おび》えた顔しなくてもさぁ。危害を加える気はないし」

「それは、今のところ、の話ですわよね。あなたたちは誰です？　ここから出していただくわけにはいきませんか？」

必死に声の震えを抑えているんだろう、低く抑揚《よくよう》のない、硬い声でエルサーナさんが答える。

「わかりきってる質問されても困るんだけどなぁ。逃がせば俺たち捕《つか》まっちゃうし、残念だけどできない相談だね。ま、俺たちが誰かは、すぐわかるよ」

ローエンはそう言って、後ろを振り向く。

「このおねーさん、王妃付きの侍女だ。前に国王夫妻が劇場に来てたときに、傍《そば》についてたのを見た覚えがある」

やっぱり、ばれた……。そう頻繁ではないとはいえ、エルサーナさんは王妃様についいて外に出ることもある。覚えられていても不思議はない。

「なに!? じゃあ、城の貴族ってことか！」

「そうらしいねぇ。侯爵のところに連れていって、どうするか決めよう。転移術で移動させる」

「わ、わかった」

「侯爵……？」

エルサーナさんが小さくつぶやくと、男はふっと笑った。どこか拍子抜けする、悪意のない笑みに困惑する。

「それは行ってのお楽しみ。……さて」

立ち上がったローエンは、ため息をついた後、はっきりと私を『見下ろした』。

「しっかし、また会ったねぇ、子猫ちゃん？」

やっぱりばれてたー!!

狭い牢獄には、逃げ場なんかない。それにエルサーナさんの傍《そば》を離れるわけにもいかない。

細い糸目は、笑っているようで笑ってない。ローエンが指を振った途端、ぱちんと鼻先で火の玉が弾《はじ》けた。悲鳴を上げた瞬間、姿隠《すがたかく》しが解けてしまう。

「猫⁉　いつの間に……！」

「騎士団のウォーロック副団長の猫だ。使い魔だよ。このおねーさんを追ってきたんだろ」

大したことはないように告げた言葉に、ひげの男が目に見えてうろたえた。

「それじゃ、ここまでつけられてたってことか！　まずいだろ、騎士団が来るんじゃねぇのか⁉」

「そういうことになるね。急いでここを放棄しよう。捕《つか》まえた人間を連れて、すぐに出るんだな」

「出るって、どこに！　港のアジトはつぶされちまってるし、行くあてなんかどこにあるんだよ！」

「そんなの俺が知るかよ。侯爵には何も聞かされてないしさ。ここにいたって捕まるだけだし、捕まりたくなければ出ていくしかないんじゃない？」

あくまで他人事のローエンに、男たちは目に見えてうろたえる。

「最後の最後で、俺たちを見捨てるのかよ！」

「さぁ。俺はおっさんの頭の中なんか知らねぇし」

夜会の夜とおんなじ。侯爵に仕《つか》えているはずなのに、主のためという忠誠心のようなものが感じられない。これだけのことをしているのに、彼自身は侯爵に興味もなければ関心もない。この人は、何なんだろう？　何のために、こんなことをしているの？

「くそっ！」

そんなローエンの態度にしびれを切らして、ばたばたと駆けだしていったひげの男から目をはずし、ローエンが私に手を伸ばす。

「騎士団副団長とどういう関係なのか、君の正体は後でじっくり調べるとしよう。とりあえずここに入ってな」

逃げようとしたけど、首根っこを掴《つか》まれてローエンの腰にぶら下がってた麻の袋に、あっさりと放り込まれてしまった。

『嫌だ、出してっ！　エルサーナさん！』

ぎにゃーっ！　と叫ぶ私の声に、今まで必死に私と関わりのないふりをしていたエルサーナさんも、こらえかねたのか声を上げる。

「お願いします、その子に乱暴をしないで！　かわいそうでしょう！」

「ひどいことはしませんよ。そう怖い顔で睨《にら》まないでくださいって。なんか悪いことしてる気分になるんスけど」

『悪者のくせに！』

「悪いことをしてますわ！」

「ああ、そうですよね。すんません」

思わずハモった私とエルサーナさんの声に、ローエンがへらりと笑った。

ほんとに、なんなんだろう、この人……。本当に悪い人なのか、そうでないのかわからなくなってくる。

「んじゃ、準備してくるからちょっと待ってな。ま、一人で逃げる気もないだろうけどね」

私たちが単独で逃げるつもりがないことは、見透かされているようだった。

エルサーナさんと私を牢に置いていったん錠をかけて、ローエンが出ていく。

「アーシェ、大丈夫!?」

『大丈夫です』

すぐにエルサーナさんが私を袋から出そうと、口を縛《しば》ったひもに手をかける。

「ほどけないわ、結び目が硬くて……。何か変わった結び方をしてるみたいで、うまくいかないのよ」

エルサーナさんが結び目と格闘している間に、私は外の様子をうかがった。

扉の向こうは、かなりあわただしい。がさがさと何かを探す音や、物をひっくり返したりぶつけたりする音、そしてばたばたと走り回る音がひっきりなしに聞こえている。

逃げる準備をしているんだろう。

エルサーナさんが頑張ってくれた甲斐もなく、ローエンが戻ってきてしまった。

「さて、じゃあ移動するよ。立って」

「嫌です、離してください！　触らないで！」

「そうもいかねえのよ、おねーさん。ほら、こっち」

「きゃぁっ！」

『やめて、乱暴にしないでっ』

「ったく、うるさいなぁ。大丈夫だよ、お前も一緒に連れていくから」

その声とともに、袋がふわりと浮きあがる。その直後、渦巻《うずま》く魔力の中を潜り抜ける感覚がした。転移術っていうのは、これのこと？　転移っていうくらいだし、移動したの？　ここはいったいどこなの？

「ここはどこなのです!?　いったい私をどうしようというのですか！」

「王都の中とだけ言っておくよ。あんたがどうなるのかは、俺も知らない。すぐにおっさんが戻ってくるから、それから決めるだろ」

そっけない言葉。でも、エルサーナさんは食い下がる。

「こんなこと、すぐにばれますわ。みなさんを解放して騎士団のお調べに従ってください！」

「そうしたいのはやまやまだよ。俺もまったく先がないと思うよ。だけど、雇い主がそうしろって言ってきかないから、ほかにどうしようもない。悪いね」

「嫌っ！　やめてください、離して！」

そして、袋が持ち上がる感覚がして。

「お前はここで待ってろ。何しでかすかわからないからな」

そう言って、そのまま何かの上に下ろされてしまう。抵抗するエルサーナさんを連れて、ローエンは部屋を出ていった。

埃っぽいにおい。ここはどこなんだろう？

『麻袋なら、噛み切って出られないかしら？』

とにかく、ここから出ないと始まらない。エルサーナさんも心配だ。あのおじさんによからぬことでもされてたら、レイド様に顔向けできない！

光の届かない袋の中で、丈夫な麻の布を噛み破るのは、思った以上に時間がかかってしまった。それでも、こぶし大の穴をあけるのに成功して、私は何とか袋からはい出した。

見回したそこは、道具部屋のようだった。椅子やテーブルが埃をかぶり、使わなくなったカーテンらしき布地、箱、大工道具、古びた鍋や銀器が棚にぎっしりとおさめられている。

テーブルの上に飛び乗って外を見ると、どうやらここは一階らしいことがわかった。人が出入りした様子はそんなにない。ってことは、めったにドアは開かないってことだ。鍵は内鍵で、掛けられていない。袋に入れてドアを閉めていれば大丈夫と思ったのかな？

ドアノブは、丸いやつじゃなくて、取っ手を下ろす形のもの。これなら猫のままでも行けるかも！

ドアノブに向かって飛びあがり、取っ手に前足をひっかける。

最初は滑ってうまくいかなかったけど、何回目かでうまくドアノブが下がり、勢いで少しだけドアが動いた。開くまでは行かなかったけれど、前足をドアにひっかけて引っ張ると、難なく開く。建付け悪くなくてよかった！

そして、さっきの転移術で強制的に解除されてしまったのか、効果が切れていた遠耳《とおみみ》と、ローエンに解除された姿隠《すがたかく》しを再びかけた。ローエンに会うのはまずいから、用心してそっとドアから顔を出す。長い廊下に人はいない。よし、とにかく、エルサーナさんを探さなくちゃ！

屋敷は新しくはない。隅々まできれいと言うほどではないけれど、一応手入れはされている。ハーウェル侯爵の屋敷なのだろうか。

けれど、廊下を進んでいくうちに、花の数が少ないことに気づいた。

窓辺や廊下にほとんど花が生けられていないし、一輪挿しの花がしおれたりしている。

侯爵は今は独身だと聞いているから、これは女主人がいないからなのかもしれない。

それに反して美術品は結構あちこちに置かれていた。埃もなくピカピカで、家具やインテリアのセンスも悪くないのが対照的な感じ。

華やかな美術品とは反対に、屋敷全体の雰囲気は暗く、沈んでいる感じがするのがなんとなく嫌だ。

早くここから出たい。エルサーナさんはどこにいるんだろう？　遠耳の術をかけた猫の耳は、小さな音でも拾い上げる。だけど王城ほどではなくても屋敷は広くて、なかなか目的の声を探し出せない。一階をぐるっと一周したけど、エルサーナさんの声は聞こえない。

私が手間取っている間に、もし別のところに連れ去られていたら？

こうしている間にも、侯爵に変なことされていたら？

悪い方へ悪い方へと思考が横滑りしていく。焦燥感で、心臓が嫌な音を立てる。

一階にいないなら、次は二階だ。早く、早く……！

息を切らして階段に向かうと、初老の執事らしき人が上へのぼっていくのが見えた。

手には、銀のトレイと茶器がある。もしかして、エルサーナさんのところに行くのかも！

執事さんの後をついていくと、ある扉の前で立ち止まり、ノックした。

「入れ」

「失礼いたします」

その声には聞き覚えがあった。侯爵の声だ！

執事さんの足元をするりと潜り抜けて、中に入った。ここも、飴色《あめいろ》の使い込まれた机や、クラシックな猫足のチェストがすっきりと配置されていて、センスがいいと言える部屋。だけどそこに、美術品が幅を利かせすぎていて違和感がある。

大きな絵に、立派な壺、何枚もの陶器のプレートに、跳《は》ねる馬の彫像。

見回した部屋に、エルサーナさんはいない。もう会ったのか、まだなのか。焦る気持ちをどうにかこらえて、少し様子を見てみようと、ソファの陰から覗く。

「お帰りなさいませ、旦那様。お茶でございます」

その言葉に、侯爵は無言で頷いて、手元の書類をめくった。

そうか、今帰ってきたばかりなら、きっとまだエルサーナさんに会ってない。ということは、エルサーナさんはまだこの屋敷から動いていないってことだ。そのことに、私は心の底から安堵《あんど》する。

「お客様がいらしているそうです。ローエン殿が連れていらっしゃるそうですが」

「客？　こんなときに何の用だ」

「さあ。王妃付きの侍女とのことです」

「何⁉」

侯爵の手から、ばさりと資料が落ちて机の上に散らばった。

「どこの誰だ！」

「私は存じ上げませんが」

「すぐにここに連れてこい！」

「かしこまりました」

怒鳴り声に淡々と頭を下げて、執事さんが出ていった。

さて、このままここでエルサーナさんを待つのが一番いいだろう。だけど、術を使うとローエンにばれてしまう。……どうする？

（……でも、姿隠《すがたかく》しを使わないで普通に隠れていれば、かえって見つからないかも？）

もしかして術を重ねてかけているから、魔力で気づかれているのかもしれない。

どうせ部屋の中だし、遠耳《とおみみ》を使わなくても、猫の聴力なら声はちゃんときこえる。

そうと決まれば、潜《ひそ》む場所はどこかにないかな？

ソファの下とか、侯爵の机の下とかも考えたけれど、さすがに近すぎてローエンにばれそうだったからやめた。悩んだ末に、壁際のチェストの下に隠れることにする。

「ふむ、王妃付きの侍女か……。どう料理したものかな。うまく使える人間ならばいいが」

ほくそ笑みながらつぶやく侯爵の前を横切って、埃っぽい家具の下にもぐりこむ。姿隠しと遠耳を解除して、息を潜めて様子を窺《うかが》っていると、侯爵が書類を手に、跳《は》ね馬の彫像の前に向かった。

大理石か何かでできている石造りのそれを、力をこめてずらす。そして、モザイクタイル張りの大きな台座の裏側を開けた。

（隠し収納……！）

手にしていた書類をそこに入れてふたをはめ込み、彫像を元通りにして、侯爵は机に戻った。執事が淹《い》れたお茶を悠々と飲む姿がむかつく！　何を隠したか知らないけど、よからぬ書類であることは間違いない。絶対に暴いてやるんだから！

そのとき、扉の向こうに二人分の足音が聞こえた。ひとつはヒールが床にあたる音。きっとエルサーナさんとローエンだ。すぐにドアをノックする音が響き、侯爵が「入れ」と促《うなが》す。

「失礼しますよ。お客さん、連れてきました」

そう言って、ローエンがエルサーナさんを伴って部屋に入る。エルサーナさんの手錠ははずされていて、私はほっとする。ローエンは、隠れている私に気づいた様子はない。

やっぱり、術を使わないほうがばれないのかな？

がたんっ、と椅子を倒しそうな勢いで侯爵が立ち上がった。

「エルサーナ・ウォーロック……！」

「ハーウェル殿、これはどういうことなのです⁉　私をさらうよう命じたのは、あなたなのですか！」

鋭く問い詰めるエルサーナさんの声に、侯爵はうろたえたように視線を泳がせる。

「そ、そんな命令などしておらん！　どういうことだ、なぜエルサーナ殿が⁉」

「あいつらが町で目をつけて連れてきたんですよ。誰なんです？」

ローエンの問いかけに、侯爵は苦々《にがにが》しげにうなった。

「ウォーロック公爵家の娘だ。王妃陛下付きの専属で侍女長補佐。側近中の側近だ」

「そりゃまたずいぶん大物を釣り上げましたねぇ。やったじゃないですか」

「やっただと⁉　この侍女が戻らなければ、騒ぎになるに決まっているだろう！　騎士団も出張《でば》ってくる。始末を考えなければ！」

ローエンの能天気な言葉に、侯爵は床を蹴って怒鳴り返す。

始末って何⁉　いざとなったら人間の姿になってでも、止めてみせるんだから！

「それはもっと足がつきそうだし、やめたほうがいいですよ。それより、ほかの方法を考えたほうがいいんじゃないですかねぇ？　合法的に大臣になれるような」

「そんな方法があるのか⁉」

焦った様子で飛びついた侯爵に、ローエンが真剣味がなさそうに首をひねる。

「ん～、そうっすねぇ。例えば、このおねーさんと結婚するとか。公爵家の後押しが得られたりしないですかね」

「な、なるほど！」

向き直った侯爵に、エルサーナさんがおびえたように後ずさる。

「そういえば、あなたはすでに三回婚約を破棄されておりましたな」

「こちらから破棄したものもありますわ。それがあなたに何の関係があって？」

「失礼ながら、すでに適齢期をだいぶ過ぎておられる。宰相様もさぞやお心を痛めておいででしょうな」

それは、エルサーナさんには一番触れてほしくない話だ。色のない唇を噛んで、エルサーナさんが侯爵を睨《にら》みつけた。

「あなたはやっと結婚ができる。私はウォーロック家の後押しで大臣になれる。いいこと尽くめではありませんか」

「お断りします！　私にとっていいことなど何一つありません！　まさか、大臣になりたい、それだけのために、あの女性や子供をさらったと言うのですか！」

「……うるさい！　公爵家に生まれてぬくぬくと育った箱入り風情《ふぜい》が、知った口を叩くな!!」

エルサーナさんが糾弾《きゅうだん》したとたん、侯爵がヒステリックにわめいた。

「お前たちにとって、大臣など確かに『たったそれだけ』のことなのだろうよ。王の覚えもめでたく、父親は宰相、跡取りもいて次期財務部大臣だ。だがな！　侯爵家に生まれ、期待されながらも万年次官とあざけられ、口を開けば『大臣になれ』と責められ続けてきた私の気持ちが、お前にわかるか!?」

つばを飛ばしてわめき散らす侯爵の姿は、常軌《じょうき》を逸している。

「大臣になるには金がかかる。議会で少しでも支持者を増やさねばならん。邪魔者がいれば蹴落《けお》とし、反対する者がいれば従わせる！　そのために人手もいるし金もかかる！　そのための『商売』だ、何が悪い！」

「あなたがしているのは商売ではなく、犯罪です！　人の尊厳を踏みにじる罪悪です！」

「何とでも言え。ここにいる限り、あなたはただの無力な女性だ。守ってくれる騎士も従者もいない。あなたが私の手中にあれば、宰相も手出しはできまい。さあ……今この状況で、最良の選択は何だと思うかね？」

いやらしい笑みに、エルサーナさんは泣きそうな顔で身を震わせる。何でこんなさえないおじさんと結婚しなきゃいけないのよ！　大体、エルサーナさんにはレイド様がいるんだから！　あんたなんか対象外に決まってるじゃない！

「ローエン、結婚宣誓書を取って来い」

「はぁ……。言いだしっぺの俺が言うのもなんですけど、そんな悠長にしてて大丈夫ですかねぇ？　騎士団来ちゃったらどうするんです？」

「どこかに閉じ込めておけばいい。証拠はない。結婚宣誓書に署名させてしまえば、誰も手は出せまい。それまで、せいぜい二、三日隠し通せれば事はすむ」

「そううまくいけばいいですけどねぇ……」

あきれ気味にため息をついて頭をかくローエンに、侯爵は怒鳴りつける。

「やかましい！　貴様はつべこべ言わずにさっさと役所に行け！　さあ。エルサーナ殿とは、それまでじっくりとお話しさせていただこうか。こちらへ」

「嫌です、行きません！　触らないで！」

エルサーナさんが悲鳴を上げると同時に、私はチェストの下から飛び出した。侯爵が伸ばした手に飛び掛かり、思いっきりつめを立てた。

「うわぁっ！　何をする！」

「あっ、お前、どこから出てきた!?」

『この人に汚い手で触んないで！』

威嚇《いかく》しながらエルサーナさんの前に立ちはだかる。だけど、相手は魔術師、攻撃されたらかなわない。負けるのはわかってるし、怖いけど、エルサーナさんだって怖いのに頑張ってる。それなら私が隠れてるわけにいかないじゃない！

「袋から出たのか。まさかドアを開けられるとは思わなかったなぁ。まったく、諦《あきら》めが悪いね」

「ローエン、そいつを捕《つか》まえろ！」

「言われなくても」

ローエンが笑って手を上げる。攻撃される！　私はすかさず横に飛ぶ。エルサーナさんに当たったらまずい。でも、ローエンの手はエルサーナさんに向けられたままだ。ローエンが笑う。

「逃げたらおねーさんに当たるよ。いいの？」

『ひ……卑怯《ひきょう》よ！　最低！』

エルサーナさんを盾にされたら、私には抵抗できない。なす術《すべ》もなく首根っこを捕《つか》まえられてしまう。

「まさかとは思ったが、お前、ライトリーク・ウォーロックの猫か！」

侯爵の押さえた手からは、血が滴《したた》っている。思いっきり引っかいてやったもの。いい気味！

だけど、憎々しげな顔で近寄ってくる侯爵はマジで怖い！

「こいつは殺してしまえ！　ライトリークの奴も少しは応《こた》えるだろう」

『えええ!?』

「やめて、殺さないで！　その子を離してください、乱暴にしないで！」

さすがにエルサーナさんが取り乱す。だけれど、それは侯爵に余裕を与えることになった。にやりと笑って、エルサーナさんを見る。

「それなら、私と結婚するという答えをいただこうか？」

『だめ、絶対うんって言わないで！』

「で、でも……！」

激しく首を振る私に、エルサーナさんは狼狽《ろうばい》する。まずい、エルサーナさんは私を見捨てたりできない。このまま承諾しちゃったら、私のせいだ……！

「それなら、こうしたら……言うことを聞いてくれますかな？」

『あっ！』

ローエンの手にぶら下がったままの私の首に、侯爵の手がかかる。ぎりりと締め上げられて、息が詰まる。

「やめて、離して！　きゃあっ」

私を助けようと駆け寄ったエルサーナさんが、侯爵に振り払われて床に倒れこむ。

侯爵の手が少しだけ緩《ゆる》み、私は必死に息を吸う。

「さあ、どうする。この猫の命はあなた次第だ」

「……そこまでする必要ありますかねぇ？」

「こうなったら手段なぞ選んでいられるか！　貴様は黙っていろ！　エルサーナ殿、猫を殺したくなければ、素直に承諾することだ」

そうしてエルサーナさんに向き直り、再び私の首を締め上げる。

苦しい、息ができない。目がくらんで、視界が黒く塗りつぶされていく。

「やめて、お願い、手を離して！　やめてぇっ！」

ほとんど泣き声の悲鳴に、侯爵は満足そうに手を離した。

ひゅうひゅうと喉が鳴る。苦しくて涙がにじむ。息を吸いすぎて胸が痛い。

誰か……誰か助けて。ライト、助けて……

「まあいい、宣誓書が届くまでの間に、ゆっくりお考えください。答えを長引かせれば、それだけ猫が苦しむことになる。それをお忘れなきよう」

侯爵の言葉に打ちのめされたように、エルサーナさんが力なく両手で顔を覆《おお》う。

侯爵が勝ち誇ったように笑ったとき、部屋のドアが激しく叩かれ、返事を待たずにドアが開いて、侍女が転げるように飛び込んでくる。部屋の中の様子を見て、一瞬驚いたように立ちすくんだけれど、すぐに息を切らしたまま報告する。

「旦那様、大変です！」

「今取り込み中だ！　勝手に入るなと言っておいただろう！」

「で、ですが、騎士団が玄関に！」

「なんだと!?」

侯爵の声がひっくり返る。

騎士団？　ライト？　助けに来てくれたの？

「あー、早いなぁ。執事のおっさんは止めてくれてんだろ？」

「はい、でも、正式な令状を持っています！　断ることはできません！」

「お、お前は部屋へ戻れ！　ここで見たことは決して口外するな！　下がれ、早く下がれ！」

「は、はい……」

侯爵の勢いに押されて、戸惑った様子で侍女が部屋を出ていく。

「と、とにかくこいつらを隠せ！　隠し部屋に閉じ込めろ！」

「何をするんです⁉　嫌です、やめて！　……あっ！」

侯爵がエルサーナさんの腕をつかんだ。それでも必死に抵抗するエルサーナさんの首に、ローエンが手を押し当てると、ばちっ、と音がして、エルサーナさんが崩れ落ちた。

「おい、何をする！」

「弱い電撃で気絶させただけですよ。早く隠し部屋開けてくださいよ、騎士団が来ますよ」

「し、死んだりしてないだろうな⁉」

「大丈夫ですって」

逡巡《しゅんじゅん》したのはわずかな間で、侯爵は壁に作りつけられている書棚に手をかけた。ひっぱると、まるでドアのように棚が動いて、中に狭いスペースが現れる。

ローエンは動けない私を無造作に中に放り込み、続いてエルサーナさんを担いで床に下ろした。

「おとなしくしてろ」

そう言って、扉が締め切られた。

中は真っ暗で、何も見えない。それでも必死に息を整えて、手探りでエルサーナさんの顔を探す。柔らかい感触に行き当たって顔を寄せると、無事に息をしていた。よかった、ローエンが言うとおり、気絶しているだけみたいだ。

怖い。苦しい。真っ暗で何も見えない。逃げたい。泣いてしまいたい。

でも……

騎士団が来てる。ライトがいる。私たちは助かる！　それを力にして、私はよろめく足をしっかりと踏みしめて立ち上がった。

そのとき、激しくドアが開く音がして、いくつもの足音がなだれ込んできた。

「何用だ！　騎士団といえども勝手は許さんぞ！」

「ルイス・ハーウェル侯爵。エルサーナ・ウォーロック誘拐の容疑で捜査令状が出ている。王妃陛下及び、ウォーロック家当主である宰相の依頼状付きだ。邸内を捜索させていただく」

侯爵が張り上げた声をかき消す、朗々《ろうろう》としたレイド様の声。エルサーナさんがもし目覚めていたら、きっと歓喜したに違いない。

いくつかの足音が部屋を出ていった。きっとレイド様の指示で、エルサーナさんを探しに行ったんだろう。

「勝手にしたらいい。そもそも、エルサーナ殿がここにいるという証拠はあるのか⁉」

「俺の使い魔に、追跡の術をかけている。使い魔が邸内にいることはわかっている。ごまかしはきかないと思え」

ライトの冷たい声が、くぐもって聞こえる。やっぱり来てくれた！　安堵《あんど》と恋しさで涙が出そうになる。

「それに、そこの男。お前は先日の夜会で、城に押し入ったやつだな。俺が直接見ているから、申し開きは不可能だ。その男が、なぜこんなところにいるんです？　あの騒ぎ、一連の首謀者は侯爵、あなたじゃないのか？」

「言いがかりだ！　私が何のためにそんなことをしなければならんのだ！」

その言葉に、今度はレイド様の声がかぶさる。

「捜査の攪乱《かくらん》を狙ったものだろう。本当は、夜会に影響がない程度の小さな騒ぎを起こすだけでよかった。誰がやったかわからない程度のな。騎士団の不手際ということで、王から騎士団に何らかの処分が出ればもうけもの、そこまでいかなくても、そちらの捜査に人手が割かれれば、自分への追及が緩《ゆる》くなる。人身売買の後始末のために、少しでも時間稼ぎをしたかった。違うか？」

「人身売買や夜会の騒ぎなど私は知らん！　取り調べのときに、私はずっと会場にいたと、侍女が証言しているだろう！」

「その侍女から、本当はあなたが数分席をはずしていたとの証言が取れている。備品を水増しして申請し、横領していたのを知られて脅されたそうだ。侍女の証言通り、帳簿を改竄《かいざん》した痕跡を発見した。購入金額の領収書と購入先の受注数に差異があることも突き止めた。会計金額の相違も認められた。侍女の証言は信憑性《しんぴょうせい》がある」

「私に悪事をとがめられて逆恨《さかうら》みをしたんだ！　私に罪をなすりつけようとしているのだ！　そ、その男は、ここに職を探しに来ただけのチンピラだ！　おおかたその侍女とやらとグルなんだろうよ！　私は何も知らん！」

「うーわ、ひでぇ。俺に罪かぶせんのかよ」

言い争う合間にかろうじて聞こえた小さな声は、さすがにうんざりした様子だった。

言ってることがめちゃくちゃだ。誰が聞いても、きっと誰も信じない。

「それじゃあ、その手の怪我《けが》。猫にでも引っかかれたみたいに見えるが？」

「し、知らん！　私は何も知らんぞ！　そうまで言うなら、エルサーナ殿を探し出してみるがいい！　見つけられればの話だがな！」

開き直った侯爵の言葉に、じりじりとしたライトの気持ちが伝わってくる。

追跡の術の精度ってどれくらいなんだろう？　この近辺にいることはわかるみたいだけど、隠し部屋の中とまではわからないのかもしれない。

どうしよう、どうにかしてここにいるって伝えなきゃ！　ライトが来てくれたんだもの、私には何も怖いものなんかない。

私は変化《へんげ》の術を解除した。暗くて誰に見られていなくても、何も着てない状態は心もとないし、ものすごく恥ずかしい。だけど、背に腹は変えられない。これしか方法はない。

必死に重そうな扉を押してみるけど、びくともしない。もしかして、どこかにスイッチか何かがあるのかも？　手探りで探してみたけど、暗闇じゃあ何もわからない。意を決して、私は渾身《こんしん》の力をこめて扉を叩いた。

「ライト、レイド様！　私はここです！　エルサーナさんも一緒です！　本棚の中に閉じ込められてるの！　助けて！」

すぐに足音が本棚の前に響く。

「アーシェ!?　いるのか、無事か！」

「エルはどうした!?」

「エルサーナさんは気絶させられてます。でも、息はしてるから大丈夫」

「今開ける。待っていろ」

鋭いレイド様の声が頼もしい。そして、扉の向こうでは侯爵がローエンに詰め寄っているみたいだ。

「あーあ、やっぱりね」

「どういうことだ、ローエン！　なんで中から声がするんだ！　誰が入ってるんだ⁉」

スイッチか何かを調べているのか、本棚をごそごそする音に混じって、慌てふためく侯爵の声が聞こえる。

「城で俺たちの話を聞いてたのは、侍女だったはずなんですよねぇ。なのに、追いかけていった先にいたのはこの黒猫だった。実は、人間が変化《へんげ》してたんじゃないかなぁと思ってたんですけど」

「な！　なぜ言わなかった⁉」

「あんた、聞かなかったでしょ」

「貴様ぁ……！」

ひょうひょうと答えるローエンの言葉は、やっぱりどこかおかしい。侯爵に仕《つか》えているのに、どうしてこんなに意に沿わないことばかりするんだろう。まるで、わざとやっているみたい。

「アーシェ、頭を低くしていろ」

「は、はいっ」

レイド様の声に、エルサーナさんの体を手繰り寄せて胸にかばった。そして、間髪をいれずに轟音《ごうおん》と衝撃が響いた。

「きゃぁっ！」

大きな音を立てて、切断された本棚の上半分が崩れていった。考える間もなく、こんなことするのはレイド様ですよね……

光が差して、気づけばレイド様とライトが私たちを見てる。助かったんだ……

「大丈夫か」

「大丈夫ですっ！　とりあえずなんか隠すものくださいっ」

何も着てない私に、レイド様がマントをはずしてかけてくれたので、とりあえずそれに包《くる》まる。

「おい、見てないだろうな!?」

「エル以外興味はない」

「ほんとだろうな!?　見たらぶっ殺すぞ！」

「好きにしろ。アーシェ、とりあえずそこにいろ、すぐ済む」

「はい！」

あっさりと侯爵の計画は破綻《はたん》した。静かな怒りの気配が、レイド様から濃厚に放たれている。その殺気にあてられて、侯爵は怯《おび》えたように後ずさった。

「エルサーナ殿の誘拐については現行犯だ。その目的も追及されると思え。お前には、人身売買を指示した疑い、それからライバルの立場にある貴族を襲撃した疑いがもたれている。徹底的に洗い出してやるから、覚悟しておくがいい」

「わ、私は侯爵だぞ！　騎士団長ごときが、私に手を出せると思うのか!?」

「王妃陛下の勅令《ちょくれい》と、ウォーロック家からの直々《じきじき》の捜索依頼を受けた以上、侯爵の地位で刃向えるわけがなかろう。申し開きは一応聞いてやる。だが……」

レイド様の手が、侯爵の胸ぐらを一気につかみあげた。

「エルサーナ誘拐に関しての言い訳は、一切通ると思うな！」

怒りの咆哮《ほうこう》を受けて、侯爵はレイド様の手が離れると同時に、へなへなと床にへたり込んだ。

これで決着がついた。

一瞬部屋の空気が緩《ゆる》んだ、その瞬間。

「炎の矢！」

ローエンが、突如動いた。

火が渦巻《うずま》くと同時に無言でライトが手を振り下ろすと、氷の壁が出現する。ドオンッ！と音を立てて突き刺さった炎を相殺《そうさい》して、部屋は一気に水蒸気に満たされて真っ白になる。

「きゃぁっ！」

衝撃に思わず身を縮めると、不意にレイド様が剣を手に持ち、振りかぶって投げた。

どっ、と何かに突き立つ音と、「うわっ」という声が上がる。ライトが風の魔術で水蒸気を払うと、逃げ出そうとしたのか、ドアに伸ばした手をレイド様が投げた剣で阻止されたローエンがいた。

「やっぱ、騎士団長と副団長が揃っていて、逃げられるほど甘くはない……よなぁ!?」

だけど、それでも身をひるがえして窓に向かったローエンの眼前に、ライトが滑り込む。

ぱりぱりとはぜる雷光《らいこう》をまとった手が、その腹に容赦なくめり込んだ。

「ぐあっ！」

吹っ飛んだローエンが床に転がった。雷撃《らいげき》でしびれた体を丸め、床の上でうずくまってしまう。

そこに、雷光を消さないまま歩み寄っていくライトに気付いた。

「ライト、待ってっ！　動けないじゃない、やめて！」

　でも、ライトは振り返らない。

「なんで？　こいつはエルをさらって、アーシェを危ない目にあわせた。なぶり殺しにしてもいいくらいだ！」

「だめよ！　誰かを傷つければ、それだけ自分だって痛いくせに！　私はその人に仕返ししてほしいなんて思ってない。だからやめて！」

　ライトが拳《こぶし》を握る。力のこもったそれが、しばらく何かをこらえるように震えて、そして雷光が消えた。ローエンがよろよろと体を起こす。

「どうした。まだやるか？」

「……いや、勝ち目ないし、降参～」

　へらりと笑って、ローエンは床に座りなおした。

「ずいぶん諦《あきら》めがいいんだな。侯爵に雇われていたんだろう？　主人のために刺し違えてでも、とか思ったりしないのか？」

　ライトが別に軽蔑するでもなく、淡々と問いかければ、そこで初めて、ローエンが卑《ひ》屈《くつ》に笑う。

　あの、へらへらした何を考えてるかわからない顔じゃない。彼の表情は、なんだか痛々しく見える。

「そんなん、思うわけないじゃん。別におっさんに恩義感じてたわけじゃないし、ただの義理さ。ここに骨埋める覚悟なわけでもないし、正直貧乏くじ引いたとしか思えないね」

「おまえ、路地裏の魔女の甥なんだろう。隠蔽《いんぺい》工作もしていなかったし、調べたらすぐにわかったぞ。魔女が死んだときに、なぜ離れなかった？」

「路地裏の魔女？　ああ、ババァのことか。まぁ、考えなかったわけじゃないけど、今さら離れるわけにいかなくてさ、仕方がなかったと言ってしまえばそれまでだね」

ライトの言葉に、私のほうがびっくりする。夜会の日に言ったことはただの直感だったんだけど、この人、本当に魔女の血縁《けつえん》だったんだ。

ローエンは、気が抜けたように嘆息する。

「これで俺も前科もちだ。後のつぶしがきかなくなる。侯爵家から慰謝料って出ないんすかねぇ？」

「知るか。そんな能天気な口をきける状況じゃなくなるだろう。覚悟しておけよ」

温度のないライトの言葉に諦めたように笑って、男はひょいと肩をすくめただけだった。

ライトは静かに右手を伸ばす。ぱちん、と指を鳴らした瞬間、魔術師はぴたりと動かなくなった。

捕縛《ほばく》の術。ライトの戦闘終了の合図だ。それを見届けて、私は肺にたまった空気を大きく吐き出した。

あの諦《あきら》めた顔が、ローエンの心情を物語っているような気がした。魔女とは違って、進んで片棒を担いだわけじゃないのかもしれない。だからといって、ローエンがやったことが許されるわけじゃ決してないけど。

レイド様がゆっくりと歩いてきた。唇の端に、小さく笑みを浮かべる。

「待たせたな。話は後でゆっくり聞く。エルにずっとついていてくれたんだな。エルもきっと心強かっただろう。感謝する」

「そんな、私、何もできなくてかえって怖い思いをさせてしまって……。すみませんでした」

私が飛び出したりしなければ、脅されることはなかったかもしれない。数分とはいえ、自分の結婚と私の命をはかりにかけるようなことをさせてしまった。それが本当に申し訳なかった。

「そんなことはない。今日はよくやった。帰ったらゆっくり休めよ」

「はい、ありがとうございます」

レイド様は、私の腕からそっと華奢《きゃしゃ》な体を抱き上げる。

「エル……」

小さくつぶやいて、こめかみにそっと唇を押し当てた。

すごく心配したんだろうなぁ。エルサーナさんを取り戻して、やっと安心したレイド様に、私も胸が熱くなった。

「アーシェ、大丈夫!?　けがはない!?」

侯爵とローエンの捕縛を指示していたライトが、入れ替わりに駆け寄ってきた。

マントを外して上着を脱ぎ、レイド様のマントにくるまっていた私に着せてくれる。

丈の長い制服は、私の膝の上まですっぽりと隠してくれて、やっと心もとなさから解放された。

だけど、着せかけたときに、体のあちこちについた擦り傷やあざを見たライトは、すんごいしかめっ面をしている。

「もう、大したことないってば。あっ、そうだ！　あの馬の彫刻の台座に、侯爵が何か書類を隠してた！　裏側にふたがついてて、外せるようになってるの！」

「貴様、見ていたのか!?」

部屋から出されようとしていた侯爵が、途端に声を上げた。

「私、執事さんと一緒に部屋に入ったもの。ずっと見てたわ！　あなたは知らないだろうけど、私だってあなたの犯罪に巻き込まれた被害者なんだから！　絶対に許さないからね！」

「彫刻を調べろ」

「やめろ、それに触るな！　見るな、やめろおお‼」

ライトの冷たい命令に騎士が動く。それを見て叫び、暴れる侯爵が、引きずられるように連行されていった。

「ありました！　帳簿や契約書の類《たぐい》ですね」

渡されたそれをざっと検分して、ライトが笑う。

「動かぬ証拠、ってやつだな。ほかにも隠し場所がないか、徹底して調べろ」

「はっ！」

ライトが、私にレイド様のマントを巻きつけて抱き上げる。

「さぁ、帰るよ」

「うんっ！」

私はライトにしがみつく。

「ライト、助けに来てくれてありがとう」

耳元に小さく囁くと、私を抱く手の力が強くなる。

私はライトの肩に顔を伏せて、ちょっとだけ、泣いた。

11

城に帰ってきてからお風呂に入り、軽い食事をした後、私とエルサーナさんは揃って団長室に呼ばれていた。

詳しい事情は後日ということで、今日あったことをざっくりと説明する。

侯爵がエルサーナさんに結婚を迫ったくだりでは、レイド様もライトも、こっちがドン引きするくらいに怒りを放っていて、思わずエルサーナさんと手を取り合って震えあがった。

今日の逮捕劇は、城の中にも相当動揺を生んだようで、騎士様や政務官がひっきりなしに出入りしている。二人のお仕事は、まだまだ終わりそうになくて、私たちは部屋に帰された。

「エルサーナさん、大丈夫ですか？」

「ええ、なんとか無事に帰ってこれたし……。アーシェ、巻き込んでしまって、本当にごめんなさい」

「ううん、私の方こそ、足手まといになってしまって……。気を付けていればよかったのに、すみませんでした」

「無事に帰ってこられたもの、お互いに、それが一番だわ」

「そうですね」

付添いの騎士様に連れられて、エルサーナさんとは華月宮で別れる。

それからライトの部屋に送ってもらい、私は疲れた体をベッドに投げ出した。

これで全面解決になるといいな。それにしても、長い一日だった。拘束されていた時間は半日程度だったけど、騎士団が来てくれるまで、本当に長かった。きっと、緊張と不安と恐怖で、余裕がなかったからだろう、今は気力が全然わいてこない。

買い物して、お茶して、広場を見物している間にエルサーナさんを連れ去られた。そして追いかけて、王都の外に出て、転移術で侯爵の屋敷に行って、監禁されて、助け出されて、またこうして城に帰ってきた。

一日で天国と地獄を往復した気分だわ、まったく……。せっかくの楽しい時間が台無しになっちゃった。本当に残念でしょうがない。

後で仕切り直しするしかないわよね。今度は私の方から誘ってみようっと。エルサーナさんに言ったけど、ライトとレイド様と四人でっていうのも楽しくていいかも！　あの二人が揃っていたら、危ない目にはあわないだろうしね。

私はベッドの上で寝返りを打った。

それにしても、街で変化したときの服、どうなったかなぁ。せっかくライトが買ってくれて、今日の外出に選んでくれたのに……。靴も、腕に着けていた細いブレスレットも、バッグもお財布も全部だ。

それに、雑貨屋さんで買ったエルサーナさんへのプレゼントもあったのに。

犯人たちが隠れ家まで持ってきたことはわかってる。誰か探し出して、持って来てくれるといいんだけど。

手触りのいい枕カバーを指先で撫でる。丸くなって枕に顔を埋めると、ライトの匂いがした。

ああ、帰ってきたんだ。もう怖くないんだ。あの人たちはいないんだ。

体が動かない。瞼も重くなる。少しだけ、休ませて。

私はすぐに、眠りに落ちていった。

どのくらいの時間が経っただろう。突然のしっとかかった重みに、私は無理やり覚醒させられた。

「う……何……？」

けれど、寝返りを打とうとしたら、強い力でぎゅうっと締め上げられた。

「やだ、ライト……!?」

「ただいま。起こしてごめん」

のしかかって私を抱きしめるライトは、お風呂に入ってきたんだろう、素肌がほんのり湿っていて、いつものボディシャンプーの香りがした。

「心配したよ。見つからなかったらどうしよう、何かあったらどうしようって、気が気じゃなかった」

「勝手なことしてごめんなさい。でも、私がエルサーナさんについてさえいれば、きっとライトが私を見つけて、助けてくれるって信じてたから」

「まさかエルがさらわれるなんて思ってもみなかったよ。術の感知範囲から気配が消えたときは、生きた心地がしなかった……！」

ぎゅううっ、と抱きしめられて、息が止まるかと思った。でも、その苦しささすら幸せで。ライトの腕の強さと、温かさと、におい。体を預けて、目を閉じる。

「あの魔術師、のこのこと侯爵の屋敷に戻ってくれて助かった。アーシェが近くにいるのはわかってたけど、姿は見えないし、隣の部屋にいるのかと思ったら、本棚の中から叫び声がして、すごくびっくりしたよ」

「猫のままじゃどうにもならなくて。真っ暗だったけど、人間に戻るのすっごい恥ずかしかったんだからね！」

「レイドに見せてないだろうな!?」

「見せてませんっ！　ていうか、レイド様が見るわけないでしょ！」

目の前でエルサーナさんが倒れてるっていうのに、私なんか気にしてるわけないじゃない！

あのとき、レイド様の視線がエルサーナさんしか見てなかったのは、一緒にいた私が一番よくわかってる。

ライトがそっと体を離す。伸びてきた手が、私の首に触れた。

「よかった、消えてるね。侯爵の屋敷で見たとき、ここが圧迫されたみたいに赤くなってた。……誰にやられた？」

低く静かな問いは、ごまかしを許さない。

「私を捕《つか》まえていたのはあのローエンっていう魔術師だけど、やったのは侯爵。私を殺されたくなかったら結婚に同意しろって、エルサーナさんを脅したの。エルサーナさんは私を見捨てられる人じゃないし、私が捕《つか》まったせいでつらい思いをさせちゃって、本当に申し訳なくて……」

「アーシェのせいじゃない。エルはちゃんとわかってる。それに、俺たちも間に合ったんだから、何も気にすることない。それより俺は、今すぐ奴らを殺しに行きたいんだけど……」

「ダメに決まってるでしょー！」

今回は事が事だから、シャレにならないよ！　腹立たしそうなライトの頬に手を伸ばし、両手で包んだ。

「侯爵は捕まったし、私とエルサーナさんは無傷だった。仕返ししたいとも思ってない。だから、そんなことしなくていいんだよ」

「アーシェがそう言うなら……やめとくけど」

本当に渋々《しぶしぶ》といった顔のライトに苦笑して、私はそっと唇を寄せた。

応《こた》えて重ねたライトの唇は、すぐに深く私を探り始める。

何度も何度も噛みなおされて、ライトの熱い舌がぐるっと口の中を舐《な》める。

「ふ……ぁっ……！」

抱きしめられて、抱きしめ返して、大きな手に全身を撫でられているうちに、着ていた服はあっという間にはぎとられていた。

ライトの舌が、首を絞められた場所のあたりを何度も舐める。

「やっ……あぁ……！」

声が抑えられない。身もだえしながらライトの頭を抱きしめると、ライトが苦しげにうめく。

「夜会ではあの男に連れ去られそうになった。今日はエルと一緒に町の外に連れていかれて、侯爵の屋敷に監禁された上に、殺されそうになった！　俺がどんな気持ちでいたかわかるか!?」

「やだ、待って……！」

「待たない！」

性急な手つきで、下着を奪われる。隠そうとした両手を掴《つか》まれて、顔の横に縫いとめられた。

部屋はほの暗かったけど、うっすらと浮きあがった肌はライトには丸見えだろう。羞恥で顔が熱い。

「アーシェが俺の手の届くところから消えてしまう、そんな想像をするだけで、吐きそうになった！　くそ……ここに閉じ込めてもう外に出したくない……！」

「痛……っ」

首を強く吸われて思わず悲鳴を上げると、ライトがこらえきれないように抱きしめてくる。

「離したくない、どこにも行くな、いなくなるな！　アーシェがいなくなったら、俺という人間が死ぬ。体は生きてても、心が死ぬ。ずっと生きてるか死んでるかわからなかった俺に、生きる命をくれたのはアーシェなのに。アーシェがいなくなったら、俺はもう二度と生き返らない。アーシェには俺を生かした責任があるんだ！　だから絶対離れるな。頼む……！」

私がライトを生かしている。ライトは私のために生きている。

この人は、私のもの。

絞《しぼ》り出すように震えるライトの声に、胸が締め付けられて涙があふれる。

「うん……っ。どこにもいかない。わかったから……ごめんなさいっ……！」

「あっ、やっ！　だめぇ……！」

ライトの手が滑る。触って、そのあとを唇で触れていく。

「嫌だ。絶対離さない……」

アーシェ、とうわごとのように呼びながら、ライトは私に熱を与えていく。

でも、強引じゃなく、性急じゃなく、私の体がほぐれるのを促《うなが》すみたいな触り方。じりじりと焼けそうな視線で、私の体を余すことなく視界に収めていく。

あっという間に声が上がる。

「あ、あ……！　なんで、私……っ！」

「どうしたの？」

「だめ、おかしくなりそう……！」

「……どんなふうに？」

「い、や！　声、出ちゃう……！　叫び声出そう……めちゃくちゃになっちゃいそう……っ！」

本当に、触られるだけで体が跳《は》ねる。びりびりと電流が走るみたいに、ライトの指先が触れるだけでしびれるみたい。それとも、私の肌が敏感になってるせい？

どっちもかもしれない。こんな風に、体が沸騰《ふっとう》するような感覚は今まで知らない。

でも、もっと触られたい。もっと気持ち良くなりたい。爆発しちゃっても構わない。

今日に限ってそんな風に思うのは、やっぱりとらわれている間に、強く強くライトのことを願ったからかもしれない。

「ライト、ライト、ぎゅってして、お願い……！」

ライトは応《こた》えて、強く抱きしめてくれる。そして、そのままキスが降ってくる。

何度も何度も、触れて離れて、奥まで入って引いて、息をつく暇もないくらいにふさがれる。手がいろんなところに触れて、私の体が跳ねるたびにキスで押さえつける。

こらえきれずに、私はライトの首に手を回して強く引き寄せた。

「ライト、お願い、私もう……っ」

「アーシェ、愛してる。俺のものだ」

「違う、ライトが私のものなんだから！」

言い返してやれば、ライトがふっと笑った。

「どっちでもいいよ。もう言葉にならないだろうけどね」

「っ、あぁぁぁっ！」

ライトの予言通り、後はもう言葉にならず、私はただ夢中で、泣きながらライトにしがみついていた。

12

あんなに自分からライトにねだったのは初めてで。私は朝起きてから昨日の夜のことを思い出した途端、恥ずかしくてライトの顔をまともに見られなかった。

それなのにライトは意地悪で、私が恥ずかしがるのを楽しんでいる。それどころか、面白がって自分の顔を無理やり私に見せようとして、そのうち戯《たわむ》れがキスに変わって、そのまま……！

危うく始業時間に遅れるところだった。もうっ！

一夜明けて、私とエルサーナさんは二人揃って、改めて団長室で事件の詳細を話した。

そこで、やっぱり私が目を離したすきに、エルサーナさんが広場からうまく誘い出されたことがわかった。

私がアクセサリーの屋台に向かって駆け出し、それに一歩遅れたエルサーナさんに、帽子の男がぶつかったのだそうだ。

「失礼」

「いえ」

と短い謝罪に会釈《えしゃく》を返し、エルサーナさんは私の後を追おうとして、噴水のふちに畳んで置かれた赤い前掛けが目に入ったのだそうだ。

(そう言えば、さっきぶつかった帽子の人は、ここで絵を描いていた絵描きではなかったかしら?)

そう思ったエルサーナさんは、忘れ物を届けてあげなくてはと、前掛けを取り上げて後を追った。

けれど、声をかけたのに、男は振り返らずにどんどん行ってしまう。

その姿が路地に入っていくのをさらに追っていったエルサーナさんは、まんまと待ち伏せしていた男たちに捕《つか》まってしまったというわけだ。

レイド様によれば、これは犯人たちの手口の一つで、親切心から追ってきた人を捕まえるという、卑劣な方法だった。

そうとも知らず、エルサーナさんから目を離してしまった私は、本当に申し訳なくて、謝ることしかできなかった。

「私もまさか彼らが誘拐犯だと思わなかったし、追いかける途中で、私の声は聞こえているはずなのに彼らはどうして立ち止まらないんだろう、とは思ったのだけれど、危険だなんて少しも思わなかったのよ。お城の中にいすぎて、私の危機意識が足りなかったのが原因ですもの、アーシェは何も悪くないわ」

エルサーナさんはそう言って慰《なぐさ》めてくれたけれど、私が一緒にいたら、そもそもおかしいって止めることもできたかもしれない。

「でも、そのおかげでみんな捕まったし、よかったわよね？」

「無事に帰れたからそう言えるんですよ！　浮かれてたんです。本当に情けない……」

「まぁ、それだけ楽しんでくれてたのね！　嬉しいわ。ありがとう、アーシェ」

「……そういう結論でいいんだ……」

なぜか話はそこに落ち着いてしまい、私は脱力感でがくりと肩を落とした。

とはいえ、罪悪感でいっぱいだった心は随分軽くなっていて、天然か計算かはわからないけど、エルサーナさんの気持ちがすごく嬉しかった。

私の服とバッグは、侯爵の家からの押収品の中に入っていた。

証拠隠滅のために、現場から回収するのはわかる。だけど、なんで侯爵の家まで持っていったんだろう？　普通なら、あの隠れ家で処分するよね？

ともかく、中身はそっくりそのまま、お金も手つかずだったから、よかった。さすがに、プレゼントは験《げん》が悪そうだから、後で新しいものを買いなおしてからエルサーナさんに渡さなきゃ。

エルサーナさんがいなくなったことについては、ライトの追跡の術の感知範囲外に私が出たことで何かがおかしいと思ったそうだ。

元々、ライトからは出かけるなら行先は中央通りから広場あたりまで、と約束させられていた。何の連絡もなく約束を破るはずがないと思ったけれど、念のために街に出てみても、追跡の術に私の存在が引っかからない。すぐに騎士団を動員して、私と一緒だったはずのエルサーナさんを探したけれど、見つからなかった。そこで、私たちが事件に巻き込まれたと思ったそうだ。

それから、最近突き止めた、王都の外にある隠れ家には見張りがつけてあって、荷馬車が入ったと報告があったのは、私たちが運び込まれてすぐだったらしい。

すぐに踏み込みたかったけれど、隠れ家だけでなく侯爵の家も同時に捜査するために礼状を取っていて、時間がかかったみたい。

貴族の家を捜索するには、正式な礼状が必要なのだそうだ。王妃陛下と宰相様がエルサーナさんの捜索依頼を出し、国王陛下と王軍統括総司令官の連名の捜査令状がすぐに発行された。

隊は二つに分かれて、隠れ家と侯爵の家に乗り込んだ。

隠れ家からは、囚われていた三人が助け出された。

あのとき三人いた男たちは、金目の物だけを持って、逃げだした。証拠隠滅のため、誘拐した人たちを中に残したまま火を放って。見張りに残っていた数名で助け出したけど、本当に危なかったそうだ。逃げた男たちは、見張りをしていた騎士様と連絡によって駆けつけた騎士団がそのまま追っていき、すぐに捕らえられたらしい。

そして、ライトとレイド様は、令状を持って侯爵の屋敷に来てくれた。その頃には私たちは屋敷に移動していて、ライトの追跡の術に、屋敷の中の私の存在が引っかかり、絶対にここにいると確信を持ったそうだ。

転移の術については、術を施《ほどこ》した魔石を使ったらしい。

通常、転移の術は、地面に描いた魔法陣と魔法陣の間を行き来するものだそうだ。けれど、近距離であれば、魔石に魔法陣を封じて使うことができる。ただし、魔石は一回使えば壊れてしまうから、出先から戻る際の一方通行にしか使えない。

帳簿や資料は、屋敷の美術品の中に隠してあった。

正確には、模造品や安物の美術品の中に、ってことだ。

意外にも侯爵は美術への造詣《ぞうけい》が深くて、屋敷の各所にあった美術品は本当に高級品でこまめに手入れをさせていた。だから、そういうものには手を加えることができなかったらしく、隠し場所として価値のない美術品を使ったんだって。それに気づいてしまえば、探すのはそう難しくなかったらしい。

それから数日、侯爵とローエン、それから実行役の男たちや侯爵の使用人などの取り調べが始まった。さらった人の捜索はしているようだけれど、売却先は海を渡った隣国なので、少し時間がかかるらしい。それでも、売却先の商人も捕らえられたから、厳しい取り調べを受けるだろうって、レイド様が教えてくれた。

侯爵は、契約書や押収した帳簿類、取引相手の商人たちの名前を出されても、「知らない」「やってない」の一点張りだったそうだ。

ところが、ハーウェル侯爵家からの使いで、侯爵のお父さんの前侯爵が亡くなったという知らせが届くと事態が急変した。

倒れて寝たきりになり長くお屋敷で療養していたものの、今回の騒動で、心労のせいか容体が悪化して亡くなってしまったそうだ。

その知らせを聞いた侯爵は飛び上がらんばかりに驚いたあと、まるで糸が切れたようにへなへなと椅子に座り込み、

「私はただ、大臣になりたかっただけだ」

と一言つぶやいた後、まったく何も話さなくなったという。

魂が抜けてしまったようだと、担当の騎士様が報告した通り、まともにご飯も食べなくなったらしい。

取り調べも進まず困っていたところ、お屋敷の執事さんの話で侯爵の事情が見えてきた。

侯爵が幼少のころから屋敷に仕《つか》えていた、一番古株の使用人のその人は、近年侯爵のお父さんの看病を一手に引き受けていたそうだ。

取り調べを行った騎士様から侯爵の様子を聞くや否や、心を痛めたようにため息をつき、話し始めた。

「ハーウェル侯爵家は、ご存じのとおり、代々大臣を輩出してきた家柄でございます。ルイス様のお父上、ヴェナンド様もまた、先々代より常々大臣になるよう強く言いつけられておりました」

三十年ほど前には存命していた先々代、つまり侯爵のおじいさんも、同じように侯爵のお父さんに大臣になれと強く希望していた。そして、侯爵のお父さんは、念願の大臣職に就いたのだそうだ。

「ヴェナンド様が就かれたのは、産業部大臣や農業部大臣、厚生部大臣でございます。

その地位を得るために、金銭や多少強引な手も使ったと聞いております。けれど、そこまでして得た地位も、ヴェナンド様には納得できなかったご様子でした。本当は、財務部や政務部など、華々しい役職にお就きになりたかったのだと思います」

産業部の大臣になったのが十年前、それから虎視眈々《こしたんたん》と花形のポストを狙っていたという。けれど、五年前にレイド様とライトが騎士団の任についてから、状況が変わった。

それまで甘かった役人や政治家の不正を、厳しく取り締まるようになったからだ。

「そうすると、それまでに使ってきた強引な手段や賄賂《わいろ》が通用しなくなってまいりました。それでも、上を目指すヴェナンド様のお心は変わられなかった。今思えば、大臣になって何かをなしたいというよりも、大臣になることが目的となってしまわれているようでした」

そのころ、侯爵が政務官になってから二十年、そのうち次官になって七年が過ぎていた。

政務官になってから十年その地位にとどまる者は少なくない。だけど、次官に上がったら、五年もすれば何かしらの大臣に選ばれるものだ。七年たっても大臣になれない息子に、前侯爵は厳しい態度をとっていたそうだ。

「ヴェナンド様には、ほかにお子様がいらっしゃいません。奥様がルイス様をお産みになられたときに、子を成せないお体になったと聞いております。元々が政略でのご結婚だったうえ、女性との遊びを欠かさなかったヴェナンド様は、すぐに奥様を別宅に出してしまわれたそうです」

侯爵の幼少時、前侯爵は様々な女性と関係を持った。その女性たちが侯爵を厄介者扱《やっかいあつか》いし、遠ざけることもよくあったそうだ。執事さんが屋敷で働くようになった頃、侯爵が一人庭でひたすら絵を書いているのをよく見かけたという。侯爵が高等学院に入った後、芸術の道を望む彼を、父親は許さなかった。

前侯爵は、たくさんの女性と関係を持ったけれど、不思議と誰一人として子ができなかったそうだ。その結果、侯爵一人に自分の期待をかけざるを得なくなった。そうして、侯爵は夢を諦《あきら》めて国政の道に入った。

「けれど、私の目から見ても、ルイス様は政務官には向いておられませんでした。元々お育ちになった境遇もあり、繊細《せんさい》な感性を持つルイス様には、さまざまな人間同士の軋轢《あつれき》のある政務は心のバランスを失わせるものだったと思います。わたくしはそれが心配で、幾度かヴェナンド様に、今からでもルイス様を王城から下げることはできないかと進言したこともございました。けれど、ヴェナンド様は、ハーウェル家を潰《つぶ》すつもりかと激昂《げっこう》されて、聞く耳を持ってはいただけませんでした」

そうこうしているうちに、前侯爵が病《やまい》に倒れた。これで父も口出しはできまい。侯爵位を継いだルイスは自由だと喜んだのもつかの間、自分が父の呪縛《じゅばく》にすっかりとらわれていることを知った。

「病床にあるヴェナンド様は、もはや自ら動くことはかないません。けれど、その言葉、限られた行動、その視線、それだけでルイス様を縛《しば》っておいでだったのです」

侯爵は、その気になれば父親を別邸に遠ざけることも、世話の一切を雇い人に任せて放っておくという選択もあったけれど、そうすることができなかった。父親に呼ばれれば出向き、叱責《しっせき》されても、屋敷から出すことも、自分が出ることもなかった。

それは、まるで小さな子供のままのように見えたと、執事さんは言った。

父親が倒れてからというもの、以前にもまして、侯爵への叱責が厳しさを増していった。

「お前は出来が悪いのだから、手段など選んではいられぬだろう、なりふり構わずライバルを叩き潰せと。聞くに堪《た》えない罵声を浴びせることも多くなりました。お体が自由にならない苛立《いらだ》ちもあったのでしょう。私も何度もお諫《いさ》めいたしましたが、聞き入れていただけず、ルイス様は追い詰められておりました。元々は優しく、物静かな方でしたが、ここ数年はひどく神経質で、物や人に当たることも多くなり、むやみにほかの方を非難したり責めたりするようになって、心配していたのですが……。こんなことになるとはまさか想像もしておりませんでした」

執事さんは、疲れ切ったようにため息をついたそうだ。この人もまた、ずっと心を痛めていたのだろう。

だけどそれは、残念だけれど侯爵には届かなかった。

「しがない使用人の身ではありましたが、お二人のために何かできることはなかったのかと、後悔が消えません。わたくしは古くからヴェナンド様に仕《つか》えていた身で、ルイス様はお父上の手の者と思っていらっしゃったのでしょう。どんなにご心配申し上げても、ルイス様がそれを受け入れることはありませんでした。学院にいたときから、内気な性《た》質《ち》でご友人もおられなかった。ルイス様は、ずっと孤独だったのでしょう。こんなことになっても、わたくしにはルイス様を責めることは到底できません。ただ、悲しい。それだけです」

こうして知った侯爵の背景には、同情すべき点もある。だけれど、父親の影を振り払う力がなかったその弱さが、この事件を起こした原因だ。

そして、実際のことを明らかにしたのは、ローエンの証言だった。

ローエンはあっけないほど簡単に、侯爵の悪事を暴露した。

侯爵は、はじめは侯爵家の資産を切り崩して賄賂《わいろ》を贈っていたが、騎士団の厳しい取り締まりで難しくなったこと。

野良犬や人に幻術《げんじゅつ》をかけて、政敵となる貴族を襲わせていたこと。

唯一の趣味である美術品の収集を行いながらそれらの費用も捻出するのはとても苦しく、ついには秘密裏に金を稼ぐために、人身売買を行ったことがわかった。

そして、ローエンの証言から、侯爵と魔女が愛人関係だったことも判明した。

魔女が現れてから、侯爵は他人を害したり、人身売買に手を染めるようになっていったそうだ。

そして、魔女が参謀役となり、得意の幻術で記憶を操作したり、暗示をかけて人を襲わせたり、監視の目を欺《あざむ》いて捜査を撹乱《かくらん》したこともわかった。

「貴族を襲ったときは、ババァは『脅しだけで、命に係わることはしてない』って言ってたけどねぇ」

とローエンは言う。けれど、乗馬中に野犬に襲われた人は、後日亡くなっている。確かに、野犬は直接人を襲ってはいない。だけれど、襲われた馬が怯《おび》えて暴れ、騎手を振り落とした。そのけがが元で亡くなったのなら、厳密には人を殺したことになるだろう。

そして、現場指揮はほとんど魔女に一任されており、拠点を定期的に変えたり、騎士団に感づかれそうになったときの対応や、販売ルートの変更などの管理は彼女が一手に引き受けていたこともわかった。

そうして統括していた魔女がいなくなったことで、隠蔽《いんぺい》する手段がなくなってしまった。侯爵には魔女が構築した体制を維持する能力がなく、あっという間に破綻《はたん》したというわけだ。

「なにしろ、ババァはずるがしこさにかけては右に出るものがいないくらいに、陰険で頭のまわる女だったからねぇ。それでもあんたたちが少しずつ追い詰めて行ったもんだから、ババァも焦ったんだろ。何か一発逆転のネタを探ろうと、賭けに出たらしいね。ババァが死ぬ前に、ちょっといい獲物が手に入って、これで城のやつらの鼻を明かしてやるって言ってたから、何か城に仕掛けをしようとしていたらしいことは聞いてる。そいつが失敗して、ババァは死んだ。その時点で手ぇ引いておけば、こんなことにはならなかったんだろうに」

それが、私が使い魔に仕立てられるべくさらわれた事件なわけだ。やはり、猫にした私を城に送り込んで、政敵の弱みを握り、脅迫したり裏工作をするつもりだったみたい。

結果的に、魔女が侯爵を暴走させたといってもいいのかもしれない。それが本当に侯爵のためだったのか、それとも自分の欲望のためだったのかは、今となってはわからない。

騎士様が、なぜそんなに簡単に何もかもしゃべるのか問うと、ローエンは力なく笑ったらしい。

「俺もババァも、貧しい家の生まれでね。ババァは野心家ですぐ家を出ていっちまったらしいけど、俺のおふくろはそりゃあバカがつくほど正直な女だった。だけど、それに比例して頭も弱かったんだよ。親父は俺が生まれてすぐ蒸発《じょうはつ》して、俺を育てながら暮らしていくのは、相当大変だったらしい。おふくろは法外に安くこき使われても気づかない、だまされて金を巻き上げられていることにも気づかない、買い物に出てもぼったくられていることにも気づかないような女だった」

だから、貧しい暮らしはずっと続いていた。ローエンは学校も休みがちで、無償の昼食のためだけに行っていたようなものだったそうだ。ひったくりや万引きなどで生活費を稼がなければならない日もあった。

そうして働きづめだったローエンのお母さんは、彼が十五の年に亡くなったそうだ。けれど、一人になった彼を、身内である魔女が引き取ることはなかった。

「なんでって、そんなもん、邪魔に決まってるからさ。だから俺は孤児院に入れられた。けど、ろくな職場がなかったな。孤児院出の子供の働き口なんか、たかが知れてる。いいところに行けるのは、王立の孤児院か、貴族が後ろ盾になってる孤児院くらいだ。しかも、俺はまともに学校に行ってない。鍛冶場《かじば》とか、鉱山とか、建築現場とか、そういうのの下働きくらいしか職がなかった。だけど、仕事のきつさに反して、どこも金払いが悪かったんだよなぁ」

　給料をわざと低く見積もったり、支払いが毎回二週間以上も遅れたり、訳のわからない減給があったりで、納得できなかった。けれど、それを訴えると首になる。ローエンは五回も職場を変わったそうだ。

　そうして、六回目に仕事場をクビになり、あてもなくふらふらしていたところを、たまたま再会した魔女に拾われたというわけだ。

　魔術は、ローエンが十一歳になったころ、ひょっこり現れるようになった魔女に手ほどきを受けたらしい。魔術が使えるのだから、自分の仕事を手伝え、給金は自分が保証する、と言って、侯爵の仲間に引っ張り込んだのだそうだ。

　魔術が使えるなら、そういう仕事に就けばいいのに、と単純に思ったけど、現実はそんなに甘くない。

「俺みたいな学のない魔術師は、食っていけないんだよ。魔術師の就職口は、少なくとも高等学院卒業以上の資格が求められる。そういう制限のない、お抱えの魔術師とか私兵の口は少ないんだ。おまけに、俺程度の腕の魔術師はその辺にごろごろしてるしねぇ。わざわざ俺を雇ってくれるもの好きなんて、どこにもいやしなかった。だから、ババァの誘いに乗らないと、俺は明日のパンにすら困る状況だったってわけ」

困窮《こんきゅう》していたローエンは一も二もなくその話に飛びついたものの、魔女が何の仕事をしているのかは知らなかった。

だから、その仕事が犯罪だと知ってあわてたけど、お金も住処《すみか》も用意してもらっていたから、背に腹は代えられなかった。それに、深入りしてしまった以上、下手に抜けたら命を狙われそうで抜けられなかった。

「だけど、気は進まなかったよ、泣き叫ぶ子供を連れていくのはさ。今でもちょっとこう、来るものがある」

ま、こうなった以上ただの偽善と言われればそれまでなんだけどさぁ。

と、ローエンは自分を嘲笑《あざわら》ったらしい。

侯爵に積極的に協力しなかった理由を聞かれると、

「ババァがいなくなって、統率するやつがいなくなった。侯爵のおっさんに恩義はなかったし、続ければ続けただけ罪が重くなる。さらった人たちへの罪悪感もあるけど、捕《つか》まるのは時間の問題だと思ってたし、どうせ捕まるなら早い方がいいと思って、ぼろが出たのがわかってても、ほっといただけ」

と答えたそうだ。私の服を回収し、侯爵家に移したのは実はローエンだったそうだ。

荷物を屋敷に持ち込み、いざ騎士団が来たときに証拠品になればと思って、屋敷に戻って最初にエルサーナさんを閉じ込めた客間に、一緒に持っていったらしい。

だったらなぜ自首しなかったんだと詰め寄られて、

「俺も捕まるのが怖かった」

ぽつりと、ローエンはつぶやいた。

誰もかれも、ちょっとだけ勇気を出せば、こんなことにはならなかったかもしれないのに。

だけど、どんな些細《ささい》なことでも、勇気を出すのは本当に難しい。それは私だって知ってる。それでも、何とかならなかったのかって思うのは、私が未熟だからなんだろうか。それとも、傲慢《ごうまん》だからなんだろうか。

侯爵家は爵位をはく奪され、取り潰《つぶ》されることが決まった。

また、使用人のうち、会計担当をしていた男が事件に関わったことが判明して捕まった。

そして、城の夜会のとき、侯爵はずっと会場にいたのだと嘘の証言をした侍女が、実はローエンを城内に手引きした張本人とわかり、備品の横領の件が発覚したこともあって、捕らえられた。

実行犯たちも軒並み捕まり、ローエンとともに投獄されている。

ただし、ローエンについては、証言が協力的で、侯爵が捕まるよう意図していた節もあることから、多少の減刑があるかもしれないということだった。

帳簿類の押収品から、侯爵が賄賂《わいろ》を贈っていた人物が判明した。

実は不正なお金の流れは、レイド様が騎士団長になってから長く追ってきた案件なのだそうだ。その全容解明にも着手しなくちゃいけない。しばらく城内には、綱紀粛正《こうきしゅくせい》の嵐が吹き荒れそうだ。

でも、とにかくこうして、人身売買にかかわる事件は近いうちに幕引きになることになった。

13

侯爵が捕縛《ほばく》されてから一ヶ月が過ぎた。

ハーウェル侯爵家は取り潰されて、侯爵自身は国境近くの監獄に幽閉されることとなった。何年で出られるかわからない。もしかしたら一生をそこで過ごすかもしれない。

弁護や申し開きをすることなく、ただすべてを認めて、彼は王都を去っていった。

私はそのまま侍女に復帰して、忙しい毎日を過ごしている。ときにはライトに振り回されることもあるけれど、私は私でライトとも戦うって決めたから、毎日が波乱の連続だ。

そして、エルサーナさんは、王妃陛下の専属侍女を辞した。今は実家である、ウォーロックのお屋敷に帰っている。

「あの、本当にここにいていいの!?　すごく、すっごく落ち着かないんですけど……！」

「大丈夫だって、かわいいから」

「そんなこと聞いてない！」

ひそひそと隣のライトと会話を交わすのは、訳がある。

私はライトが仕立ててくれた、深い緑色のドレスを身にまとい、きれいに髪を結って、初めて盛装してウォーロック家の夕食に招かれている。

上座にはレイド様とエルサーナさんが並んでいる。幸せそうな笑みを浮かべるエルサーナさんの指には、きらめく指輪が嵌《は》まっていた。

事件があった日、一度は華月宮の自室に戻ったエルサーナさんは、どうしても寝付けなかったそうだ。

思い余って、レイド様に会いに行こうと華月宮を抜け出したところで、エルサーナさんの様子が気になってつい華月宮に足が向いてしまったレイド様と鉢合《はちあ》わせし、そのままレイド様の自室へお持ち帰りされたそうです。

レイド様でも女性をお持ち帰りすることがあるんですね……

顔は怖いけど、ライトと違って超紳士的な方だから、そんなこと絶対しないと思ってた。だけどやっぱり、ショックを受けているエルサーナさんをそのままにはできなかったんだろうなぁ。

普段ストイックな人がたまにそういう行動に出るのって、すごく素敵でドキドキしちゃう！　ライトみたいにしょっちゅうやってたんじゃ、単なる迷惑だしね！

あの事件で侯爵に結婚を迫られた一件で、エルサーナさんはやはりレイド様でなければ、との思いを強くしたのだそうだ。そして、レイド様の部屋でその思いを伝えると、レイド様から改めてプロポーズされ、受け入れた。今日はその報告とお祝いを兼ねた食事会がウォーロック家で開かれ、私も招待されたというわけ。

「なんで私まで！」

「どうせもうじき君も同じことするんだから、いいだろ」

「はぁ？　何言ってんの？」

すぐからかうんだから！　そんなことで、いまさら動揺なんかしないもんね！

同席したのは、宰相と公爵夫人のシルヴィーヌ様、ロベルクロード様ご夫婦、エルサーナさん、レイド様、五人兄妹の一番下の妹のユーレリア様。ライトのすぐ下の妹さんであるセルフィーナ様は、南方の領主の家に嫁いでいるため、今日はご不在だそうだ。

シルヴィーヌ様は、少したれた目元にほくろがある、とても美しい方だった。ライトとエルサーナさんによく似てる。

ロベルクロード様の奥様のエリヴィア様は、隣国の公爵家から嫁いできた方で、しなやかな銀の髪が目を引く繊細《せんさい》そうな美人だ。政略結婚だったそうだけれど、お二人はとても仲睦《なかむつ》まじいらしい。

エリヴィア様は物静かな方。でも、ときどきロベルクロード様と交わす視線は、くすぐったくなるほど甘さに満ちている気がする。

ユーレリア様は知的美人という感じで、面差しはロベルクロード様に似ていた。はきはきとした受け答えをする方で、とても社交的。福祉に興味があるそうで、孤児院のことを熱心に聞かれた。

本当は、こんな身分の高い方々ばかりのところに招かれるのは、抵抗があったんだけど……。エルサーナさんにも、ぜひ同席してほしいってお誘いされたから、お断りするわけにもいかなかったし、お祝いはしたかったたし。

それにしても、本当に結婚が決まってよかった！

食事会は、和《なご》やかに進んだ。レイド様とエルサーナさんは終始幸せそうだったし、宰相ご夫妻はもちろん、みなさん平民の私にも優しく声をかけてくれたし、よく話も聞いてくれた。

最初は尻込みしていたけれど、みなさん気さくで楽しくて、逆にこっちが失礼だったと反省しきりだ。

食後のデザートとお茶が出された頃、ライトにテーブルの下でそっと袖を引かれた。

「何？」

「少し庭に出ない？　見せたいものがあるんだ」

「いいけど……」

誘われるまま、私たちはダイニングを出た。すぐに手をつながれて、指が絡《から》む。

「いつもはこっちが煽《あお》る側だったのにさ、当てられるとかちょっとかっこ悪いんだけど、まあ意地張ることでもないかと思って」

「何の話？」

聞いても、ライトは「すぐわかるよ」と笑うだけだ。

ウォーロック家のお屋敷は、高級住宅地の中でも一番いい場所の、大きくて広い敷地に建っている。

重厚なつくりの建物は歴史を感じさせるけれど、手入れが行き届いていて古びた雰囲気はない。

調度品や内装はシンプルで、花がたくさん生けられている。ご家族に女性が多いせいか花好きなのか、お屋敷の中もお庭も、花であふれていた。

お屋敷の中は活気があって、使用人の人たちも明るくてみんな笑っている。私にも挨拶をしてくれるし、対応も丁寧で居心地がいい。これも皆さんの人柄なんだろうなぁ。

ライトに連れ出されたのは、ウォーロック家の庭園。ここも、きれいに手入れされている。今夜は満月で、月明かりの下の花園は、幻想的でとてもきれいだ。

「すごい、きれい！」

「ここだけは王城にも勝ると思うよ。ウォーロック家自慢の庭園だ」

その東側の一角まで行き、ライトは足を止めた。

「見てて、そろそろ開花すると思うから」

「開花？　お花が？」

「そう」

示された足元には、背の低い植物が一面に植えられていた。けれど、みんな蕾《つぼみ》ばかりで、ひとつも咲いていない。

「今から咲くの？」

「そう。すごくきれいだよ」

夜に咲くお花なんてあるの？　それも、今から咲くって、何でわかるんだろう？

しばらく待っていたけれど、なかなか蕾は開かない。痺《しび》れを切らして、まだ？　とライトに催促しようとしたときに、それは始まった。

足元のひとつが、ゆっくりと開いた。真っ白なお花は、淡い光を放っている。

最初は月明かりが反射しているのかと思ったんだけど、よく見たら、花びらが光っているんだ！

「お、お花が、光ってる……！」

続いて、少し離れたところでひとつ、またひとつ、花が咲いて、それを合図にしたように、次々に蕾《つぼみ》がほころび始めた。

「わぁ……っ」

私は声を上げて、小さな花が一斉に咲いていくのを、ただただ見ていた。まるで、銀のじゅうたんの上にいるみたい！

「月光草《げっこうそう》の花だよ。一年に一度、満月の夜にしか咲かない。こうして光っているのは開花からたったの一時間、朝にはしおれて花を落としてしまう」

「これがそうなの!?　図鑑で見たことはあるけど、月光草って、森の奥にしか生えていないんでしょう？　それも、群生《ぐんせい》はしないし、探すのも栽培するのもすごく難しいって書いてあったわ」

「うちの庭師が、長年かけて少しずつ集めて、増やしたらしい。家宝と言ってもいいくらいだ」

幻想的な風景に圧倒されて、私は立ち尽くすばかりだ。その手を、ライトがそっと取る。

「アーシェ、お願いがあるんだ」

「何？」

見上げた表情は、今までにないくらい真剣で、戸惑ってしまう。

「ライト、どうしたの？」

「俺たちはまだ出会って一年も経ってない。俺はアーシェをだまして追い詰めたし、自分の感情ですぐに振り回すし、執着心も強い。自分で自分をコントロールできなくて、アーシェにはつらい思いをさせてばかりだ」

「ライト？」

突然始まった告白に、私はおろおろするばかりだ。ライトも、困ったようにため息をつく。

「くそ、どう言えばいいんだ？　うまくいかないな……。だけど、とにかく、アーシェを離したくないんだ」

「そんなのいつも言ってるし、そうしてるじゃない。それじゃダメなの？」

「今だけの話じゃない。今日も、明日も、あさってても、一週間、一ヶ月、一年、もっと先まで。アーシェとずっと一緒にいたい」

「え……！」

ちょっと待って！　この話の流れって、まさか……！

「今すぐじゃなくていい。アーシェは仕事を始めたばかりだ。だけど、誰かに君を奪われるかもしれないと思うだけで、気が気じゃない。アーシェの同級生が来たときも、ローエンにさらわれそうになったときもそうだ。だから、約束だけでもいい、君を俺に縛《しば》り付けておきたいんだ。俺が安心したいだけのわがままだってわかってる。だけど、アーシェ、お願いだ」

ライトはひとつ息をつき、もう片方の手も伸ばして、私の両手を握った。

「俺と結婚して欲しい。いつか、俺の妻になって欲しい。愛してるんだ」

私は呆然《ぼうぜん》として、ライトを見上げたままその言葉を聞いていた。

私、今、プロポーズされてるの？　本当に？

「いきなりこんなこと言って、困ってるだろう。ごめん。アーシェはまだ成人したばかりで、たくさんの出会いがあると思うし、これから人間として成長していく時期でもあると思う。視野が広がって、もしかして俺以外の誰かに心を奪われるかもしれない。そう思うと、いても立ってもいられない。独占したい、閉じ込めたい、どこにも出したくないし、その目に俺以外の男を入れたくない。自分でもおかしいってわかってるけど、俺にはこれしか方法がわからない」

ライトの目は、苦悩と不安で揺れている。ライトの言葉が、ゆっくりと胸に落ちていって、私の心に届いた。同時に、固まっていた思考も回復する。

この人は、どうしようもなく私を好きなんだ。振り回されていると思っていたけれど、本当は、振り回しているのは私のほうなのかもしれない。

ずっと年下の私に、すがるようにしてプロポーズするライトがいとおしくて、胸がいっぱいになる。

「……ごめん、混乱させた。返事は今すぐでなくていい。だけど、考えて欲しい」

言葉が出ない私に落胆したようにため息をついて、ライトがきびすを返す。

だけど、私は駆け寄ってライトの首に手を伸ばした。引き寄せて、唇を重ねる。

「アー、シェ」

「花はきれいだし、思ってもみなかったこと言われて、もう、胸がいっぱいで言葉が出なかったの！　ありがとう、ライト。嬉しい……」

強くしがみつくと、抱きしめ返された。息が止まるくらい、強く……

温かくて強い腕、私だけを見ている瞳、私を包み込む体、私を翻弄《ほんろう》する唇。全部全部、大好きなのに。本当に、私のものになるの？　私のものに、していいの……？

「私は、侍女としても、女性としても、まだまだ全然足りてない。お城には私よりも身分が高くてお金持ちで、美人の女の人がたくさんいる。こんな子供じゃ、太刀《たち》打《う》ちできない。だから、いつでもライトがほかの人のところに行ってしまうんじゃないかって、不安で仕方ないの」

「そんなこと絶対ない！」

「聞いて！」

私の言葉をさえぎるライトを、強く制する。私も、ライトに自分の気持ちをちゃんと伝えなきゃ。

「だから、私も約束が欲しいの。自分に自信ができるまで待ってて欲しい。だけど、ほかの人に取られるのは嫌。わがままだけど、私もライトと同じこと考えてた。エルサーナさんとレイド様みたいに、たくさんのことを乗り越えて、お互い信頼しあえるようになるまで、私だけを見てて」

ライトは体を離し、私の顔を覗き込んで苦笑した。

「俺はレイドほど気が長くないよ。そんなに待てない」

「……待たせるもん」

夜会の前に、私は同じことをライトに言った。でも。

「いや、それは譲れないな。待ちきれなくなったら、さらって妻にする」

「そしたら逃げる！」

「どこまでも追うよ」

くすくすと笑いあう。

「約束ね」

「ああ。いつか」

ライトの瞳には、私しか映っていない。すっと顔が近づいてきて、私は目を閉じた。

月明かりの下、花の香りに包まれた銀色のじゅうたんの上で、私たちは約束のキスをした。

書き下ろし番外編

お・も・て・な……し？

ハーウェル侯爵の事件から二週間ほど経過し、私はすっかり日常を取り戻していた。

猫の姿で暴力を受けた跡もきれいに消えて、怖かった記憶も少しずつ薄まり始めている。

元侯爵の取り調べはほぼ終了し、今は監獄への移送の日取りを決めているところだそうだ。ただ、元侯爵のお父様が亡くなった直後ということもあり、しばらくは城の監獄に留まって、諸々の手続きを終えてからということになるらしい。

ともかく、ライト達騎士団も、長年の懸案がようやく解決したということで、数日は安堵の空気が漂っていた。もちろんそれも今ではすっかり落ち着いて、いつもの騎士団に戻っている。

私は、こういう日常って大事なんだなぁって、改めてかみしめている。それに、こうして私たちを守り、悪い人たちと戦ってくれる騎士団の存在感を感じた出来事でもあった。

そんなある日のことだった。エルサーナさんがひょっこりと私を訪ねてきたのは。

団長室は、団長のレイド様、副団長のライトのどちらも不在だった。

私は、古い資料を保管庫へ移すために、書棚の整理に取り掛かっていた。するとコンコン、と控えめなノックが響く。

「はい、どうぞ！」

声をかけて踏み台から降りたのに、ドアが開く気配がない。不思議に思ってドアを開けると、そこにはエルサーナさんが立っていた。

「こんにちは。ごめんなさいね。今一人？」

開けたドアの奥を窺《うかが》うようにしながら尋ねられる。いつもはこちらが返事をしたら、すぐに入ってくるのに、どうしたんだろう。

「はい、そうですけど……。どうぞ？」

「ありがとう。失礼するわね」

私はほっとしたような表情を浮かべたエルサーナさんを団長室に招き入れた。

「レイド様と、ライトは……？」

「今不在です。レイド様は会議で、ライトは訓練場です。昼まで戻りません」

「そう、よかったわ」

エルサーナさんは笑みを浮かべて、私がすすめたソファに腰を下ろした。二人がいると言いづらい話でもあるのかな？

「ごめんなさいね、お邪魔だった？」

乱雑な書棚の様子を見て申し訳なさそうに言うエルサーナさんに、私は笑って首を振る。

「いいえ、全然。むしろ、整理の途中だったので、埃っぽいでしょう？　ごめんなさい」

「いいのよ、気にならないわ」

お茶を二人分淹《い》れて、私もソファに腰かけると、エルサーナさんが逡巡《しゅんじゅん》した様子で口を開いた。

「あの、ちょっと相談があるのだけれど……」

「私にですか？　なんでしょう」

「あの、ね。レイド様に、お礼を差し上げたいと思うのだけれど」

「お礼、ですか？」

「ええ。先日の……ハーウェル侯爵の事件の時の」

「え、でも、騎士団へのお礼の品って、いただいていましたよね」

今回エルサーナさんの救出に尽力してくれたお礼ということで、ウォーロック家から、男性は高そうなペン、女性は高級なハンカチが全員に贈られていた。もちろん、私ももらった。レースでふちどりされたきれいなハンカチは、もったいなくて使いどころがありませんけど……！

「それはあくまでウォーロック家からのもので、それとは別に、個人的にレイド様にお礼を差し上げたいの」

「それはもちろん、いいことだと思いますけど……。どんなお礼を考えているんですか？」

「レイド様はお忙しい方だから、息抜きのお時間を作って差し上げたらどうかと思って」

「息抜き、ですか？」

確かに、レイド様はよく「時間が欲しい、休みが欲しい」ってぼやいていることがある。けれど、単純に休みを取ってもらうという話じゃないよね。

「ええ。お茶会を考えているのだけれど、騎士団のお仕事もあるでしょう？　時間的な余裕はあるのかと思って」

確かに、お茶会なら仕事の合間を縫って、ちょっとした息抜きにはちょうどいいかもしれない。

「そうですね、昼ならまとまった時間が取れます。昼の休憩はだいたい一時間程度ですけれど、場合によっては多少延びることもありますし、調整はできると思います」

基本的には勤務時間は決まっているけれど、レイド様は地位が高いので、ある程度は自由がきく。

「それならよかったわ。こういうお仕事だと、なかなか休みも取りづらいでしょう。勤務時間中にでも、何かできないかと思って考えてみたのだけれど、ご迷惑にならないかしら？」

「大丈夫ですよ！　レイド様、お昼は食事だけであとは暇みたいですし、エルサーナさんのお誘いなら絶対断らないと思います」

「そうかしら……」

ほっとしたように、少し恥ずかしそうに、でも私の答えに安心したのか、エルサーナさんがほんのり笑みを浮かべる。

「移動していただくのも申し訳ないし、場所はここにしようと思うのだけれど、どう？」

「ここじゃあ日常と変わらないので、中庭かどこかにご招待したらどうですか？」

「いい考えだわ！　それなら、ただのお茶会ではつまらないわね。お食事とお茶でおもてなしをしてみるのは、どうかしら？」

「それ、すごくいいですね！」

私が同意すると、エルサーナさんがにっこりと笑った。

「それで、できたらアーシェとライトにも同席してほしいのだけれど」

「えっ、私たちも？　いいんですか？」

「もちろんよ、あなたたち二人にも助けてもらったし。アーシェがいなければ、私は無事にここに帰れなかったかもしれないもの。迷惑でなければ……なのだけれど」

迷惑だなんて、あるはずもない。こんなに楽しそうなこと、一緒にさせてもらえるなんて素敵！

「そんなことないです、うれしいです！　ありがとうございます。でも、私もレイド様とライトに助けられたので、せっかくだから、おもてなしの方に回りたいです。お茶会だし、何かお菓子を作りますね！」

「アーシェ、お菓子が作れるの？　すごいわ！」

「はい！　孤児院にいたころ、いろいろ作ってみんなと食べていたんです。凝ったものは作れないですけど、よければエルサーナさんも食べてください」

「うれしいわ。楽しみにしているわね！　では、日取りはいつにしましょうか？」

こうして、私とエルサーナさんのおもてなし計画が決まったのだった。

数日後、華月宮にある王妃様の薔薇《ばら》園で、昼食会が開かれることになった。

当日は私とエルサーナさんは休暇を取り、準備に追われた。その日は幸い事件もなく、レイド様もライトもお昼は時間通りに来てくれそうだった。

私たちはいつも通り、専属侍女の服装で二人を待つ。

おもてなしに使うのは、薔薇園の一角にある東屋《あずまや》。レースのテーブルクロスを広げて花を生け、カトラリーとナプキンをセットする。ベンチには座りやすいようにクッションをいくつも用意し、カートにはお茶や飲み物、グラスとカップが準備済みだ。

「なんだか緊張するわね」

「そうですね。喜んでいただけるといいんですけど」

やがて、大きなテラス窓を開けて、レイド様とライトが姿を現した。

「いらっしゃいませ、お待ちしておりました」

「お招きにあずかり光栄だ、エル」

エルサーナさんが言うなり、レイド様がその手を取り、白い手の甲に口づける。途端に、エルサーナさんは困ったように真っ赤になった。

思わずドキドキしながら見とれていると、ふわりと肩を抱かれた。

「ったく、あいつエル相手の時だけああだからな。アーシェ、俺も招待されてるんだろ？　無視されると拗《す》ねるよ」

「ご、ごめんなさい！　あの、お忙しいところ来てくれてありがとう！　短い時間だけど、ゆっくりしていってね」

「ああ。お招きありがとう。楽しみにしてる」

そう言って、ライトは私の頬に軽いキスをして笑った。

料理は、華月宮の侍女さんに運んできてもらった。エルサーナさんはレイド様に、私はライトに、それぞれ給仕する。

「白身魚のムニエルと温野菜、カボチャのクリームスープと冷やしトマトのサラダです」

「ありがとう」

レイド様が唇の端に薄い笑みを乗せて、エルサーナさんを見つめる。彼女も、恥じらうように微笑んだ。うーん、なんかこの絵になる感じがいいよねぇ。落ち着いた大人の恋愛！　って感じ。

「ライト、温野菜のソースはどれがいい？」

「そのオレンジ色のクリームのやつ」

「はい！」

私も負けずにライトにサービスする。食事のカートに載せて運ばれてきたソースやドレッシングから、好みのものを聞いて見目良くソースをかける。

「レイド様、お飲み物はいかがいたしますか？」

「とりあえず水を」

「かしこまりました」

エルサーナさんが尋ねるのに続いて、私もライトに注文を聞く。

「ライトは何がいい？」

「俺も水」

「はい！」

その返事に、エルサーナさんがライトの分もお水を入れてくれて、渡されたグラスを並べた皿の横に置く。

ライトが怪訝そうにこっちを見た。

「アーシェとエルは食べないの？」

「あとでいただきます。大丈夫、気にしないで」

「それならいいが」

私とエルサーナさんがうなずきを返すと、レイド様も納得したみたい。そうして、二人が軽く頭を下げた。

「いただこう」

「いただきます」

「こういうのも、なかなか趣向が変わっていていいものだな」

「あんたとサシでの食事でさえなけりゃ最高なんだけど」

「その言葉、そっくり返してやる」

まったくもう、食事の時くらい憎まれ口やめたらいいのに。ま、仲が悪いってわけじゃないから、ほっといてもいいんだけど。

戦闘職の習性か、食べるのが速い。その食べっぷりは気持ちいいぐらいで、あっという間にお皿が空になってしまう。

「ライト、おかわりは？」

「十分だよ、ありがとう」

そして、エルサーナさんがさっと茶器を載せたカートに向かう。

「では、お茶を用意しますね」

「ああ、頼む」

エルサーナさんはポットに茶葉を計り始め、私はお菓子の準備に取り掛かった。

銀のトレイを覆《おお》うドーム型のふたを取ると、ふわりと甘いにおいが漂い、レイド様とライトがちょっと驚いたような顔つきになった。

「アーシェ、それって」

「お城の厨房《ちゅうぼう》をお借りして作ってみたの。口に合うといいんだけど」

一時間ほど前に焼き上がったそれは、まだ温かい。ナイフを入れると、さくっとした手ごたえが伝わってくる。うん、久々だったけど、よくできてる。

「私も見せられた時には驚きましたわ。お店で出されてもいいくらいの出来です」

「そんな、エルサーナさん、言いすぎです！　大したものじゃないですよ」

確かに、得意ではあるけど誉めすぎです！　照れます！

私はそれをケーキ皿にとりわけた。

「お待たせいたしました」

ちょうど、エルサーナさんが淹《い》れたお茶も頃合いだった。レイド様に、ついでライトにお茶のカップを置く手は、指先まで完璧に美しい。

そうして、私もケーキ皿を二人の前に置いた。レイド様が感心したように眺める。

「これはすごいな。アップルパイか」

「はい！　もう一年以上作ってなくて不安だったけど、たぶん大丈夫なはず、です！」

「若干不安をあおるような言い回しだなぁ。でも、アップルパイなんてケーキ屋でしか見たことないよ。作れるもんなんだね」

「作るのはちょっと面倒だけど、普通にできるよ。どうぞ、食べてみてください」

おすすめした途端、がしっと腕を掴まれた。

「きゃぁっ⁉」

止める間もなく引き寄せられて、有無を言わせずライトの膝に横向きに座らされた。

「ちょっと、いきなり何するのよ！」

「せっかくだし、食べさせてもらいたいな」

「ななな、何言ってんの、こんなところでぇえっ⁉」

にこやかに笑うライトに抗議しつつ、膝から降りようとしたとき。

「きゃあっ！」

細い悲鳴にびっくりしてそちらを見れば、エルサーナさんがレイド様の横に座らされていた。その腰にはしっかりと手がかかっていて、引き寄せられたのだと一目でわかる。

「ライトもああ言っていることだし、俺もお願いしようか」

今まで聞いたこともない甘い声に、とんでもないセリフを吐いているレイド様に、思わず目が点になる。

「そんな！　は、恥ずかしいですわ！　お放し下さい……！」

「却下する」

「ひどいですわ！」

でも、あっけにとられて見ていた顎を掴まれて、強引にライトの方を向かされた。

「おい」

……若干不機嫌な顔。いやあの、無視したわけじゃなくてね！

「だ、だってぇ～！　レイド様とエルサーナさんのあんなところ、普段は絶対見せないじゃない！　びっくりしただけだよ！」

「だからって俺のことほったらかしすぎ！」

そうして、ライトは両手で私の頬を包んで、至近距離で目を合わせた。

濃いブラウンの瞳が、私を射抜く。

「ねえ。どうして俺をここに呼んだの？　今日の趣旨は何？」

問われて、私はしゅんと肩を落とす。

助けてもらったお礼に、おもてなしをする。そう言って招待したはずだったのに。気を取られすぎたのは、私が悪い。

「ごめんなさい。せっかく来てもらったのに、嫌な思いさせちゃった」

「別に嫌だったわけじゃないけど。ちょっと面白くなかっただけ。じゃあ、悪かったと思うんなら、これ、食べさせて」

ふっととろけるような笑みを浮かべながら甘えるような声でささやかれて、顔が熱くなる。

フォークを取り上げ、パイ生地に刺して切り分ける。こぼさないように注意しながら、ライトの口元に運んだ。

「はい、どうぞ」

ライトは口を開けて、ぱくりと食べた。二、三度咀嚼《そしゃく》して、笑う。

「おいしい。甘すぎなくて、好きな味だ。パイ生地がサクサクですごくうまいよ」

「ケーキ屋さんのは焼いてから時間がたっちゃうから、パイ生地がしんなりしちゃうのよね。パイやタルトは、出来立てが一番おいしいから」

「そう。じゃあもっと」

「もう……」

甘い声には逆らえない。こんなこと、人前でするなんて恥ずかしくて仕方がないのに。熱を増す視線に操られるように、私はライトの口元にフォークを運んだ。

そうして、ようやくアップルパイが半分になった頃。

ガタン、とベンチが音を立てたので、振り向くと。

「まだ時間があるな。少し席を外す」

「レイド様、あのっ！　待って……！」

エルサーナさんは、席を立ったレイド様に手を引かれて、二人で薔薇《ばら》園の奥に消えてしまった。

「あーあ。暴走すんなよー、って、聞こえないか。まあいいや、ほっとこう」

「いいの!?」

「邪魔して恨まれたくないし。ほら、アーシェのお仕事は、アップルパイを俺に全部食べさせること」

「もおおっ！」

再びパイを口元に運ぶと、ぱくりと食べたライトにフォークを奪われた。

「こっちも甘そうだな。食べさせて」

「ちょっ……！」

言うなり引き寄せられ、止める間もなく唇が重なった。柔らかいキスに、たちまち思考がほどけてしまう。

「ん、甘くておいしい。もっと……」

「や、んっ……」

腰に響く声で求められて、すがりつく手にはもう力なんて入らない。

こうして、残りの時間中、私はライトの腕の中にとらわれたまま、お菓子よりも甘いキスにおぼれた。

Noche
ノーチェ
なかゆんきなこ
Kinako Nakayun
旦那様は魔法使い
MY HUSBAND IS A WIZARD.
アニエスは
どこもかしこも
美味しい。
甘い果物みたいだ。

Noche
旦那様は魔法使い
旦那様、夜の魔法はご遠慮ください！
お熱い新婚夫婦の、キュートな溺愛生活!?

本書は、2013年1月当社より単行本として刊行されたものに、書き下ろしを加えて文庫化したものです。

レジーナ文庫

騎士様《きしさま》の使《つか》い魔《ま》2

村沢侑《むらさわゆう》

2015年1月20日初版発行

文庫編集－橋本奈美子・羽藤瞳
編集長－塙綾子
発行者－梶本雄介
発行所－株式会社アルファポリス
〒150-6005 東京都渋谷区恵比寿4-20-3 恵比寿ガーデンプレイスタワー5階
TEL 03-6277-1601（営業） 03-6277-1602（編集）
URL http://www.alphapolis.co.jp/
発売元－株式会社星雲社
〒112-0012東京都文京区大塚3-21-10
TEL 03-3947-1021
装丁・本文イラスト－オオタケ
装丁デザイン－MiKEtto
（レーベルフォーマットデザイン－ansyyqdesign）
印刷－大日本印刷株式会社

価格はカバーに表示されてあります。
落丁乱丁の場合はアルファポリスまでご連絡ください。
送料は小社負担でお取り替えします。

ISBN978-4-434-20089-2 C0193